Charlotte Charonne

Asklepios

Liebe Gaby,

spannende Unterhaltung

wünscht herzlichst

Charlotte

Köln, den 8.3.2024

Charlotte Charonne

Asklepios

Thriller

edition krimi

Thriller

Charonne, Charlotte: Asklepios. Thriller.
Hamburg, edition krimi 2020

2., überarbeitete Auflage 2020
ISBN: 978-3-946734-69-7

Dieses Buch ist auch als eBook erhältlich und kann über den Handel oder den Verlag bezogen werden.
ePub-eBook: ISBN 978-3-946734-70-3

Lektorat: Diana Itterheim, litmedia.agency
Umschlaggestaltung: © Anastasia Braun, BOD
Umschlagmotiv: CS Stock/ Natykach Nataliia/ 3Dstock/ Yeti studio/ Shutterstock.com
Druck: CPI books GmbH, Ulm

Bibliografische Information der Deutschen Nationalbibliothek: Die Deutsche Nationalbibliothek verzeichnet diese Publikation in der Deutschen Nationalbibliografie; detaillierte bibliografische Daten sind im Internet über https://dnb.d-nb.de abrufbar.

Die edition krimi ist ein Imprint der Bedey Media GmbH, Hermannstal 119k, 22119 Hamburg.

---

https://www.edition-krimi.de
Gedruckt in Deutschland

Prolog

„Willkommen!“ Ihre Stimme war cremig und süß wie ein Karamellbonbon. Sie observierte den vollständig entkleideten Mann, der auf dem Seziertisch festgeschnallt war: Körper und Kopf waren mit Lederriemen an das Metall fixiert, Hand- und Fußgelenke an das Gestell gefesselt.

Ihre Hände zierten hellgrüne Operationshandschuhe, die sich frühlingshaft gegen die weiße Einrichtung und die käsige Haut des Patienten abhoben. Fast zärtlich tätschelte sie seine Wange.

Langsam und leise, mit einem kaum merklichen Zucken der Augenlider, erwachte er aus der Anästhesie. Seine fettigen Wangen glänzten. Die ergrauten Haarsträhnen, die er sonst sorgfältig über die Halbglatze drapierte, hatten sich gelöst und flossen wie Kerzenwachs über seine Ohren.

Sie belauerte sein Erwachen und umkreiste ihn einige Male. Obwohl sie einen Operationskittel und klobige Hygieneschuhe trug, bewegte sie sich selbstsicher und anmutig wie Asklepios, der Gott der Heilkunst, in seinem fließenden Gewand.

„Erinnern Sie sich an die Mädchen?“ Sie führte ihren Mundschutz an sein Ohr und hauchte ihm die Worte wie kleine Rauchwölkchen ein.

Seine Lider öffneten sich. Seine Augen wurden vom Neonlicht, das aus einer Röhre an der Kellerdecke strömte, geblendet und schlossen sich wieder. Ein Stöhnen kroch aus seiner Kehle. Es knirschte wie Schritte auf Glasscherben. Sein rechter Arm zuckte.

„Machen Sie sich nicht die Mühe, sich zu bewegen. Es wird Ihnen nicht gelingen.“ Der Mundschutz bedeckte ihr frostiges Lächeln. Ihre Stimmlage verlor mehr und mehr der anfänglichen Süße. „Hatten Sie Spaß mit den Kindern?“ Sie zog sein linkes Augenlid hoch und leuchtete mit einer Lampe in das Auge. Geübt wiederholte sie die Prozedur mit der anderen Pupille. „Mit Nicki? Mit Lisa?“ Die Fragen schnitten durch die Luft – scharf und biegsam wie ein Florett. „Mit Emma?“

Die Muskeln an seinem Kiefer zuckten.

Er röchelte.

„Entschuldigen Sie bitte. Mit dem Kieferspreizer können Sie mir natürlich nicht antworten.“ Sie griff an die Metallbügel und ruckelte sie sachte hin und her.

Er stöhnte.

„Aber das wissen Sie ja, stimmt's? Schließlich haben Sie ein derartiges medizinisches Gerät ebenfalls verwendet.“ Ihr Tonfall war wieder kontrolliert; ihre Wut köchelte unterhalb der Haut.

Seine Augen quollen hervor. Sein nackter Körper schwängerte die Luft mit einem süß-säuerlichen Geruch. Instinktiv versuchte er, das Instrument mit der geschwollenen Zunge aus dem Mund zu schieben.

„Ich werde Sie von dem Mundspreizer befreien, damit wir uns in Ruhe unterhalten und die zu Ihrer Heilung notwendigen Eingriffe besprechen können. Sie sollten sich ruhig und vernünftig verhalten, damit wir eine Lösung in gegenseitigem Einvernehmen finden können. Falls Sie schreien, werde ich Sie zurück ins Traumland schicken.“ Sie löste die Feststellschrauben und entfernte das Metallgestell.

Er stieß einen Laut aus – irgendwo zwischen Angst, Erleichterung und Hoffnung.

„Beruhigen Sie sich. Es wird Sie ohnehin niemand hören. Ich denke, auch mit Schallisolation kennen Sie sich aus.“

Die Augen über dem Mundschutz betrachteten ihn fachmännisch.

Er schwitzte.

Dabei war der Raum auf zweiundzwanzig Grad, wie für Operationen vorgeschrieben, temperiert. Er erfüllte die speziellen Hygienevorschriften nach dem Infektionsschutzgesetz und verfügte über eine raumlufttechnische Anlage. Er sollte sich während der chirurgischen Eingriffe keine Infektionen zuziehen. Schließlich wollte sie seine Gesundheit nicht gefährden.

Sie tupfte ihm den Schweiß von der Stirn und gönnte ihm den Luxus eines sterilen Lakens, um seine Nacktheit zu bedecken.

„Sie haben den Mädchen unsägliche Schmerzen zugefügt", attestierte sie ihm, „und nun werde ich dafür sorgen, dass sich dies niemals wiederholt."

Seine Panik war greifbar. Ein Schrei flog aus seiner trockenen Kehle und klatschte gegen die Fliesen. In dem Geräusch lag etwas Wildes, Verschlagenes wie in dem Lachen einer Hyäne.

„Sie brauchen keine Angst zu haben." Sie checkte seinen Blutdruck und seine Herzfrequenz. „Ich werde Sie nicht töten. Vertrauen Sie mir. Ich verstehe dieses Spiel besser als Sie."

Teil 1

Kapitel 1

Samstag

„Tschüss, Emma!“ Paul warf seine Tochter hoch in die Luft, fing sie mit Leichtigkeit auf und stempelte ihre Wange mit einem Kuss. „Pass gut auf Oma auf!“

„Mache ich!“ Emma quietschte vergnügt und rannte in die offenen Arme ihrer Mutter.

„Bis Montag, Emma.“ Sophie strich ihrer Tochter eine hellblonde Strähne aus dem Gesicht. „Ich werde dich ganz doll vermissen. Ich habe dich lieb.“ Sie ging in die Knie und umarmte ihre Tochter.

„Ich hab' dich auch lieb.“ Die Fünfjährige schlang die Arme um den Hals ihrer Mutter und presste ihr ein Küsschen auf die Backe. Sophie schnupperte ein letztes Mal an dem weichen Haar ihrer Tochter. Es roch nach Sonne und Frühling, nach Vertrautheit und Geborgenheit – einfach unbeschreiblich gut nach dem Emma-Eigengeruch. Sie bedachte den Scheitel mit einem Kuss.

„Macht, dass ihr fortkommt.“ Maria spornte sie mit einer wedelnden Hand zur Eile an. „Sonst verpasst ihr noch den Flieger. Wir kommen prima ohne euch klar.“

„Deine Mutter hat vollkommen recht.“ Paul ergatterte die Hand seiner Frau und zerrte sie zum Taxi. „Zwei Tage sind keine Ewigkeit. Im Gegenteil – viel zu kurz.“

„Genießt die Zeit!“ Maria hielt Emma an der einen Hand und winkte mit der anderen.

„Ganz bestimmt!“ Paul küsste Sophie auf den Mund und öffnete ihr die hintere Beifahrertür. „Wir fangen gleich hier auf der Rückbank an.“ Er zwinkerte ihr zu. „Seit fünf

Jahren unser erstes zweisames Wochenende, und ich werde jede Sekunde auskosten."

Sophie lachte. Er schlug die Tür zu, eilte auf die andere Seite des Wagens und verschwand im Innenraum.

„Tschüss, Emma. Danke, Mama!" Sophie hatte die Scheibe heruntergekurbelt, lehnte sich aus dem Fenster und katapultierte ihren dichten Pferdeschwanz auf den Rücken. Eine lauwarme Brise wehte den Duft der Hyazinthen, die sie gemeinsam mit Emma im vergangenen Oktober gepflanzt hatte, in ihre Nase. In Blau, Weiß und Rosé grüßten sie jeden Besucher auf seinem Weg zum Eingang des Einfamilienhauses.

„Guck mal!" Emma hatte den Haarschopf in den Nacken gelegt. „Da!" Ihr Zeigefinger schoss in die Luft und zeigte auf einen Vogelschwarm.

„Das sind Schwalben." Marias Blick folgte dem kleinen Finger. „Sie kommen endlich zurück, um den Sommer bei uns zu verbringen."

Sophie schützte ihre Augen vor den einfallenden Sonnenstrahlen. Statt den Schwalbenschwarm ebenfalls zu bewundern, hatte sie nur Interesse für ihre Tochter. „Tschüss!", rief sie nochmals, während das Taxi die Einfahrt runterrollte.

„Tschüss, Mama!" Emma kicherte. Ihr Händchen trudelte in der Luft.

Sophie winkte so lange, bis sie ihre Tochter nicht mehr sehen konnte.

„Und jetzt beginnt der Spaß!" Maria blinzelte ihrer Enkelin zu. Womit fangen wir an?"

„Plätzchen backen!" Sie hüpfte an der Hand ihrer Oma über die Steinplatten ins Haus.

„Wenn ich groß bin, werde ich Bäcker." Emma streute das Mehl großzügig auf die Arbeitsplatte und matschte genüsslich in dem Teig. „Dann kann ich den ganzen Tag backen."

„Das ist eine großartige Idee." Maria unterdrückte einen Lachanfall und verlor fast das Gleichgewicht auf dem Tritthocker. Sie wankte. Um Haaresbreite wäre sie ins Leere getreten. Sie balancierte den Körperschwerpunkt aus und zog die durchsichtige Dose mit den Plätzchenausstechern aus dem oberen Schrankbereich. „Einhundertein Cookie Cutters" las sie und beäugte die bunten Plastikausstecher. „Das sind aber viele!"

„Ja, aber ich will nur die Tiere haben." Emma wischte sich einige Haarsträhnen aus der Stirn und verteilte dabei reichlich Mehl in ihrem Gesicht. „Für Mama und Papa – weil sie nicht mit uns in den Zoo gehen können."

„Dann werde ich sie mal aus ihrem Gehege befreien." Maria schraubte den Deckel ab und schüttete den Inhalt auf die Küchentheke, an der sich oft Freunde oder Familienmitglieder versammelten und an einem Glas Wein oder Aperitif nippten, während Emmas Eltern in der Küche werkelten und dem Essen den letzten Schliff verliehen.

Einige der Ausstecher schienen regelrecht zum Leben zu erwachen: Sie schlidderten über die Theke, fielen auf den Parkettboden und versuchten zu entkommen. Maria zuckelte auf die andere Seite der Theke und sammelte die Ausreißer ein. Anschließend verfrachtete sie Weihnachtsformen, Blumen und andere Motive zurück in die Box und baute die Ausbeute vor Emma auf. Zum Dank schenkte ihre Enkelin ihr ein breites Grinsen und gab die Aussicht auf ein noch lückenloses Milchgebiss preis.

„Ich will kein Arzt werden so wie du und Mama und Papa." Emma bemühte sich, den Teig mit ihren Händen platt zu pressen, wobei sie die Zungenspitze zwischen die Lippen klemmte. „Ich mag kein Blut." Sie packte das Nudelholz und bearbeitete den Teigklumpen.

„Wir machen etwas Mehl an das Holz." Maria nahm ihr die Rolle ab und bestäubte sie mit dem weißen Pulver.

„Einmal habe ich mich geschnitten. Es hat geblutet und wehgetan." Emma hob demonstrativ einen mit Teig und Mehl überzogenen Finger in die Höhe. „Warum magst du Blut, Oma?"

„Oh, weißt du, eigentlich mag ich auch kein Blut sehen, aber mir gefällt es, Menschen zu helfen. Leider bluten viele von ihnen." Sie verstaute die Dose mit den restlichen Ausstechern wieder im Schrank.

„Vielleicht werde ich aber auch Kindergärtnerin." Emma klopfte mit den Fäusten auf den Teig. Dann kann ich ganz viel spielen, oder Kaninchenzüchter."

„Kaninchenzüchter?" Maria verkniff sich ein Lachen. „Das ist aber ein ungewöhnlicher Berufswunsch. Wie kommst du denn auf die Idee?"

„Weil ich ein Kaninchen haben möchte, aber Papa will das nicht."

„Warum erlaubt er es nicht?" Maria verfolgte die vergeblichen Bemühungen ihrer Enkeltochter, den Teig zu bezwingen. „Darf ich auch einmal rollen? Das habe ich schon so lange nicht mehr gemacht."

„Okay." Emma reichte ihr das Nudelholz. „Papa meint, die sind sehr empfindlich und machen Dreck, und ich bin zu klein, um mich allein darum zu kümmern. Und wenn ich in die Schule komme, will Mama ihren Dacharzt machen. Dann hat sie auch keine Zeit, den Stall sauber zu machen."

„Dacharzt?" Maria grinste. „Ich dachte, wenn das Dach kaputt ist, kommt der Dachdecker. Meinst du möglicherweise einen Facharzt?"

„Genau. Darf ich wieder rollen?" Emma walzte über den glatten Teig und grunzte zufrieden. „Jetzt ist es gut. Du darfst auch ausstechen!"

Sie füllten das Blech mit allerlei Zootieren und bugsierten es in den Ofen. Ein köstlicher Duft breitete sich in der Küche aus, während Emma die Ausstecher und allerlei Schüsseln in die Spülmaschine räumte und Maria die Küchenablage reinigte. Anschließend mischten sie Zuckerguss an und verliehen den Tieren einen kunterbunten Farbanstrich: Rote Löwen mit orangenen Mähnen tummelten sich friedlich neben grünen Giraffen mit pinken Flecken, Zebras mit farbenfrohen Streifen und anderen wilden Tieren. Beim Verzieren plapperte Emma fröhlich vor sich hin und füllte den Raum mit kindlichen Weisheiten und Gekicher.

Als die Tiere endlich auf den Plätzchenplatten grasten und die Küche von Mehlstaub und Farbkleksen befreit war, linste Maria erstmals auf die Uhr. „Was?" Ihre Augen weiteten sich. „Schon ein Uhr? Das hat mir so viel Spaß gemacht, dass ich glatt die Zeit vergessen habe. Was hältst du davon, wenn wir auf das Kochen verzichten und stattdessen sofort in den Zoo fahren? Auf dem Weg dorthin können wir bei meinem Lieblingsitaliener anhalten."

„McDonalds?" Emma neigte ihren Schopf zur Seite und ließ es auf einen Versuch ankommen.

„I-ta-li-e-ner!" Maria betonte Silbe für Silbe, wobei ihre Augen größer und größer wurden.

„Gibt es da Eis?" Emma kniff die Lippen zusammen und zog die Mundwinkel hoch.

„Aber hallo! Das beste Eis auf der ganzen Welt."

„Echt?" Emma riss die Augen auf.

„Wenn ich es sage! Also los!"

„Liest du mir noch eine Geschichte vor?" Emma kuschelte sich in ihr Bett, das mit Prinzessin Lillifee-Bettwäsche und zahlreichen Kuscheltieren ausstaffiert war. Über ihr schwebte ein Himmel aus rosa-grün gestreiftem Stoff.

„Klar! Was möchtest du denn hören?" Maria durchforstete das Regal, in dem sich große und kleine, dicke und dünne Kinderbücher wie Wäschestücke auf einer Leine aneinanderdrückten. „Lauras Stern?"

„Der kleine Rabe Socke!" Emma quetschte ihren Lieblingshasen Flopsi in die Ellenbeuge und fingerte an dem abgegriffenen Ohr.

Maria verdrehte den Kopf, las die Titel auf den Buchrücken und rupfte das gewünschte Buch heraus. Ihr Handy, das sie auf dem Nachttisch geparkt hatte, klingelte. Sie schaute auf das Display und zwinkerte Emma zu. „Unser Kontrollanruf – pünktlich wie die Maurer."

Emma gluckste.

„Hallo, Sophie", meldete sich Maria, „wie geht es euch?"

„Richtig gut! Wir hatten einen wundervollen Tag. Und ihr?" Sophie saß in der Tower Bar des Hotel Hafen Hamburg und genoss das Panorama auf den Hamburger Hafen.

„Ebenfalls. Emma hat mich ordentlich auf Trab gehalten. Sie könnte glatt meinem Chefarzt Konkurrenz machen." Maria setzte sich auf die Bettkante und legte das Buch auf ihrem Schoß ab.

„Kann ich Emma mal sprechen?" Sophie beäugelte das leere Champagnerglas, mit dem sie zuvor mit Paul angestoßen hatte. Sie hatten ihre Rückkehr in das Hotel, in dem sie vor sieben Jahren ihr erstes gemeinsames Wochenende verbracht hatten, gebührend gefeiert.

„Sie liegt neben mir. Ich gebe sie dir." Maria reichte das Telefon weiter.

„Hallo, mein Schatz", sagte Sophie, „hattest du einen schönen Tag?" Sie entdeckte den Kellner, der sich ihrem Tisch mit der Rechnung näherte. Sein feierliches Mienenspiel passte zu der schwarzen Fliege, dem weißen Hemd und den auf Hochglanz polierten Lackschuhen.

„Jaaaaa!" Emma nickte. „Wir haben eine Überraschung für euch gebacken und Eis gegessen und waren im Zoo."

„Das hört sich richtig spannend an. Was denn für eine Überraschung?“ Sophies Gesicht leuchtete, angesteckt durch die Begeisterung, die in der Stimme ihrer Tochter hüpfte.

„Das kann ich nicht sagen.“ Emma rollte mit den Augen. „Dann ist es doch keine Überraschung mehr!“

„Das stimmt“, lachte Sophie, „aber du hast mich ganz neugierig gemacht.“ Sie kuschelte sich in Pauls Arm. „Schlaf gut und träume etwas Schönes. Ich habe dich lieb und vermisse dich.“ Sophie schmiss ein Küsschen in die Leitung.

„Ich habe dich auch lieb, Mama.“

„Warte – Papa möchte dir auch Gute Nacht sagen.“ Sophie reichte ihr Telefon weiter.

„Emma?“ Paul drückte das Handy an sein Ohr. Mit der freien Hand streichelte er Sophies Arm.

„Hallo, Papa!“, fiepte Emma.

„Hallo! War Oma brav?“, scherzte Paul. Um die Augen in dem noch jungenhaften Gesicht tanzten winzige Lachfältchen.

Emma giggelte. „Ja, ganz brav.“

„Sie hat also alles gemacht, was du wolltest?“

Emmas Locken wippten zustimmend.

„Und was macht ihr jetzt?“ Pauls Blick klebte auf Sophies Dekolleté.

„Oma liest mir vor.“ Emma blickte zu dem Bilderbuch.

„Prima! Dann noch viel Spaß euch beiden. Schlaf gut. Bis morgen Abend.“ Paul riskierte einen weiteren Ausblick in Sophies Ausschnitt. „Den werden wir heute auch noch haben“, säuselte er in Sophies Ohr.

„Bis morgen“, trällerte Emma und reichte ihrer Großmutter das Telefon.

„Hallo?“ Maria sprach in die Muschel. „Keiner mehr dran“, erklärte sie Emma und beförderte das Telefon zurück auf den Nachttisch. „Dann können wir ja jetzt in Ruhe lesen."

Sie blätterte das Buch auf und las ihrer Enkeltochter vor, wie der kleine Rabe Socke zu seinem Namen gekommen war. Dabei präsentierte sie das Buch so, dass Emma die Bilder ebenfalls betrachten konnte.

„Das ist eine schöne Geschichte." Maria klappte das Bilderbuch zu und stellte es zurück zu seinen Kameraden. „Die kannte ich noch gar nicht."

Sie gähnte und bewunderte ihre Enkeltochter, die trotz des anstrengenden Tages noch absolut fit schien. „Bist du gar nicht müde?"

„Ich bin nie müde." Emma drückte Flopsi an sich.

„Das gibt es doch nicht." Maria hockte sich nochmals auf die Bettkante und koste Emmas weiches Haar.

„Aber damit ich einschlafen kann, singen Mama oder Papa mir immer etwas vor." Sie lächelte verschmitzt und fügte ernst hinzu: „Manchmal habe ich Angst im Dunkeln. Aber nicht vor Monstern. Die gibt es nicht."

„Wovor hast du denn Angst?"

„Nichts sehen zu können. Und keine Luft zu bekommen. So wie in einem dunklen Keller ohne Fenster."

„Ach so." Maria streichelte Emma über den Scheitel. „Das finde ich auch sehr unangenehm, und damit es nicht dunkel wird und du genügend Luft bekommst, lassen wir deine Tür einen Spaltbreit offen und das Licht im Flur an. Einverstanden?"

Emma nickte.

„Und singen kann ich auch." Maria glättete die Decke. „Als deine Mama klein war, mochte sie am liebsten La le lu."

„Das mag ich auch am liebsten." Emma stemmte Flopsi in die Luft. „Und Flopsi auch."

„Das trifft sich gut. Dann singe ich dir das Lied vor."

„Ich muss aber erst noch beten.“ Emma legte den Hasen beiseite und faltete die Hände. Nachdem sie mit ernster Miene ein Nachtgebet gesprochen hatte, schloss sie die Augen, lauschte Marias Gesang und war bereits bei der zweiten Strophe eingeschlafen.

Maria küsste sacht ihre Stirn und ließ die Zimmertür, wie versprochen, offenstehen. Das Licht vom Korridor schlich auf Zehenspitzen in Emmas Zimmer und leistete ihr bis zum nächsten Morgen Gesellschaft.

Kapitel 2

Sonntag

„Wenn du möchtest, können wir heute Nachmittag in ein Freigehege fahren und die Rehe füttern. Das Wetter ist so herrlich."

Maria stieg aus dem Sandkasten und klopfte sich den Sand von der Hose.

„Au ja!" Emma quietschte vor Vorfreude und lief zur Schaukel, die Paul in einem greisen Baum für sie angebracht hatte. „Ich schaukle so lange, bis du die Nudeln gekocht hast!"

„Aber nicht zu hoch!" Maria hob mahnend einen Finger.

„Dooooch!" Emma umfasste die Stricke und hievte sich geschickt auf das Brett.

„Dann halte dich gut fest! Soll ich dich anschubsen?"

„Das kann ich alleine!" Der Stolz in Emmas Stimme war unüberhörbar.

„Prima! Ich setze nur kurz das Nudelwasser auf und bin gleich wieder da."

Maria überquerte die Wiese und die Terrasse, streifte die Schuhe auf der Fußmatte, die mit dem Schriftzug *Willkommen* grüßte, ab und eilte in die Küche.

Als sie die Sonnencreme für Emma endlich gefunden hatte, kochte das Wasser bereits. Rasch warf sie die Nudeln hinein, regelte die Temperatur der Herdplatte, durchkreuzte den Wohnraum und trat ins Freie.

Sie spähte durch den Garten zur Schaukel.

Das Schaukelbrett war leer.

„Emma?“ Maria lugte durch den Garten. „Emma?“ Ihre Stimme kletterte in einen höheren Oktavbereich. Sie lauschte.

Vögel zwitscherten. Irgendwo bellte ein Hund, und in der Ferne heulte ein Motor auf.

Kein Kichern von Emma.

Maria sauste durch die gepflegte Gartenanlage und suchte hinter Büschen und Bäumen sowie in der Gartenlaube.

Keine Spur von Emma.

Sie kehrte ins Haus zurück, ohne ihre Schuhe auf der Matte abzutreten.

„Emmaaaaaaaa?“ Mit Riesenschritten durchquerte sie den Wohnbereich, klopfte an die Tür des Gäste-WCs, zögerte für einen Moment und öffnete sie. Emma war nicht da.

„Emmaaaaaa?“ Maria stürmte die Treppe hinauf und wiederholte die Prozedur an der Badezimmertür. Das Bad war leer.

Sorge grub sich in jede Pore ihres Körpers und fraß sich bis ins Knochenmark, während sie Emmas Zimmer, das Schlafzimmer und das Arbeitszimmer betrat. Von Emma fehlte jede Spur.

„Emma? Ich kann dich nicht finden. Wo bist du?“ Eine eiserne Zange umklammerte Marias Magen und quetschte ihn zusammen. „Hast du dich versteckt? Komm raus. Du hast gewonnen. Dein Versteck ist zu gut.“

Kein Laut.

„Bitte, Emmaaaaa“, flehte sie.

Sie spitzte die Ohren. Gespenstische Stille erfüllte das Haus. Von unten drang ein zischendes Geräusch herauf. Das Nudelwasser kochte über.

Maria hastete die Treppe hinunter, schaltete den Herd aus und rannte in den Keller. „Emma?“, schluchzte sie, während sie Vorratskeller, Waschkeller und Heizungskeller begutachtete. „Emma, bitte, komm raus!", wiederholte sie immer wieder, während sich hektische Flecken auf ihrer Haut abzeichneten.

Auf der Kellertreppe stolperte sie über ihre eigenen Füße und schlug hart mit dem Kinn auf. Sie presste die Hände gegen den pochenden Schmerz. Klebriges Blut glänzte in den Handflächen. Sie schmierte es achtlos an den Hosenbeinen ab.

„Emma?" Sie weinte beinahe, als sie zurück in den Garten hetzte. „Ruhig bleiben", mahnte sie sich. „Emma erlaubt sich nur einen Scherz. Sie findet es bestimmt lustig."

Maria preschte zurück ins Haus und durchsuchte jeden Winkel. Sie tastete die Vorhänge ab, verrutschte alle Sitzgelegenheiten und durchwühlte jeden Schrank. Von Raum zu Raum wurde sie unruhiger. Panik nistete sich in ihrem Körper ein wie tiefziehende Wolken in einem Gebirge.

„Emma?" Die Silben überschlugen sich.

Sie flitzte zurück in den Garten und durchkämmte nochmals alle Plätze, die für ein Versteck in Betracht kamen. Diesmal hob sie die achtlos zur Seite gelegte Plastikplane hoch, die zur Abdeckung des Sandkastens diente. Darunter war nur das Gras.

Maria flog zurück ins Haus und stellte abermals alle Räume auf den Kopf. Mittlerweile ähnelten sie einem Napoleonischen Schlachtfeld: Auflagen und Kissen waren von dem Sofa gezerrt und Stühle weggerutscht worden, Schranktüren standen offen, Schrankinhalte überfluteten die Böden.

Im Badezimmer kreuzte ihre Suchaktion den Spiegel. Ihr Gegenüber hatte hektische rote Flecken im Gesicht. Schweißperlen rannen von der Stirn. Der Mascara war hinweggespült worden und hatte sich in gespenstische Augenringe verwandelt.

Maria lief zur Haustür, stopfte den Schlüssel, der im Schloss baumelte, in ihre Hosentasche und fegte zum Nachbarhaus. Emma spielte manchmal mit dem Nachbarsmädchen, obwohl dieses drei Jahre älter war. Sie drückte auf den Klingelknopf. Nach einigen ungeduldigen Sekunden läutete sie Sturm. Niemand erhörte den Lärm.

Sie wendete sich nach links, trabte an dem Haus ihrer Tochter vorbei und schellte bei den anderen Nachbarn. Das kinderlose Ehepaar war nicht zu Hause.

Maria jagte zurück zu Sophies Haus. Kalter Angstschweiß durchnässte ihre Bluse. Mit zittrigen Fingern führte sie den Schlüssel ins Türschloss und brüllte aus Leibeskräften: „Emmaaaaaaaaaaaaaa!“

Eisige Ruhe schlug ihr entgegen.

Sie hechtete zu ihrer Handtasche, wühlte nach dem Handy und wählte die Nummer ihrer Tochter.

Paul wickelte Sophies Haare mehrmals um seine Hand und bettete sie auf dem Kopfkissen. Dann küsste er sie auf den freigelegten Nacken. Von dort aus wanderten seine Liebkosungen ihre Wirbelsäule hinab. Sie erschauerte unter den zärtlichen Berührungen.

„Du riechst so verführerisch“, säuselte er.

„Immer noch?“ Sie schnurrte wie eine Katze vor dem Kamin. „Hast du noch nicht genug von mir?“ Sie räkelte sich.

„Oh nein!“ Seine Küsse erreichten ihren Po. „Niemals. Das Programm heute wird geändert. Zimmerservice …“

Aus den Augenwinkeln realisierte er ein Leuchten. Ihr Handy, das auf einem Sessel in der Nähe des Bettes lag, blinkte und vibrierte. Auf seinen Wunsch hin hatte sie den Störenfried auf leise gestellt. Er ignorierte das Gerät und widmete sich wieder seiner Frau.

„Du fühlst dich gut an." Seine geübte Hand liebkoste die Innenseite ihrer schlanken, festen Schenkel.

Sophie drehte sich auf den Rücken.

„Mist!" Maria schleuderte das Handy auf den Esstisch und massierte ihre Schläfen und Augenbrauen. „Emma, wo steckst du nur?", flüsterte sie. „Wie soll ich denn die Telefonnummern von deinen Freundinnen herausfinden, wenn deine Eltern nicht ans Handy gehen?"

Sie lief einige Male im Zimmer auf und ab. Schließlich griff sie das Telefon erneut und tippte die Zahlenkombination eins eins null.

Kapitel 3

Zwei Wochen später

„Sitz!“ Britta verband das Kommando nachdrücklich mit dem erhobenen Zeigefinger. Der Beagle parierte und pflanzte sein Hinterteil auf den Waldweg. „Gut!“, lobte sie und belohnte das Tier mit einem Hundeleckerli.

„Und jetzt, Anton“, sie löste die Leine vom Halsband, „darfst du frei laufen, aber du bleibst dicht bei mir und kommst, wenn ich dich rufe. Genauso wie wir es mit der Schleppleine geübt haben. Hörst du?“

Der Beagle kippte den Schädel zur Seite.

„Prima! Dann los!“

Anton sprang auf, seine Ohren flatterten. Britta schritt zügig über den Weg. Der Boden war fest. Es hatte schon länger nicht geregnet. Über den Baumwipfeln thronte ein azurblauer Himmel, auf den ein unbekannter Künstler einige Zuckerwattewolken gemalt hatte. Die Sonne zwängte gelbe schräge Strahlen durch das Blätterwerk und zauberte filigrane Muster auf den Pfad.

Anton lief einige Meter vor ihr her und schnüffelte begeistert an Erde und Laub. Hin und wieder kurbelte er seinen braun-weißen Beaglekopf zurück und vergewisserte sich, dass der Abstand zwischen ihm und Britta nicht zu groß wurde.

Der intensive süßliche Duft der Maiglöckchen kletterte in Brittas Nase. Sie staunte über die großen Mengen der kleinen krautigen Pflanze, die aus dem Waldboden geschossen waren und ihre glockigen Blüten den Sonnenstrahlen entgegenstreckten.

„Hierher, Anton, komm!"

Anton parierte erneut aufs Wort, schoss auf sie zu und umgarnte sie mit seinen sanften haselnussbraunen Augen.

„Guter Hund!" Britta kraulte den Rüden hinter den Ohren. „Das machst du super. Weiter!"

Der Beagle trabte einige Meter vorweg. Seine Rute wedelte fröhlich.

Britta bemerkte ein Rotkehlchen, das auf einem Ast wippte und trillerte. Seine orangerote Vorderbrust leuchtete unter dem Frack aus Federn. Perlende, reine Töne schwirrten über die Waldbühne, die Brittas Körper mit einem warmen Gefühl von Zufriedenheit erfüllten.

Anton vergrub seine Nase in der Walderde am Wegesrand. Abrupt schien er eine Fährte aufzunehmen. Er schnüffelte, schoss im Zickzack über den Boden und schien die Welt um sich herum vollkommen auszublenden.

„Anton, komm!" Britta stützte die Hände in die Hüften.

Der Hund reagierte nicht. Stattdessen stob er in das Unterholz.

„Das darf doch nicht wahr sein!", schimpfte sie leise und starrte zwischen Baumstämme und buschiges Grün. „Anton, komm!" Britta versuchte abermals vergeblich ihr Glück. „Na super", kommentierte sie laut. „Die in der Hundeschule haben gut reden, von wegen nicht hinterherlaufen und nicht schreien. Und jetzt? So ein Granatenmist!"

Sie verließ den Weg und stapfte einige Schritte hinter dem Hund her. „Verdammt und zugenäht! Komm, Anton, hierher!" Sie blieb stehen und lauschte. Das Rotkehlchen sang aus lauter Kehle. In einem Sonnenstrahl, der durch das dichte Geäst fiel, tanzten Insekten. Aus der Richtung, in die Anton verschwunden war, kam das Scharren von Pfoten. Dann hörte sie ein Winseln.

Britta rannte los. Sie stolperte über einen Wurzelausläufer und verlor fast die Balance.

„Anton!“ Sie konnte das Tier nicht sehen. „Anton, komm, bitte!“, flehte sie. Eine beängstigende Stille senkte sich über das Waldstück.

Kein Scharren.

Kein Winseln.

Selbst das Rotkehlchen war verstummt.

„Anton?“ Die aufbrausenden Tränen raubten ihr die Sicht. Brittas Verstand füllte die Stille mit einem grausamen Szenario nach dem anderen. Was, wenn Anton immer tiefer in den Wald vordrang und sie ihn nicht mehr finden konnte? Wenn er ein vergiftetes Stück Fleisch gefressen hatte, das von einem Hundehasser ausgelegt worden war? Oder er einem Jäger über den Weg lief, der ihn gnadenlos erschoss? Ein gewaltiger Druck breitete sich hinter Brittas Stirn aus.

Da! Ein Winseln!

Britta stolperte darauf zu. Ein tiefhängender Zweig verfing sich in ihrem Haar. „Mist“, fluchte sie. „Anton?“ Sie befreite die Strähnen und kämpfte sich weiter zu dem Winseln vor. Endlich erspähte sie den Beagle. Tränen der Erleichterung verschafften sich Luft. Gleichzeitig spürte sie, wie kalter Angstschweiß über ihren Rücken rann. Sie zwang sich zur Ruhe, um Anton nicht ein weiteres Mal zu verlieren.

„Anton, komm. Hier!“ Es gelang ihr, den Befehl mit ruhiger, fester Stimme zu geben. Trotzdem reagierte er nicht. Wie von Sinnen scharrte er im Boden.

Britta näherte sich dem Tier langsam von hinten, um es nicht zu ängstigen und tiefer in den Wald zu treiben. Sie hatte den Hund fast erreicht. Noch zwei Schrittlängen. Sie fixierte das Halsband und streckte ihre Finger danach aus. Endlich bekam sie es zu fassen.

„Anton! Du böser Hund!", schalt sie halbherzig und zog den Rüden zu sich heran.

Anton winselte, lehnte sein Gewicht gegen das Lederhalsband und wand sich wie ein Wurm am Angelhaken.

„Aus!", befahl Britta. Sie konnte das Tier kaum halten. Ihre Aufmerksamkeit kroch vorsichtig zu der Stelle, an der Anton zuvor gegraben hatte. Sie sperrte den Mund auf und schnappte nach Luft. Entsetzen fraß sich in ihre Gesichtszüge. Ihr Blick heftete sich an ihre Hände, die ihrerseits an Antons Halsband Halt suchten. Die Fingerknöchel zeichneten sich weiß unter der Haut ab. Äste und Dornen hatten blutige Kratzer auf die Handrücken gezeichnet. Britta wurde schwindelig. Der Waldboden bebte und die Bäume schwankten. Gleichzeitig schien sich die gesamte Kulisse wie ein Karussell zu drehen. Sie presste die Augenlider zusammen und konzentrierte sich darauf, ruhig durchzuatmen.

Anton zerrte und zerrte an seinem Halsband.

Britta beruhigte sich allmählich. Fast zwanghaft wagte sie eine nochmalige Überprüfung. Es war noch da: Ein Unterarm mit einer Hand. Die Haut wirkte grünlich und marmoriert, als wollte sie sich ihrer Umgebung anpassen, um unentdeckt zu bleiben. Sie umklammerte Antons Lederband mit beiden Händen und unterdrückte die aufkeimende Übelkeit.

Es war ein Arm.

Der Arm eines Kindes.

Eines kleinen Kindes.

Kapitel 4

Drei Wochen später

„Emma, Emma …“ Sophies Lippen bewegten sich fast lautlos. Sie stierte paralysiert auf den Sarg, der im Altarbereich aufgebahrt war. Auf dem weißen Holz tanzten Kornblumen, Heide-Nelken und andere bunte Wiesenblumen, deren Farben von dem Meer aus Kränzen und Blumen, das den Kindersarg umgab, aufgenommen wurden. Es wirkte geradeso, als würde Emma auf einer Frühlingswiese ruhen.

Sophie war während der letzten Wochen zusehends schwächer geworden wie eine Rose, der Wasser fehlte. Am Ende war sie vollkommen verblüht.

In den ersten Tagen nach Emmas Verschwinden hatte sie eine Hyperaktivität an den Tag gelegt, die ihrer sonst besonnenen Art vollkommen fremd war. Um Emma zu finden, hatte sie mehrmals die Polizei aufgesucht, Flugblätter gedruckt und verteilt, mit der Presse sowie Radio- und Fernsehsendern Kontakt aufgenommen und sinnlos von früh bis tief in die Nacht die Gegend abgefahren. Darüber hatte sie das Essen vergessen. Paul kostete es alle Überredungskünste, ein paar Brocken in sie hineinzuzwängen, wenn er abends aus der Klinik nach Hause kam – falls er sie dann überhaupt antraf.

Mittlerweile ähnelte sie Grizabella aus dem Gedicht Rhapsody on a Windy Night von T.S. Eliot. Ihre Kleider baumelten lose an ihren Schultern wie auf einem Bügel. Unter ihren Augen lagen violette Ringe. Ihr Haar hatte seinen Glanz verloren und fiel büschelweise aus. Ihr Blick huschte nervös hin und her. Bei jedem Laut zuckte sie zusammen, fuhr aber bei dem Vorschlag, therapeutische Hilfe zu suchen, aus der zerknitterten Haut.

Paul umfing ihre Taille und presste sie an sich. „Komm, Sophie. Wir bleiben an Emmas Seite."

Tiefes Schweigen erfüllte die überladene Kirche. Nicht nur Familienangehörige, Freunde, Bekannte und Kollegen waren zu der Beerdigungszeremonie erschienen, sondern auch zahlreiche Unbekannte.

Die Glocken begannen zu läuten. Der kleine Sarg wurde von Pauls Kollegen, die über die Jahre in der Klinik zu engen Freunden geworden waren, hinausgetragen. Die Ärzte hatten ihre weißen Kittel gegen schwarze Anzüge getauscht. Obwohl sie dem Tod stets nahe waren, spiegelten ihre Mienen tiefe Betroffenheit und Anteilnahme wider.

Paul schob Sophie sachte von der Bank in den Mittelgang. Sie schaffte es, einen Fuß vor den anderen zu setzen und hinter dem Pfarrer, der dem Blumensarg unmittelbar folgte, herzuwanken. Tränen strömten über ihr Gesicht.

Ein Fußweg führte zu dem kleinen Friedhof hinter der Kirche. Das Knirschen von Kies, das die schweren Schritte erzeugten, mischte sich mit dem Glockenklang. Die Trauerprozession machte vor einem ausgehobenen Grab halt.

Der Pfarrer zitierte den Bibelvers, den Sophie und Paul für Emma ausgewählt hatten. Sophie umschlang ihren Oberkörper mit den Armen und wiegte sich vor und zurück. Paul hielt sie fest, aus Angst, sie könnte in das offene Grab fallen. Dann übergaben die Sargträger den Kindersarg Zentimeter für Zentimeter dem Erdreich.

Stille breitete sich aus. Sie schlich über den Friedhof und schien die Luft zum Atmen zu zerdrücken. Leise stellte sich ihr ein Sopran entgegen. Mit jeder Note wurde er lauter.

"La le lu
Nur der Mann im Mond schaut zu
Wenn die kleinen Babys schlafen
Drum schlaf' auch du ..."

Sophie und Paul hatten das Lied für Emma ausgesucht. Es war das Lied, das sie am liebsten gemocht hatte und das ihre Eltern ihr immer und immer wieder hatten vorsingen müssen, wenn sie keinen Schlaf finden konnte.

Pauls Bruder Thomas fügte persönliche Worte an, die er gemeinsam mit Paul niedergeschrieben hatte. Paul und Sophie hätten dazu in diesem Moment nicht die Kraft gefunden. Auch Thomas gelang es nicht, das Zittern aus seiner Stimme zu verbannen. Er war Emmas Patenonkel gewesen und hatte es nie als Pflicht, sondern als Freude empfunden, mit Emma zu spielen und kleine Überraschungsausflüge für sie zu organisieren.

„Aus der Erde bist du genommen, der Erde geben wir dich zurück, dein Gott wird dich rufen zu neuem Leben." Der Pfarrer trat vor und warf dreimalig Erde in das Grab, während er sprach. „Erde zu Erde, Asche zu Asche, Staub zu Staub."

Paul nahm mit der freien Hand Erde auf und lies sie durch die Finger auf den Sarg rieseln. Das leise Geräusch, als die Erdbröckchen auf den Sarg fielen, machte den endgültigen Abschied schmerzhaft deutlich.

Sophie presste sich die Hände auf die Ohren.

„Sophie?" Paul drückte ihre Seite.

Sie zeigte keine Reaktion.

Behutsam umfasste er ihre Handgelenke und zog die Hände von ihren Ohren. „Sophie, hörst du mich? Nimm die Blütenblätter und streue sie auf Emmas Weg."

Sophie verharrte reglos. Sie starrte mit weit aufgerissen Augen auf den Sarg.

Paul umschlang wieder ihre Taille, aus Angst sie könnte stürzen. „Sophie? Die Blumen!“

Wie eine von Fäden geführte Marionette versenkte Sophie ihre Finger in der Schale mit den zartrosa Pfingstrosenblütenblättern, die Emma geliebt hatte. Mechanisch, von unsichtbaren Strängen geführt, tauchte die Hand aus dem Blättermeer auf. Langsam entkrampften sich die Finger, und Blüte für Blüte schwebte auf Emmas Sarg, bedeckte die Erde und verschmolz mit der Blumenwiese auf dem Holz.

„Komm, Sophie.“ Er lenkte sie von dem Grab weg und gab den Platz für Maria frei. Diese verabschiedete sich still von ihrer Enkeltochter. Dann ließ auch sie behutsam eine Handvoll Erde auf den Holzsarg prasseln.

Paul führte Sophie zum Auto, das vor der Kirche parkte. Sie hatten darum gebeten, von Beileidsbekundungen am Grab Abstand zu nehmen. Er öffnete die Beifahrertür und dirigierte Sophies Körper auf den Beifahrersitz. Sie schien ihre Umwelt nicht wahrzunehmen. Er startete den Motor und steuerte das Restaurant an, das sie für das gemeinsame Speisen der Trauergäste gebucht hatten. Er wusste nicht, wie Sophie den Tag überstehen sollte. Und auch nicht die Tage, Monate und Jahre, die nun folgen würden.

Kapitel 5

Ein Jahr später

Kölner Stadtschau, 31.5.2001

Lebenslang für Mord an Emma H.
Höchststrafe für Georg S.

Das Landgericht Köln hat das Urteil gegen Georg S. gefällt. Der Angeklagte wurde für den Mord an der fünfjährigen Emma H. zu einer lebenslangen Haftstrafe verurteilt. Das Gericht hat die besondere Schwere der Schuld festgestellt. Damit ist eine vorzeitige Entlassung auf Bewährung nur in besonderen Ausnahmefällen, wie zum Beispiel schwerer Erkrankung, möglich. Eine anschließende Sicherungsverwahrung nach Verbüßung der lebenslangen Haftstrafe (fünfzehn Jahre) wurde jedoch nicht verhängt.
Die Begründung für diesen Beschluss liegt in dem eingeholten psychiatrischen Gutachten, das die Kriterien für eine Sicherungsverwahrung im Falle des Georg S. nicht erfüllt sieht. Bei Georg S. besteht nach Auffassung des psychiatrischen Sachverständigen kein Hang, vergleichbare Handlungen in Zukunft aufs Neue zu begehen. Des Weiteren sei die Persönlichkeitsstörung des Mörders unter Therapie im Strafvollzug korrigierbar.
In seinem letzten Wort vor der Urteilsberatung äußerte der Angeklagte Einsicht und Reue, bat die Angehörigen des Opfers um Entschuldigung und erklärte sich bereit, das Therapie- und Hilfeangebot anzunehmen, was die Entscheidung der Richter beeinflusste.

Im April 2000 hatte Georg S. die fünfjährige Emma H. aus dem Garten ihres Elternhauses entführt. Er betäubte das Mädchen mit Chloroform und brachte es in sein nur wenige Kilometer entferntes Haus. Die Leiche des Mädchens wurde zwei Wochen später von einer Spaziergängerin und ihrem Hund in einem Waldstück entdeckt. Hinweise aus der Bevölkerung führten schließlich zur Festnahme des Mörders.
In seinem Keller stellten Polizeibeamte Sexspielzeuge sadistischer Natur wie Gummimasken, Silikon-Mundknebel und Maulsperren mit Lederbändern sowie Videos, die den Missbrauch dokumentieren, sicher.
Emma H. befand sich fünf Tage lang in der Gewalt von Georg S., bis er sie, laut Aussage des Angeklagten, erwürgte, weil sie zu stark blutete und ständig nach ihrer Mama rief.
Die Staatsanwaltschaft legte Revision ein.

Kapitel 6

Drei Jahre später

„Doktor Kaiser“, meldete sich Maria, nachdem ihr Piepser ein Schrillen von sich gegeben hatte. Sie hatte bereits seit zwei Stunden Dienstschluss. Anstatt direkt nach Hause zu fahren, hatte sie es vorgezogen, im Arztzimmer zu bleiben und gemeinsam mit einem Foto von Sophie und Emma auf ihre Schuldgefühle anzustoßen, bevor sie sich auf den Heimweg machte. Sie strich mit dem Zeigefinger über die Porträts und steckte das Foto zurück in die Brieftasche.

„Doktor Kaiser? Gott sei Dank! Autounfall. Notaufnahme.“ Die routinierte Stimme geizte mit Worten.

„Ich komme.“ Maria gönnte sich einen letzten Spritzer Wodka, spülte das Glas mit Wasser aus und stellte es zum Abtropfen auf das Tablett neben der Kaffeemaschine. Sie verstaute die Flasche in ihrer Umhängetasche sowie ein Pfefferminzbonbon in ihrem Mund, verließ das Arztzimmer und hechtete zum Aufzug. Dort drückte sie auf den Knopf und wartete auf den Lift.

„Guten Abend, Doktor Kaiser.“ Die Nachtschwester sauste an ihr vorbei.

„Guten Abend, Schwester Susanne.“ Sie schaute der Krankenschwester, die das Zimmer 312 betrat, hinterher. Über der Zimmertür blinkte ein rotes Lämpchen.

Die Fahrstuhltüren glitten auseinander. Maria betrat das Gefährt und tippte den Knopf, der zur Notaufnahme im Erdgeschoß führte. Der Lift stoppte mit einem sachten Ruck, der ausreichte, um einen Kloß in ihren Hals zu befördern. Sie schluckte vergeblich und räusperte sich mehrere

Male, während sie durch den leeren Flur eilte. Das Echo ihrer Tritte hallte vorwurfsvoll von den Wänden.

Maria erreichte die Notfallstation, trat an das Waschbecken, wusch ihre Hände und Unterarme und schrubbte ihre gekürzten Fingernägel. Sie trocknete sich mit Papierhandtüchern ab, rieb die Haut gründlich mit einem Desinfektionsmittel ein und blickte in den Spiegel. Über dem Mundschutz lauerte ein Augenpaar – skeptisch, vorwurfsvoll, resigniert. Geplatzte Äderchen hatten zwei rote Netze gewebt, in deren Mitte jeweils eine blaue Iris gefangen saß. Die geröteten Lider umrahmten die surrealistischen Kreationen. Sie unterbrach den Blickkontakt und wankte in den Raum.

Eine düstere Vorahnung hockte wie ein fetter schwarzer Rabe auf ihrer Schulter. Langsam stakte sie auf das Untersuchungsbett zu. Die Stimmen des Anästhesisten, zweier Assistenzärzte und mehrere Schwestern drangen – von einer unsichtbaren Glasglocke gedämpft – in ihren Gehörgang. Sie wichen auseinander und ebneten ihr den Weg zu dem Patienten.

Marias Blick streifte das Gesicht der Verletzten. Unverzüglich spürte sie ein Flimmern vor den Augen und ein Zittern in den Beinen. Das Mädchen war ungefähr in Emmas Alter. „Wo sind die Unfallchirurgen?" Maria schwankte kaum merklich und stützte sich am Bett ab.

„Sie sind nebenan. Autounfall mit fünf Schwerverletzten." Die Augen des Anästhesisten funkelten zwischen Mundschutz und Haube.

„Und der Kinderchirurg?" Sie atmete einige Male tief durch. Das Schwindelgefühl wurde besser.

„Wir konnten ihn erst nicht erreichen." Die Schwester schlug die Augen nieder. Der Arzt war für seine zahlreichen Eskapaden mit hübschen Krankenschwestern bekannt. „Er ist jetzt unterwegs."

„Wie bitte?“ Maria versuchte, sich zu sammeln. „Und die Allgemeinchirurgen? Ich bin Ärztin für plastische Chirurgie. Das Kind ist höchstens fünf Jahre alt!“

„Einer ist ebenfalls in einem der anderen Räume! Und einige andere Kollegen nehmen an einem Ärztekongress teil.“

„Das kann doch nicht wahr sein!“ Die Hiobsbotschaft stach in Marias Trommelfell. Das Flimmern war zwar besser geworden, und sie konnte den kleinen Körper gestochen scharf sehen, aber ihre Beine bebten noch immer. Sie trat einen wackeligen Schritt näher.

„Verdacht auf Milzriss“, diagnostizierte sie und deutete auf einen Bluterguss entlang der Höhe des Sicherheitsgurtes im Oberbauch. „Kreislauf?“

„Instabil“, verlautete ein Assistenzarzt.

„Sonographie!“, befahl sie. „Schnell!“

Ihre Hände zitterten. Sie verknotete die Finger ineinander, um dem Zittern Einhalt zu gebieten. Das Notfallteam war in Schweigen gehüllt; alle Blicke klebten an Marias Händen.

„Sonographie! Sofort!“, donnerte eine Stimme. Der Kinderchirurg war scheinbar aus dem Nichts erschienen. Das Schweigen des Teams wurde durch Bewegung ersetzt. „Danke, Doktor Kaiser. Ich übernehme.“ Der Kinderchirurg nickte ihr zu.

Maria starrte ihn an, als wäre er eine Halluzination, die ihre angetrunkene Fantasie heraufbeschworen hatte. Dann wandte sie der Szene den Rücken zu, torkelte aus der Station und flüchtete mithilfe des Fahrstuhls aus dem Schreckensbereich.

Zu ihrer Erleichterung fand sie das Arztzimmer verwaist vor. Sie sicherte die Tür im Schloss, befreite die Wodkaflasche aus der Tasche, füllte ein Glas mit dem klaren Heilmittel und leerte es in einem Zug. Sie schenkte sich einen weiteren Drink ein, platzierte ihn neben dem Computer auf der Arbeitsplatte und versteckte die Flasche wieder in der Umhängetasche. Dann schritt sie langsam durch das Zimmer, sank in den Schreibtischstuhl, lehnte den Schopf an die hohe Lehne und schloss die Lider. Der Alkohol entspannte ihren Körper. Das Zittern verebbte.

Der Computer schnarchte leise brummend. Ein Bildschirmschoner behütete seinen Schlaf. Sie rüttelte an der Maus und störte damit die Fische, die über den Bildschirm schwammen. Anschließend öffnete sie Word, wählte eine leere Vorlage aus und schrieb ihre Kündigung.

Kapitel 7

Am Tag darauf

Paul klinkte die Haustür hinter sich zu. Eine schwindelerregende Stille und der Geruch nach ranziger Pizza schlugen ihm entgegen.

„Sophie?" Er horchte gebannt. Enttäuscht wischte er sich mit der Hand über die Augen. Auf dem Esstisch stand noch der Karton mit den Resten der Pizza, die er sich gestern Abend bestellt hatte. Zur Abwechslung hatte er sich eine Pizza Hawaii gegönnt, nachdem in der vorhergehenden Woche zweimal die Sorte Salami seinen Hunger gestillt hatte. Daneben lag der Container der chinesischen Nudeln vom Vorabend. Teller, Bestecke und Gläser türmten sich auf dem Tisch. Offensichtlich war Sophie zu müde gewesen, um für ein wenig Ordnung zu sorgen. Gewohnheitsmäßig hörte Paul den Anrufbeantworter ab.

Keine Anrufe. Ihre Freunde, Bekannte und Nachbarn hatten sich einer nach dem anderen zurückgezogen. Die einen wussten nicht, wie sie sich den verwaisten Eltern gegenüber verhalten sollten, die anderen empfanden es als zu schmerzlich, einen möglichen Verlust des eigenen Kindes vor Augen geführt zu bekommen. Die nächsten hatten wiederum andere Gründe. Paul waren lediglich einige befreundete Arbeitskollegen geblieben. Doch der Kontakt beschränkte sich auf die Klinik. Er hatte keine Lust auf Partys, Bars und Ausgehen, und es war schier unmöglich, Sophie aus dem Haus zu locken.

„Sophie?" Paul stapfte die Treppe hoch. Im oberen Stockwerk sah es genauso chaotisch aus wie im Rest des

Hauses. Sophie schaffte es nicht, schmutzige Kleidungsstücke zu waschen, Körbe mit gereinigter Wäsche wegzusortieren, das Bett zu machen oder das Bad zu putzen. Ihre Haushaltshilfe hatte schon vor einem Jahr die Flucht ergriffen, und Sophie weigerte sich, eine neue Kraft einzustellen. Es war ihr zu unruhig. Sie wollte keine Menschen um sich haben.

Paul öffnete die Tür zu Emmas Zimmer einen Spalt. Sophie lag zusammengerollt auf dem kleinen Bett. Er fragte sich, ob sie heute überhaupt aufgestanden war.

„Hallo, Sophie." Er strich über ihr Stoppelhaar. Sie hatte die lange Haarpracht, die er so geliebt hatte, zu einem raspelkurzen Pixie geschnitten, da es ihr zu anstrengend geworden war, die Mähne zu pflegen. Statt den Gruß zu erwidern, rollte sie sich noch kleiner zusammen.

„Ich bestelle uns etwas zu essen. Okay?" Paul streichelte über ihren Rücken. Die Wirbelsäule drückte sich spitz in seine Handfläche.

„Ich habe keinen Hunger. Mir ist übel", murmelte sie.

„Soll ich dir ein Bad einlaufen lassen?" Er setzte sich zu ihr auf das Bett und sichtete die Schüssel, die sie für den Fall, erbrechen zu müssen, in Greifweite deponiert hatte.

Sophie reagierte nicht.

„Schatz, es kann so nicht weitergehen. Wir sollten uns klinische Hilfe holen. Du musst mit deinem Therapeuten sprechen. Er kann uns helfen." Er stützte die Ellenbogen auf die Oberschenkel und die Stirn in die Hände.

Sie schüttelte den raspelkurzen Schopf.

Pauls Schultern fielen nach unten. Sie hatten diese Diskussion schon unzählige Male geführt. Er redete jedes Mal gegen eine Wand. „Sophie, bitte", sagte er deshalb nur.

„Lass mir Zeit zum Trauern", wisperte sie in die Kissen. „Ich kann nicht wie du einfach zur Tagesordnung übergehen und so tun, als hätte Emma nie gelebt."

„Du weißt genau, ich vermisse Emma genauso wie du. Aber ich trauere anders. Ich muss arbeiten. Viel arbeiten. Es lenkt mich ab. Das habe ich dir bereits oft erklärt." Sein Daumen strich über ihre Wange.

„Ich bin anders." Ihre geröteten Augäpfel begegneten ihm flüchtig. „Die Schmerzen, die Emma ertragen musste – ich kann sie nicht vergessen. Der Gedanke, ihr nicht geholfen zu haben …", raunte sie. "Ich bin so müde. Bitte lass mich schlafen." Sie drückte Flopsi gegen ihren Bauch und krümmte sich wie ein Embryo zusammen. „Bitte!"

Paul legte die Decke über sie und liebkoste ihr Stoppelhaar. „Nun gut. Ich räume ein wenig auf und bestelle uns etwas Leckeres. Sobald es da ist, werde ich dich damit aus dem Bett locken. Keine Widerrede!" Er bedachte ihre Stoppeln mit einem Kuss.

Das Haustelefon klingelte. Bei dem ungewohnten Geräusch fuhr er zusammen. Sophie schien es hingegen gar nicht zu hören. Sie war schon wieder in den erlösenden Schlaf abgedriftet.

Paul hetzte zwei Stufen auf einmal nehmend zum Telefon und hob den Hörer ab. „Hofmann!"

„Hallo, Paul, hier spricht Maria. Störe ich?" Ihre Stimme taumelte wie eine vom Wind und Regen gepeitschte Möwe.

„Natürlich nicht. Sophie schläft, und ich wollte mir gerade etwas zum Essen bestellen." Er betrachtete den Stapel der Menüs, der neben dem Telefon lag.

„Geht es Sophie trotz der Therapie immer noch nicht besser?" Maria liebäugelte auf ihrer Seite der Leitung mit der Weinflasche.

„Leider nicht. Ich habe es auch schon mit Kollegen diskutiert. Ich fühle mich machtlos. Was soll ich tun? Ich kann sie ja nicht einfach in die Psychiatrie einweisen lassen."

„Wobei dies sicherlich das Beste wäre." Maria schwenkte die Flasche. Die Flüssigkeit quirlte in dem grünen Glas und erzeugte einen kleinen Strudel. „Sie wird allein nicht über den Verlust hinwegkommen. Auf der Skala des Schreckens rangiert der Verlust eines Kindes auf Rang eins. Und auch die Höchststrafe für den Täter kann das Leid nicht lindern."

„Vielleicht solltest du noch einmal versuchen, mit ihr zu sprechen." Paul fächelte sich mit dem Flyer, der den Haufen zuvor gekrönt hatte, Luft zu und legte ihn nach einigem Hin und Her neben seinen Artgenossen ab. Auf der ersten Seite waren ein Pizzaofen, eine italienische Flagge und der Schriftzug Bella Napoli abgebildet. Die Verpackungen dieses Restaurants fanden sich nicht nur auf dem Esszimmertisch, sondern auch in der Küche.

Früher waren sie Stammkunden im Vesuvo gewesen, einem kleinen italienischen Restaurant, in dem sie auch ihr erstes richtiges Rendezvous gehabt hatten. Damals war Sophie neunzehn Jahre alt und im dritten Semester ihres Medizinstudiums gewesen. Er hatte sie während des Anatomiekurses kennengelernt, an dem sie als Studentin und er als betreuender Tischassistent teilgenommen hatte. Er hatte sich Hals über Kopf in das auffallend hübsche Mädchen verliebt, das stets behutsam und bedacht handelte. Einige Monate hatte er ihr mit allen erdenklichen Anatomie-Tipps und Charme-Tricks den Hof gemacht, bis sie sich letzten Endes bereit erklärte, mit ihm auszugehen.

Eineinhalb Jahre später wurde Emma geboren. Sie heirateten, als Sophie im dritten Monat schwanger war. Sie beendete zwar ihr Studium, verschob die Ausbildung zum Facharzt jedoch auf einen unbekannten späteren Zeitpunkt, um sich zunächst voll und ganz Emma widmen zu können.

„Sie hat seit drei Jahren nicht mit mir gesprochen und wird es jetzt wohl kaum tun. Sie gibt mir die Schuld." Maria füllte etwas von der dunkelroten Flüssigkeit in das Glas.

Paul sah sich in dem unaufgeräumten Wohnbereich um. Alte Zeitungen lagen zerfleddert rund um das Sofa. Die Zierkissen auf den Sitzpolstern purzelten durcheinander. Eine Gläserparade bevölkerte den Sofatisch. Dazwischen quetschten sich die Fernbedienungen von Fernseher und DVD-Player.

„Aber du weißt, das stimmt nicht. Es ist nicht deine Schuld."

„Nur begrenzt. Ich habe Emma nicht nur zwei Minuten allein gelassen. Insgesamt waren es fünfzehn Minuten. Ich würde alles dafür geben, es rückgängig machen zu können." Sie haschte nach dem Glas und hielt es gegen das Licht, das aus der Wohnzimmerlampe strömte.

„Sie gibt auch mir die Schuld, weil ich sie zu dem Ausflug nach Hamburg gedrängt habe, und sich selbst, weil sie eingewilligt hat." Paul zog einen Stuhl vom Esstisch und setzte sich. „Du solltest versuchen, nochmals mit ihr zu sprechen."

„Das werde ich. Ich habe nun viel Zeit." Maria nahm einen kräftigen Schluck und berichtete Paul von dem gestrigen Vorfall im Krankenhaus. „Deshalb habe ich eigentlich angerufen. Ich wollte nicht, dass du es von jemand anderem erfährst."

„Du bist eine Koryphäe auf deinem Gebiet. Hast du dir das wirklich gut überlegt?" Paul massierte seine Stirn mit der freien Hand.

„In meinem Zustand bin ich wohl eher eine Gefährdung." Sie ließ den Alkohol durch ihre Kehle rinnen.

„Was wirst du jetzt machen?" Paul starrte auf einen leeren Pappkarton.

„Rosen pflanzen. Das wollte ich schon immer." Sie schickte eine zweite Fuhre hinterher.

Pauls Blick glitt über das Chaos, dem sein Zuhause gewichen war. Er schwieg.

„Und mich in einer karitativen Organisation einbringen. Du und ich, wir finden durch Ablenkung Trost. Aber Sophie ..." Sie leerte das Glas. „Ich werde morgen bei ihr vorbeischauen und versuchen, mit ihr zu reden. Falls sie mir dazu eine Chance gibt, werde ich probieren, ihr eine Einweisung in ein Krankenhaus schmackhaft zu machen." Sie schenkte sich Rotwein nach. „Falls sie mir überhaupt die Tür öffnet."

„Danke, Maria." Er seufzte erleichtert.

„Bis bald, Paul." Sie beendete das Telefonat und machte es sich mit der Flasche Wein auf dem Sofa bequem.

Pauls Augen durchbohrten die Zimmerdecke mit der Intensität eines Steinbohrers, als könnte er auf diese Art und Weise einen Blick auf die schlafende Sophie erhaschen. Seine Halsschlagader trat hervor und pulsierte alarmiert. Die blonden Härchen an seinen Unterarmen richteten sich auf.

Er machte auf dem Absatz kehrt und brauste die Treppe hinauf in Emmas Zimmer. „Sophie?"

Sie lag als Kugel zusammengerollt auf Emmas Kinderbett. Er knipste das Licht an und stürmte zu ihr. Sie war kaltschweißig und nicht mehr ansprechbar. Neben ihr gewahrte Paul eine Spritze sowie eine Insulinflasche. Er zückte das Handy und wählte den Notruf.

„Hier spricht Doktor Paul Hofmann", meldete er sich und gab seine Adresse durch. „Insulinvergiftung. Koma. Bitte schicken Sie sofort einen Krankenwagen."

Eine Woche später wurde Sophie in die geschlossene Abteilung der Psychiatrie eingewiesen.

Teil 2

Kapitel 8

Fünfzehn Jahre später

Sie drehte den Schlüssel im Schloss, drückte die Klinke herunter und betrat den Kellerraum, der sich über die Jahre in einen chirurgischen Bereich verwandelt hatte. Der Geruch von Desinfektionsmittel begrüßte sie. Sie legte die sterilen, in Plastikfolie eingeschweißten Laken auf dem Seziertisch ab. Ihr Patient würde bald eintreffen.

Er hatte ihr Leben gekreuzt wie ein unachtsamer Ellenbogen eine Glasvase, die durch den Schubs ins Wanken gerät, fällt und zerbricht. Sie hatte schließlich die Scherben und Splitter aufgesammelt und zusammengeleimt. Die sichtbaren Risse waren jedoch geblieben. Als Kitt hatte sie süße, klebrige Rachefantasien verwendet.

Der Keller in der alten Villa war Stück für Stück in einen perfekten Operationsraum verwandelt worden. Die dort gestapelten zahlreichen Kisten und Tüten mit Gegenständen, die schon seit Jahrzehnten nicht mehr gebraucht wurden und aller Voraussicht nach auch niemals mehr Verwendung finden würden, wurden aus dem Haus geschafft. Meter für Meter wurde die Fläche von dem alten Tand befreit und Platz für Neues geschaffen: Alte, verstaubte Möbelstücke fanden ihren Weg zum Sperrmüll. Sie wurden von Koffern und Säcken, die mit ausrangierter Kleidung vollgestopft waren, begleitet. Morsche Gartenmöbel, Packen alter Zeitschriften, Küchengeräte, die der Fortschritt längst überholt hatte, und Krempelkisten, die mit Erinnerungen früherer Hausbewohner vollgepfercht waren, vervollständigten das Müll-Ensemble.

Das Aufräumen wirkte wie ein Befreiungsschlag, der Raum zum Atmen und für neue Ideen schuf, die bald darauf in Angriff genommen wurden und peu à peu einen Teil der Ersparnisse fraßen: Es wurde in eine Klimaanlage investiert, um in dem Kellerraum eine konstante Temperatur zwischen zweiundzwanzig und sechsundzwanzig Grad zu gewährleisten. Daraufhin wurde ein Wasseranschluss installiert sowie ein Waschbecken zum Waschen und Desinfizieren der Hände. Desinfektionsmittelbeständige Fliesen verliehen dem neuen Hobbykeller den letzten Schliff.

Als das Grobgerüst stand, wurde es mit weiteren Accessoires gefüllt: Die Decke bekam einfache Neonröhren sowie eine Operationsleuchte, die das schattenfreie Ausleuchten des Eingriffsbereiches ermöglichte. Aus mehreren Optionen wurde ein Modell gewählt, das häufig oberhalb des Zahnarztstuhls eingesetzt wurde. Es würde dem Zweck ausreichend dienlich sein.

Die Bestellung zusätzlicher Requisiten erfolgte online bei verschiedenen Anbietern. Sie hatte für den baldigen Besucher einen zerlegbaren, fahrbaren Wasch- und Seziertisch geordert. Dieser hatte nun einen Ehrenplatz in der Mitte des Operationszimmers erhalten. Zweifelsohne hätte sie einem professionellen Operationstisch den Vorzug gegeben. Letztendlich hatte aber der Kostenfaktor den Ausschlag gegeben. Die jetzige Variante war erheblich günstiger und bei den relativ leichten Eingriffen konnte sie durchaus an diesem Tisch arbeiten. Zudem wollte sie ihrem Patienten nicht zu viel Bequemlichkeit bieten. Er würde auf Matten und Gelpolsterung verzichten müssen.

Sie rüstete den Tisch mit Gurten und Fixierbändern aus, die den Patienten normalerweise vor dem Herunterfallen bewahren sollten, und fand sogar mit dem Seziertisch kompatible Handablagen, die ebenfalls über

Befestigungsgurte verfügten. Zudem bestückte sie ihren zukünftigen Arbeitsplatz liebevoll mit Skalpellen, Messern, Sonden, Zangen und Pinzetten, die sie zur Heilung ihres Gastes benötigen würde. Zufälligerweise traf das Paket mit dem Chirurgenwerkzeug ausgerechnet an ihrem Geburtstag ein. Sie packte die medizinischen Instrumentensätze mit freudig glänzenden Augen aus, als seien es Präsente, und arrangierte die OP-Bestecke zu einem großzügigen Gabentisch.

Einiges Kopfzerbrechen hatte ihr der Anästhesiebereich bereitet. Die Idee, auf eine Narkose zu verzichten, hatte eine Weile ihre Gedanken beschäftigt. Genau genommen hatte er den Mädchen diese Gnade ebenfalls nicht zukommen lassen. Unter dem Strich konnte sie dies aber trotz allem nicht mit ihrem Gewissen vereinbaren und entschied sich für die Einrichtung eines professionellen Narkosearbeitsplatzes.

Sie begutachtete den perfekt ausgestatteten Raum, löschte das Licht und versperrte die Tür.

Nun konnte sie nur noch eins tun: Warten, bis er kam.

Kapitel 9

„Geht es dir nicht gut?" Carmen stellte die Kaffeetasse ab und musterte Paul besorgt. Der Gürtel ihres Bademantels umschlang ihre schmale Taille. Das tropfnasse rote Haar floss glänzend über ihre Schultern.

Die Zeitung zwischen seinen Händen zitterte.

Ihre Finger zwirbelten an dem Ehering. Seit neun Jahren zierte er ihre Hand. Als sie vor elf Jahren eine Stelle als Krankenschwester in der Klinik angenommen hatte, hatte sie sich von jetzt auf gleich in Paul verliebt. Damit hatte sie den Reigen der Schwestern erweitert, die ihn wegen seiner feinen Gesichtszüge, blauen Augen, blonden Surfersträhnchen und sportlichen Figur hemmungslos anhimmelten.

Paul schien jedoch keine von ihnen auch nur ansatzweise wahrzunehmen. Er hatte sich mitsamt seinem Kummer um den Tod seiner Tochter Emma und die Depressionen seiner Frau Sophie sowie dem vergeblichen Kampf um seine Ehe unter einem Berg aus Arbeit verscharrt.

Carmen hatte ihn mit ihrer Lebensfreude besprenkelt und versucht, ihn nach Feierabend in einen Biergarten oder ein Lokal zu locken. Auf seine Ablehnungen reagierte sie stets heiter, als hätte er ihr anstelle eines abgenutzten Korbes ein Bündel Sonnenblumen überreicht, die pure Fröhlichkeit verströmten.

Eines Abends, als sie ihm erneut vorgeschlagen hatte, sich gemeinsam bei einem Glas Wein von der Arbeit und dem Alltag abzulenken, hatte er zugestimmt und sie damit mindestens so sehr überrascht wie sich selbst. Später hatte er ihr eingestanden, sie hätte ihn durch einen winzigen Einblick in ihre Seele überzeugt. Es war ein kurzer Moment emotionaler Nähe gewesen, und zwar als sie ihm anvertraut hatte, es gäbe wohl kaum jemanden außer ihr, der wirklich verstehen könnte, wie sehr ein wenig Zeitvertreib von Schmerzen ablenken kann.

Die Äußerung an sich hatte ihm freilich noch nicht gereicht, um ihrer Einladung Folge zu leisten. Paul verriet ihr, es seien ihre Augen gewesen, die für den Hauch einer Sekunde einen Anflug von Traurigkeit widergespiegelt hätten: Die blassgrüne Iris verdunkelt wie der mit kristallklarem Schmelzwasser gefüllte Grüne See, wenn eine kaum sichtbare feine Schleierwolke über ihn hinwegfegt und die Sonnenstrahlen für einen Moment schwächt. Deshalb war er damals aus dem Kittel geschlüpft und ihr in ein Gartenlokal gefolgt.

Auch wenn sie einen bezaubernden Abend miteinander verbracht hatten und Paul seit Langem wieder einmal gelacht hatte, gab er Sophie nicht auf. Dies geschah erst, als er zu der Überzeugung gelangt war, seiner Frau würde es ohne ihn besser gehen: Sie ertrug es nicht, in sein Gesicht zu schauen, Emma darin wiederzufinden und tagtäglich daran erinnert zu werden, auf welch qualvolle Weise ihre Tochter gestorben war. Sie vermochte nicht, die Kraft aufzubringen, mit ihm ein neues Leben – ohne Emma – aufzubauen.

Ohne ihn, so glaubte er, hätte sie eine Chance, ihr Leid leichter zu verarbeiten und jemanden kennenzulernen, der ihr helfen konnte. Jemanden, mit dem sie sich ein neues Leben einrichten konnte. Jemanden, der sie nicht Stunde für Stunde an ihr verlorenes Glück erinnerte. Erst danach war es Carmen gelungen, ihn mehr und mehr für sich zu gewinnen.

„Paul?“ Ihre Brauen zogen sich zusammen und malten einen besorgten Balken auf ihre Stirn.

Er antwortete nicht, faltete die Zeitung zusammen, legte sie auf den Frühstückstisch und verschanzte das Gesicht in den Händen.

„Es geht gleich wieder“, flüsterte er.

„Was ist denn?“ Sie sortierte die Schulbrote für ihre Söhne in die Brotdosen. „Ich bin gleich wieder bei dir.“ Sie stand auf und stob – von Pauls Niedergeschlagenheit aus dem morgendlichen ruhigen Rhythmus gebracht – auf nackten Sohlen ins Treppenhaus. Das Versprechen brannte augenscheinlich unter ihren Nägeln, die ein warmer Orangeton zierte. „Max? Philipp? Wo steckt ihr denn? Ihr müsst los!“, schmetterte sie dem oberen Stockwerk entgegen.

Max polterte die Treppe herunter. Seine roten Locken bedeckten den Schalk im Nacken.

„Wo ist Philipp?“ Carmen sah ihren Erstgeborenen an.

„Keine Ahnung.“ Er feixte und schlüpfte in seine Schuhe.

„Hier ist dein Pausenbrot.“ Sie reichte ihm die Dose.

Max stopfte sie in den Schulrucksack.

„Warte bitte auf Philipp“, rief sie ihm über die Schulter zu, raffte den langen Bademantel auf und bewältigte die Treppe.

„Warum? Der ist so ein Baby“, beschwerte sich Max.

„Eben deshalb. Gut, dass er einen großen Bruder hat“, entgegnete Carmen dem Achtjährigen.

„Philipp?“ Sie flog die Treppe hoch, klopfte an seine Zimmertür und betrat den Raum. „Bist du fertig?“ Sie zwängte die Brotdose zwischen Hefte und Bücher.

Ihr Sohn nickte. Durch das Fenster fiel ein Sonnenstrahl auf sein hellblondes Haar.

„Du hast ja ein anderes T-Shirt angezogen.“ Sie registrierte das abgestreifte Shirt, das achtlos auf dem Boden herumlungerte, hob es auf und legte es über die Stuhllehne.

„Das passt mir nicht mehr." Er lugte zu dem Oberteil, auf dem Ich bin 6 stand. Er hatte es beim Frühstück getragen, und es war keineswegs zu klein.

„Da steckt doch bestimmt etwas anderes dahinter?" Carmen betrachtete ihren Sohn, der die feinen Gesichtszüge seines Vaters im Miniaturformat widerspiegelte.

„Max sagt, da kann ich gleich Baby draufschreiben", tönte es zwischen den Zahnlücken. „Aber ich bin kein Baby."

„Natürlich bist du kein Baby." Sie manövrierte ihren Jüngsten aus dem Zimmer. Noch vor Kurzem war er sehr stolz darauf gewesen, endlich sechs Jahre alt geworden und in die Schule gekommen zu sein.

„Komm endlich!" Am Ende der Treppe stampfte Max ungeduldig von einem auf den anderen Fuß.

Carmen half Philipp, in die Schuhe zu steigen und lud den Rucksack auf seinen Rücken. „Sagt Papa noch Tschüss."

Vier Füße trabten in die Küche.

„Bis heute Abend, ihr beiden", hörte sie Paul sagen. Sie horchte auf. Es folgte kein weiterer Spruch, wie sonst für ihn üblich. Sie strich sich die nassen Haare hinter die Ohren und massierte ihre Schläfen.

„Tschö, Mama", trompeteten ihre Söhne. Max riss die Haustür auf.

„Oh, oh! Einen Moment, meine Herren." Carmen erhaschte die Riemen, die über den Schultern ihres Ältesten lagen, wirbelte ihn zu sich und drückte ihm einen Kuss auf die Backe.

„Mama!" Max rubbelte den Kuss mit dem Handrücken ab und flitzte durch die Tür.

„Bis heute Mittag." Sie versah Philipp mit einem Lippendruck.

Er schenkte ihr ein Zahnlückenlächeln und stolperte hinter seinem großen Bruder her. Sie schloss die Tür und kehrte zurück in die Küche. Paul hatte die Arme vor der Brust verschränkt und knetete gedankenverloren seine Unterlippe.

„Möchtest du mir nicht erzählen, was passiert ist? Gibt es Probleme mit einem Patienten oder in der Klinik?" Sie füllte ihre Kaffeetassen.

Wortlos schob er ihr die Tageszeitung über den Tisch. Carmen faltete sie auf, blätterte die Seiten um und überflog die Überschriften, während sie an dem heißen Getränk nippte. Plötzlich schrie ihr die Botschaft entgegen. Sie stellte die Tasse ab. Die dunkle Brühe schwappte auf die Untertasse.

Kinderschänder Georg S. aus Justizvollzugsanstalt entlassen

Georg S., der vor fast sechzehn Jahren die fünf Jahre alte Emma H. aus ihrem Garten entführte, missbrauchte und tötete, wurde nach fünfzehn Jahren vorzeitig aus der JVA entlassen.
Die Strafvollstreckungskammer entschied, den Rest der Strafe auf Bewährung auszusetzen. Das Urteil begründet sich in einer positiven Sozialprognose des Verurteilten und keiner weiteren Gefährdung der Allgemeinheit, die durch einen forensischen Psychiater bescheinigt wurden.
Das Gericht ordnete jedoch eine vierjährige Führungsaufsicht an.

„Ich fasse es nicht." Carmen knallte die Zeitung auf den Tisch. Sie schnaubte vor Wut. Ihre Nasenflügel flatterten. „Sie haben das Schwein laufen lassen! Das darf doch nicht wahr sein." Sie schnappte sich die Tageszeitung und las den kurzgefassten Artikel abermals. „Das gibt es doch nicht!“ Sie sprang auf und lief vor dem Tisch auf und ab. „Welcher Idiot hat denn diese Prognose gestellt? Forensischer Psychiater! Pah!“ Sie stieß einen Schwall Bitterkeit aus und schöpfte neuen Atem, um ihrer Enttäuschung Luft zu verschaffen. „Der muss seinen gesunden Menschenverstand komplett ausgeschaltet und keine Kinder haben. Sonst zieht man solch ein Urteil noch nicht mal in Erwägung!“

Ihre Wut tobte mit Orkanstärke zwölf und flaute ab, sobald sie das Verhalten ihres Mannes wahrnahm. Er hockte auf dem Stuhl und malträtierte immer noch seine Unterlippe.

Carmen trat hinter ihn und schlang ihre Arme um seinen Oberkörper. Sie presste ihre Wange an seine und schaukelte ihn wie ein kleines Kind sachte hin und her. „Es tut mir leid, Paul.“ Sie küsste seine Wange und streichelte über sein dichtes Haar.

„Es hört nie auf.“ Er befreite sich sachte aus der Umarmung. „Danke, Carmen, aber ich fahre in die Klinik. Ich kann jetzt nicht darüber sprechen. Ich bin sowieso schon zu spät dran, und Arbeit ist für mich die beste Medizin.“

Sie nickte. „Und heute Abend wirst du auch nicht darüber sprechen können.“

Er drückte ihre Hand.

Carmen begleitete ihn zur Haustür. „Ich liebe dich.“ Sie wickelte die Arme um seinen Hals und küsste ihn auf die Lippen, bevor er aus dem Haus ging.

„Ich werde nicht zulassen, dass dieser Mann auch unsere Familie zerstört“, flüsterte sie der geschlossenen Haustür zu. „Niemals!“

Kapitel 10

„Wie fühlen Sie sich, Frau Ziegler?“ Sophie nahm die kalte Hand der Patientin und streichelte zärtlich über ihren Handrücken.

Die alte Frau öffnete die schweren Lider. Ihre Mundwinkel zuckten. „Es geht“, hauchte sie.

„Sie sind sehr tapfer.“ Sophie liebkoste die Hand, auf der das Alter dunkle Flecken und violette Venen hinterlassen hatte. „Auf unserer Skala von eins bis zehn – wie stark sind Ihre Schmerzen derzeit?“

„Neun“, formten die Lippen lautlos. Die Kranke raffte ihre hauchdünne Kraft zusammen. „Neun“, huschte es leise aus ihrem Mund.

Sophie bemerkte die glasigen Augen ihrer Patientin. „Ich werde Ihnen noch etwas Morphium und Valium spritzen. Sie müssen nicht solche Schmerzen erdulden. Ist das in Ordnung?“

Frau Ziegler deutete ein Nicken an.

„Ich muss Sie dazu aufdecken. Es wird also kurz kühl.“ Sie klappte die Bettdecke zurück, löste zwei Knöpfe der Pyjamajacke, reinigte die Injektionsstelle mit einem Alkoholtupfer und injizierte das Schmerzmittel sowie das Beruhigungsmittel unterhalb des Bauchnabels. „Es wird gleich wirken“, versprach sie der Kranken, während sie diese wieder zudeckte. „Und bis dahin habe ich eine Überraschung für Sie. Einen Moment.“ Sie tätschelte den Arm der Frau und trippelte auf leisen Sohlen in den Korridor der Palliativstation.

Seit einiger Zeit war es den todkranken Patienten erlaubt, ihre Haustiere mit in das Krankenzimmer zu nehmen. Eigentlich waren Tiere im Krankenhaus tabu. Im Sterbebereich wurde allerdings eine Ausnahme gemacht, da die emotionale Unterstützung der Vierbeiner als enorm hilfreich eingestuft wurde.

Sophie hievte eine Tiertransportbox, die auf dem Flur wartete, hoch und bugsierte sie in das Krankenzimmer. Dort stellte sie den Behälter auf den Boden und entriegelte die Tür. Ein kleiner Mischlingshund sprudelte hervor und flitzte auf das Bett zu. Das kleine Energiebündel sauste am Bettrand auf und ab, unter dem Bett hindurch und wiederholte die Prozedur auf der anderen Seite, auf der Suche nach einem Aufstieg.

„Komm her, meine Hübsche, ich helfe dir.“ Sophie hockte sich hin und redete ruhig auf das Tier ein. Schließlich hoppelte es auf sie zu und warf sich vor ihr auf den Rücken. „Na, du bist ja echt allerliebst.“ Sie hob den Hund auf und legte ihn neben Frau Ziegler auf die Decke. „Schauen Sie, Frau Ziegler, hier ist Ihre Bella.“

Sophie knuddelte das Wollknäuel, das wiederum begeistert die Hand seiner Besitzerin leckte. Als würde das Tier die Schmerzen der Bettlägerigen spüren, wurde es urplötzlich ruhig und kuschelte sich an sie. Die Hand der Kranken wanderte langsam über die Decke und kraulte den Kopf des Hundes. Tränen liefen ihr über die Wangen.

„Ich habe Bella aus dem Tierheim geholt“, berichtete Sophie erfreut, „da ich mir dachte, der Hund vermisst Sie mindestens so sehr wie Sie ihn. Und ich verspreche Ihnen, dass Bella später einmal bei mir wohnen darf. Ich habe zwar nur einen kleinen Garten, aber in der Nähe meines Hauses ist ein großer Park, in dem wir spazieren gehen können. Das wird ihr gefallen. Außerdem bin ich allein.“ Das Lächeln auf Sophies Gesicht vermochte nicht die Melancholie, die zu ihrer treuen Begleiterin geworden war, zu übertünchen. „Dann könnten wir uns gegenseitig Gesellschaft leisten. Wäre das eine Idee?"

Frau Ziegler streckte die Hand nach ihr aus. Sophie umschloss sie und spürte einen leichten Druck.

„Danke, Frau Doktor."

Sie konnte die Worte kaum hören. Die Züge ihrer Patientin entspannten sich. Das Medikament wirkte und ließ sie einen kurzen Schlaf finden. Bella hielt die Augen ebenfalls geschlossen und rührte sich nicht.

„Bis später." Sophie streichelte über den Rücken des Tieres und verließ das Krankenzimmer.

Sie tippte auf das Glas ihrer Armbanduhr. Vor einigen Jahren hatte sie die klassische goldene Damenuhr, die Paul ihr zu Emmas Geburt geschenkt hatte, gegen das einfache Accessoire aus Edelstahl getauscht. Die erhabenen silbernen Ziffern auf dem schwarzen Hintergrund verrieten den längst überschrittenen Dienstschluss. Vor dem Nachhauseweg würde sie sich noch eine Tasse Kaffee gönnen, wie meistens. Sie schlenderte durch den Krankenhauskorridor, den eine fast andächtige Ruhe erfüllte, zum Aufenthaltsraum des Personals.

„Hallo, Steffi", grüßte sie beim Eintreten.

„Da bist du ja! Ich habe auf dich gewartet." Ihre Kollegin faltete die Tageszeitung hektisch zusammen. „Wie geht es Frau Ziegler?"

„Ich habe ihr ihren Hund gebracht. Sie hat sich natürlich riesig gefreut. Auch über mein Versprechen, ihn danach bei mir aufzunehmen. Ich glaube, das erleichtert sie sehr."

„Gute Idee! Dann hast du jemanden, der dich begrüßt, wenn du nach Hause kommst. Obwohl …", ihre Freundin lächelte, „ein Zweibeiner wäre besser."

„Fängst du schon wieder damit an." Sophie verdrehte die Augen.

„Sollen wir heute Abend gemeinsam etwas essen gehen?“ Stefanie umklammerte die Zeitung.

„Meine Mutter hat mich heute zum Abendessen eingeladen. Sie ist gestern aus Afrika zurückgekommen. Wie sieht es mit morgen aus?“, schlug Sophie leichthin vor.

„Das ist gut. Dann seid ihr heute nicht allein.“ Auf Stefanies Stirn bildete sich eine Sorgenfalte.

„Was ist denn los?“ Sophie füllte eine Tasse mit Kaffee und gab einen Schuss Milch hinein. Beunruhigt rührte sie in dem Gemisch. Es bäumte sich auf und schwappte auf die Untertasse.

„Du hast die Zeitung heute noch nicht gelesen, oder?“ Sie legte den Unglücksboten vor sich ab.

„Ich hatte noch keine Zeit dazu. Warum? Ist etwas passiert?“ Sophie starrte auf das bedruckte Papier.

„Du wirst es ohnehin erfahren.“ Stefanie packte, wie üblich, das Herz auf die Zunge. „Ich denke, es ist besser, wenn du das nicht alleine liest.“

„Was?“ Die Tasse in Sophies Hand begann zu beben. Sie deponierte das Getränk auf dem Tisch, setzte sich zu ihrer Freundin und angelte nach den Neuigkeiten des Tages. Einige Strähnen des schulterlangen Bobs fielen in ihr Gesicht, als sie den Kopf beugte, um die Titelseite zu begutachten. Ihr sprang nichts ins Auge.

„Im Panorama-Teil.“ Stefanie zupfte an ihrem hellblond gefärbten Kurzhaarschnitt, den sie sich zugelegt hatte, um morgens mehr Zeit im Bett als im Bad verbringen zu können.

Sophie blätterte zu der genannten Rubrik. Als sie die Headline erfasste, hob und senkte sich ihr Brustkorb hektisch. Ihre Hände, die das Papier hielten, verkrampften sich zu Fäusten und zerknitterten die Kanten. Sie schwankte auf dem Stuhl wie Schilf im Wind. Stefanie rutschte ihren Stuhl an sie heran und legte einen Arm um ihre Schulter, aus Angst, sie könnte von dem Sitz fallen. Sophie fixierte die schwarzen Buchstaben. Schließlich faltete sie die Zeitung zusammen und strich sie wortlos glatt.

„Sophie?“, wisperte die Freundin.

„Es geht schon.“ Sie bemühte sich, ruhig zu atmen.

„Bist du sicher?“ Stefanie berührte ihren Arm.

„Ja.“ Sie stützte die Ellenbogen auf den Tisch und vergrub die Stirn in den Händen.

„Es ist ungerecht und schrecklich“, stellte Stefanie fest.

„Wäre er erst in drei oder fünf Jahren rausgekommen, wäre es ebenso ungerecht. Davon wird Emma nicht mehr lebendig.“ Sophie verknotete die Finger ineinander und verschanzte sie in ihrem Schoß.

„Das stimmt.“ Ihre Kollegin nickte. „Für diese Tat gibt es keine Gerechtigkeit.“

„Ich habe dieses Szenario mit meiner Therapeutin besprochen. Dieses und viele andere.“ Einige Tränen kullerten über Sophies Wangen.

Stefanie legte den Arm um sie, streichelte die Tropfen mit dem Daumen weg und küsste das dunkle Haar.

„Danke, dass du mich damit nicht allein gelassen hast.“ Sophie lehnte den Haarschopf an ihre Schulter. „Meinst du, du könntest mich nach Hause fahren? Ich würde die Straßenbahn und fremde Menschen gerne meiden.“ Sie blinzelte ihre Freundin an.

„Selbstverständlich. Das ist doch gar keine Frage. Möchtest du den Kaffee noch trinken?“

Sophie schüttelte den Kopf.

Stefanie stand auf, schüttete den Kaffee in den Abfluss und stellte die Tasse in das Spülbecken.

Im Umkleidezimmer tauschten sie die Arztkittel gegen Straßenkleidung. Sophie schlängelte sich in ein Wickelkleid mit blau-weißem Print, dunkelblaue Pumps und eine leichte Strickjacke, Stefanie in Jeans und eine weiße Bluse.

„Wann fährst du zu deiner Mutter?“ Stefanie steuerte den Wagen aus der Tiefgarage.

„Um sieben Uhr. Ich wollte mich davor noch frisch machen.“ Sophie schaute aus dem Seitenfenster, wo der Alltag seinen verführerischen, normalen Lauf nahm – geradeso als hätte ein Illustrator ihn für ein Wimmelbilderbuch erdacht. Passanten eilten über den Bürgersteig. Einige schleppten Einkaufstüten, andere Aktentaschen. Ein kleiner Junge leckte an einem Eis, das ihm über Hand, Arm und T-Shirt floss. Seine Mutter spuckte auf ein Papiertaschentuch, eifrig bemüht, die Eisflecken aus dem Shirt zu reiben, während es auf ihr Haar tropfte.

Eine Politesse mit windschiefem Käppi stellte einen Strafzettel aus. Der Autobesitzer redete wild gestikulierend auf sie ein, während ein Hund mit weißem Fell und schwarzen Flecken sein Bein am Hinterrad hob und einen gebogenen Strahl, der gegen den Reifen platschte, produzierte.

Sophie wunderte sich immer darüber, wie das Leben ohne Emma einfach weiterlaufen konnte. Ebenso erstaunte es sie, dass es ihr dank geduldiger Ärzte und Therapeuten tatsächlich gelungen war, mit dem Leben Schritt zu halten.

„Ich kann gern auf dich warten und dich zu ihr fahren. Ich habe nichts Besonderes vor.“ Stefanie reihte sich in den Verkehr ein.

„Das ist lieb von dir, aber ich komme schon klar. Ich würde gern ein paar Minuten allein sein.“ Ihre Finger verwebten sich ineinander.

„Und wie kommst du hin?“ Stefanie stoppte an einer roten Ampel und musterte ihre Freundin.

„Mit dem Taxi.“ Sophie erwiderte den Blick. „Du musst dir keine Sorgen machen.“

„Mache ich aber.“ Sie legte den ersten Gang ein. Der Volkswagen gewann langsam an Fahrt. „Hoffentlich nimmt sie die Hiobsbotschaft gut auf.“

Sie bogen in ein ruhiges Wohngebiet, in dem sich Einfamilienhäuser und Reihenhäuser tummelten. Sophie hatte vor zwei Jahren ein kleines Reihenhaus gekauft, nachdem sie zuvor einige Jahre in einer Wohnung gelebt, sich aber nach ein wenig Grün gesehnt hatte. Hinter dem Haus befanden sich eine kleine Terrasse und ein kleiner Garten. Dort verbrachte Sophie die dienstfreien Wochenenden und versteckte sich hinter Büchern. Sie verschlang Fachliteratur ebenso wie Romane, vor allem historische Erzählungen und Krimis. Liebesgeschichten mied sie hingegen wie die Pest.

Das Haus, in dem sie mit Paul und Emma gelebt hatte, hatte sie ihrem Mann bei der Scheidung überlassen. Der Schmerz, sich dort täglich ohne Emma aufhalten zu müssen, war für sie unerträglich gewesen. Trotzdem hatte sie ein Zimmer für Emma in dem Reihenhaus eingerichtet, in dem Emmas Sachen Platz gefunden hatten und in dem sie oft stundenlang in Erinnerungen schwelgte.

„Maria wird es schon wissen. Die Tageszeitung gehört bei ihr auf den Frühstückstisch."

Der blaue Wagen rollte vor Sophies Häuschen. Stefanie stellte den Motor aus. „Brauche ich mir wirklich keine Sorgen zu machen?"

Sophie schüttelte sich wie eine nasse Katze. „Danke fürs Heimfahren."

„Gern!" Stefanie schürzte die Lippen. „Aber ich muss auf die Toilette, und ich habe Durst. Anschließend fahre ich dich zu Maria."

„Du bist ein echter Quälgeist." Sophie zwang sich zu einem Lächeln. „Danke."

Kapitel 11

„Hallo, Sophie." Maria sperrte die Tür auf, kurz nachdem die Glocke ihr Dingdong hatte ertönen lassen.

„Hallo, Mama." Sophie küsste die Wange ihrer Mutter und betrat ihr Elternhaus. Sie schlüpfte aus der leichten Jacke und verstaute sie in dem antiken Schrank, der als Garderobe diente. Aus alter Gewohnheit quietschten die Scharniere zur Begrüßung. Sophie rüttelte an dem Schloss, bis es klackte und die Holztüren zusammenhielt.

Im Wohnzimmer roch es wie üblich nach Rosen und Vanille – eine Duftmischung, die sie mit einer glücklichen Kindheit verband. Auf einem Beistelltisch entdeckte sie eine Vase mit einem üppigen Strauß der Blumen, die Maria mit etwas Grün arrangiert hatte. Duftstäbchen, die in verschiedenen Flaschen steckten, parfümierten die Luft zusätzlich mit einem Hauch Vanille.

„Ich habe einen großen Salat für uns vorbereitet und brate gleich den Lachs dazu." Maria lächelte entschuldigend.

„Danke. Das ist gut." Sophie blieb vor der Anrichte stehen, auf der zahlreiche Familienfotos ihren Platz gefunden hatten. Ihr Vater, ein promovierter Biologe, der bereits vor zwanzig Jahren frühzeitig gestorben war, lachte ihr von vielen Fotografien entgegen. Daneben erinnerten Fotos an verschiedene Familienurlaube und Ereignisse.

„Kannst du das Foto nicht endlich einmal wegtun?" Sophie legte das Hochzeitfoto, auf dem sie Paul überglücklich anstrahlte, auf das Glas. Der Bilderrahmen hob die rückwärtige Stütze mahnend wie einen erhobenen Zeigefinger in die Luft.

Maria verneinte kopfschüttelnd. „Man kann nicht vor dem Leben davonrennen, weder vor der Zukunft noch vor der Vergangenheit. Das Einzige, was man versuchen kann, ist, alles so gut wie möglich zu verarbeiten."

Sophie nahm einen Rahmen auf, der einigen Bildern von Emma ein Zuhause gab. Zärtlich glitten ihre Finger über die glatte Fläche über dem Fotopapier.

„Du hast es also gelesen." Maria blickte sie besorgt an.

Sophie nickte und wischte sich mit dem Handrücken einige Tränen aus den Augenwinkeln.

„Eigentlich ist es doch keine Überraschung", Maria legte einen Arm um die Schultern ihrer Tochter, „sondern eins der möglichen Szenarien, die wir durchgespielt haben."

„Das stimmt. Trotzdem kommt es etwas plötzlich." Der Fotorahmen in Sophies Händen vibrierte.

„Es hat auch sein Gutes." Maria schürzte die Lippen. „Es ist besser, einer unangenehmen Tatsache oder Aufgabe ins Auge zu schauen, sie hinter sich zu bringen und abzuhaken, als sie jahrelang vor sich herzuschieben. Das wirkt im Nachhinein wie ein Befreiungsschlag. Darauf sollten wir anstoßen. Wie wäre es also mit einem Glas Wein? Ich habe extra einen Chablis für dich gekühlt. Für mich gibt's leider nur Gänsewein – dafür aber einen erlesenen Pellegrino."

Sophie zuckte mit den Achseln und folgte ihrer Mutter in die Küche.

Maria wählte zwei Weingläser, die sie von ihrer Mutter geerbt hatte, aus dem Schrank aus. Die geschliffenen Römer schimmerten in Blau und Rot und erinnerten durch ihren opulenten Barock-Stil an berauschende Festtage längst vergangener Zeiten.

Sie konsultierte den Kühlschrank, entnahm ihm den Weißwein sowie das Mineralwasser und entkorkte den

Wein gekonnt mit einem Flaschenöffner. Sie verzichtete darauf, am Korken zu riechen, und gab einen Schluck in das Glas.

Sophie schwenkte den Wein, schnüffelte mit ihrer zierlichen Nase an dem Alkohol und probierte das Getränk. Sie nickte beifällig, woraufhin ihre Mutter das Glas füllte und sich selbst Mineralwasser einschenkte.

Maria hob ihr Glas. „Was gibt es Neues in der Klinik?", versuchte sie Sophie auf andere Gedanken zu bringen.

„Ich habe Frau Ziegler versprochen, mich um ihren Hund Bella zu kümmern." Sie genehmigte sich etwas Chablis, während Maria das Öl erhitzte, um die Lachsfilets zu braten.

„Das ist eine ausgezeichnete Idee. Frische Luft und Bewegung werden dir guttun. Was ist es für eine Rasse?" Sie gab den Fisch in die Pfanne.

„Eine Promenadenmischung – das reinste Energiebündel, aber kuschelig und einfühlsam." Sie beobachtete die Filetstücke, die schnell einen hellen Rosaton annahmen.

Maria warf ihr einen Blick aus den Augenwinkeln zu.

„Spar dir bloß die Bemerkung!", warnte Sophie. „Den Hinweis hat Stefanie bereits angebracht. An mehr als einem Hund bin ich nicht interessiert. Erzähl mir lieber von deinem ehrenamtlichen Einsatz im Tschad."

„Oh." Maria deckte den Fisch mit einem Glasdeckel ab und stellte zwei Teller bereit. „Ich habe mich seit Langem wieder richtig nützlich gefühlt. Da ein Chirurg kurzfristig abgesagt hatte, habe ich sogar seit Jahren erstmals wieder operiert", jubilierte sie. „Ohne zittrige Hände."

„Das freut mich für dich." Sophies Augen spiegelten die Worte wider.

„Ich habe einige Bilder gemacht. Nicht nur von den Kollegen und Patienten, sondern auch bei meiner Ankunft in N'Djamena und in der Region Tschadsee. Ich hatte noch keine Zeit, sie auszusortieren, aber sie sind bereits auf meinem Laptop. Wenn du Lust hast, kann ich sie dir nach dem Abendessen zeigen." Sie wendete den Lachs, schnitt eine Limone in Spalten und arrangierte sie auf dem Teller.

„Das würde mich sicherlich inspirieren. Eigentlich habe ich auch vor, mich bei Ärzte ohne Grenzen oder German Doctors zu bewerben, um möglichst weit wegzukommen." Sophie fuchtelte mit dem Glas und ertränkte ihre Überlegungen in der wirbelnden Flüssigkeit.

„Alles zu seiner Zeit." Maria salzte den Lachs. Dann peilte sie ihre Tochter an. „Außerdem gibt es noch andere Alternativen. Eine frühere Arbeitskollegin spielt zum Beispiel mit dem Gedanken, eine Wohltätigkeitsorganisation in einem uruguayischen Armenviertel zu gründen. Das könnte für dich unter verschiedenen Gesichtspunkten interessant sein." Sophies Aufmerksamkeit huschte vom Weinglas zu ihrer Mutter.

„Ich werde es beim Essen mit dir diskutieren." Maria schnitt ein Fischfilet an und prüfte den Garprozess. „Das sieht doch gut aus", murmelte sie, beförderte je ein Stück auf die bereitstehenden Teller und marschierte Richtung Esszimmer.

Der Tisch war mit einer weißen Tischdecke bekleidet. Auf zwei gegenüberliegenden Plätzen in der Mitte der drei Meter langen Platte funkelten Silberbestecke. In einer Glasschüssel faulenzten verschiedene Salatblätter, Gurken, Mais, Tomaten und Paprikastücke. Rosenköpfe, die in Glastellern schwammen, und Kerzenhalter waren über den Tisch verstreut.

Maria stellte die Teller ab, schüttete die Vinaigrette über den Salat und vermengte die Zutaten.

„Was plant deine Kollegin genau?" Sophie drapierte die Serviette über ihrem Schoß.

„Das Projekt steckt noch in der Anfangsphase. Sie würde gern ein kleines Krankenhaus am Stadtrand von Montevideo aufbauen, in dem Kinder aus den Slums kostenlos medizinisch versorgt werden können." Maria nippte an dem Wasser. „Zumindest einige. Es ist wohl ein Fass ohne Boden."

Sophies Augen funkelten. „Wann?"

„Im nächsten Jahr. Ich könnte sie in der nächsten Woche einladen, damit ihr einander kennenlernt und sie dir die Details darlegen kann, wenn du möchtest."

Sophie nickte.

„Aber …", Maria legte das Besteck ab, faltete ihre Hände und fixierte ihre Tochter, „... nun machst du erst einmal hier die Türen sauber hinter dir zu. Sonst wird dir auch woanders keine offenstehen."

Kapitel 12

Freitagvormittag

Sie parkte einige Meter von seinem Haus entfernt. Seit acht Wochen beschattete sie Schwarz aus dem Leihwagen wie ein Spionagesatellit die Erdoberfläche aus dem Weltall. Damit er möglichst keine Gefahr witterte, wechselte sie nicht nur ständig die Autotypen, sondern veränderte ebenfalls ihr Aussehen mittels Perücken, Brillen und Modeaccessoires.

Ihre Wandlungsfähigkeit stand der eines Chamäleons in nichts nach und war absolut varietéwürdig. Sie variierte nicht nur ihre Haarfarbe täglich, sondern – ebenso wie das Kriechtier – ihre Körperform. Diese Illusion kreierte sie mittels verschiedener Absatzhöhen, Bekleidungsstilen und Kleiderschnitten, wodurch ihr Alter ebenfalls beträchtlichen Schwankungen zu unterliegen schien.

Sie klappte die Sonnenblende herunter und taxierte die Frau im Spiegel. Kritisch zupfte sie an der roten Kurzhaarperücke und rückte die schwarze Hornbrille mit dem Fensterglas in Position. Ein Kontrollblick auf die Armbanduhr verriet ihr, dass er gleich das Haus verlassen würde. Zwar konnte sie ihn nicht ständig observieren, aber wann immer sich ihr die Gelegenheit bot, spionierte sie ihn aus. Bereits nach vier Wochen hatte sie eine Art Stundenplan für Schwarz erstellt, der die Wochentage sowie die Stunden enthielt, und alle Kästchen mit seinen jeweiligen Aktivitäten gefüllt. Nun inspizierte sie die Matrix akribisch. Bisher hatte es keine Abweichungen gegeben. Schwarz folgte dem Plan punktgenau wie ein Schweizer Uhrwerk.

Anfangs hatte das Glück ihr dabei geholfen, ihn ausfindig zu machen. Er war in das Haus zurückgekehrt, das er geerbt hatte und in dem seine Kindheitserinnerungen finstere Schatten warfen. Und die Schreie der Kinder sich tief in das Kellergemäuer gegraben hatten. Es lag nur zehn Kilometer von ihrem eigenen entfernt – ein sogenannter Katzensprung, der es ihm auch ermöglicht hatte, in ihrer Gegend auf Beutezug zu gehen.

Die Haustür öffnete sich. Das Holz wirkte morsch wie ein vermodertes Brett, das vom Meer nach viel zu langer Zeit an den Strand gespült worden war. Er zog die Tür hinter sich zu, steckte den Schlüssel ins Schloss und kurbelte ihn zweimal herum. Dann keilte er den Schädel zwischen die schmalen Schultern und konzentrierte sich auf seine braunen Halbschuhe, die über den kurzen Gehweg zur Straße schlurften. Ohne aufzuschauen, fügte er sich dem Verlauf der Straße, die nach fünfzig Metern wie ein vom Stamm abgebrochener Ast nach links abknickte.

Sie starrte auf seinen Rücken, der kleiner und kleiner wurde und schließlich aus ihrem Blickfeld ausradiert wurde. Langsam leerte sie den Becher Cappuccino, der ihr im McDonald's Drive-in durch das Fenster gereicht worden war, verstaute ihn in dem Getränkehalter, kontrollierte zum x-ten Mal die Zeit und warf den Motor an. Falls er seinen Stundenplan beherzigte, würde er in zehn Minuten in den Bus mit der Nummer 154 steigen und zu seinem Bewährungshelfer fahren wie jeden Montag und Freitag.

Ihr Wagen folgte dem kurvigen Straßenverlauf und trudelte an dem Linienbus, der an der Haltestelle seine Fahrgäste einsammelte, vorbei. Gemächlich reihte sie sich in den Nachmittagsverkehr ein und suchte sich in der Richard-Wagner-Straße einen Parkplatz, der eine gute Aussicht auf die Hausnummer 14 gewährte.

Fünfzehn Minuten später näherte sich die Gestalt mit dem eingezogenen Haupt dem Gebäude. Der Mann rupfte die rechte Hand aus der Hosentasche, betätigte die Klingel und verschwand in dem Haus.

Sie schnappte sich das Buch, das auf dem Beifahrersitz lag, und tauchte mit einem Seufzer in die Lektüre ein. Sie hatte eine Stunde Zeit, um der tragischen Liebesgeschichte von Holly und Gerry zu folgen, bevor die Sitzung mit dem Bewährungshelfer beendet sein und er sich auf dem gleichen Weg, den er gekommen war, wieder in seine Höhle verkriechen würde.

Pünktlich erschien er auf dem Treppenansatz und trat den gewohnten Rückweg an. Wenige Meter vor seinem Domizil lauerte sie ihm bereits auf und beobachtete, wie er in dem Haus verschwand. Sie visierte die schmuddeligen Vorhänge an der Vorderseite des Gebäudes. Die Gardinen bewegten sich nicht. Anscheinend verspürte er nicht das Bedürfnis, nach einem eventuellen Verfolger Ausschau zu halten oder die missachtenden Blicke und Bemerkungen der Nachbarn einzufangen. Sie hatte längst bemerkt, dass diese eine Initiative gegründet hatten, um den Bewohner des Hauses zum Schutze ihrer Kinder zu observieren. Diese Vorsichtsmaßnahme konnte sie ihnen nicht verdenken.

Sie packte das Sandwich mit Käse, Salatblättern, Tomate und Ei aus, das sie sich als Mittagessen mitgebracht hatte, und wartete auf den nächsten Programmpunkt.

Er führte ein einsames Leben, empfing keinen Besuch und verkehrte lediglich mit seiner Therapeutin und seinem Bewährungshelfer. Am Freitagnachmittag radelte er mit dem Fahrrad zum Wald, wo er es auf dem Parkplatz abstellte und ein bis zwei Stunden spazieren ging. An den anderen Nachmittagen arbeitete er in seinem Garten und kämpfte gegen den Wildwuchs an, der dort wie Bambus wucherte.

Donnerstagmorgens erledigte er seine Einkäufe, montagnachmittags besuchte er seine Therapeutin. Ab 19:00 Uhr verriet das Licht des Fernsehers seine Aktivität. Zwischen 23:00 und 24:00 Uhr schaltete er das Gerät aus und begab sich vermutlich ins Bett. Was er die übrigen Stunden im Inneren seines Hauses trieb, entzog sich ihrer Kenntnis. Sie verspürte keinerlei Verlangen, ihr Vorstellungsvermögen diesbezüglich zu bemühen.

Sein Stundenplan ließ nur zwei Möglichkeiten, ihn zu überwältigen: Sie musste ihn entweder am Wald abpassen oder sich Zugang zu seinem Haus verschaffen, um ihn dort zu betäuben und in das Auto zu schaffen. Letzteres barg vor allem die Gefahr ungewollter Zeugen, die die Entführung beobachten könnten. Auch wenn die Nachbarschaft über das Verschwinden erfreut sein würde, bestünde die Wahrscheinlichkeit, dass sie der Polizei Auskünfte über sie erteilen könnte. Das wiederum barg die Gefahr einer frühzeitigen Festnahme. Aufgrund dessen war der Wald weniger gefährlich, da er außer am Wochenende kaum aufgesucht wurde. Sie entschied sich daher für diese Variante.

Um 14 Uhr verließ er das Haus und schwang sich auf sein Fahrrad. Fünfzehn Minuten später trennte sie sich von ihrer Lektüre und zuckelte zum Wald, wo sie am Parkplatz vorbeirollte und zufrieden verfolgte, wie er seine Routine absolvierte. Sie stoppte, zog ihren Kalender aus der Tasche, blätterte zum nächsten Freitag und tippte gedankenverloren mit der Fingerspitze auf das Datum. Schließlich startete sie das Auto und fuhr nach Hause. Es blieb ihr genau eine Woche, um die letzten Vorbereitungen zu treffen.

Kapitel 13

Freitagmittag – eine Woche später

Der Mercedes-Benz Sprinter parkte auf dem Waldparkplatz. Sie entnahm ihrer Umhängetasche einen Elektroschocker und versenkte ihn in der Hosentasche der weiten Leinenhose. Sie stieg aus und schmiss einen Blick auf die Straße, die zu dem Parkplatz führte.

Die Luft roch nach Frühsommer – nach Fichtennadeln und dem Geruch des Harzes, das durch die Sonnenstrahlen erwärmt wurde. Bauschige Sahnewolken wanderten über den blauen Himmel. Darunter spielten Vögel mit roten Bäuchen Fangen. Trotz der friedlichen Atmosphäre wuchs ihre innere Unruhe. Tausende von panischen Gnomen flitzten durch ihren Körper und beschleunigten ihren Puls. Ein leises Klacken drang an ihre Ohren. Sie drehte den Kopf in den Nacken und erspähte den erwarteten Fahrradfahrer, der die letzten Meter zum Parkplatz bewältigte.

Sie zog die Hecktür weit auf.

Er stellte das Rad an dem nur wenige Meter entfernten Fahrradständer ab und sicherte es mit einer Kette. Seine schlaffen Wangen glänzten von der vollbrachten Anstrengung. Auf seiner Stirn standen Schweißperlen.

„Entschuldigen Sie bitte", sagte sie, während sie sich ihm näherte. Ihre Pupillen, die von einer Sonnenbrille verdeckt wurden, waren klein wie Stecknadelköpfe. „Könnten Sie mir den Kinderwagen aus dem Heck heben? Ich habe Probleme mit dem Rücken." Demonstrativ führte sie eine Hand zum Kreuz.

Er zuckte zusammen. „Ähm … ja.“ Die Laute klangen muffig wie eine verstimmte Oboe.

Sie machte auf dem Absatz kehrt und schritt zu dem Fahrzeug. Langsam folgte er ihr. Sie trat einen Schritt zur Seite und gönnte ihm einen Blick in das leere Heck.

„Aber …“, setzte er an. Den Rest des Satzes verschluckte er zuckend, als die Elektroschockpistole seinen Rücken traf und eine Million Volt durch seinen Körper rasten. Sie warf sich mit ihrem gesamten Gewicht gegen ihn. Er kippte vornüber und landete auf der Ladefläche, die sie mit einem Kunststofftuch, das normalerweise zur leichteren Umbettung eines Patienten diente, ausgelegt hatte. Seine Glieder waren schlaff wie nasse Lumpen.

Flink kletterte sie in den Wagen, schoss eine weitere Voltladung in ihn hinein, zerrte ihn wie einen Zentnersack Kartoffeln weiter in das Wageninnere und verschloss die Tür. Sie rupfte den Ärmel seines grauen Hemdes, das unangenehm nach Schweiß roch, über die Armbeuge und begutachtete die hervortretende Vene. Aus dem bereitstehenden Arztkoffer wählte sie Tupfer und Desinfektionsalkohol aus und reinigte die beabsichtigte Einstichstelle. Mit ruhiger Hand injizierte sie das Schlafmittel, verstaute den Verpackungsmüll, den benutzten Wattetupfer und die leere Spritze in einem Plastikbeutel, knotete den Beutel zu und ließ ihn zurück in die Arzttasche gleiten.

Sie überwachte, wie das Schlafmittel langsam die Kontrolle über ihn gewann. Die Jahre im Gefängnis hatten an ihm gezehrt: Das Haar hatte sich zu einem Kranz ausgedünnt und war ergraut. In seine Stirn hatten sich Faltentäler gegraben. Die Wangen waren erschlafft, und die Kinnpartie zeigte eine Tendenz zum Doppelkinn. Die milchig weiße Haut leuchtete ungesund. Sein untrainierter Körper wirkte weich und schwammig. Bei der

Vorstellung, wie dieser Körper die Mädchen bedrängt hatte, stieg Übelkeit in ihr auf. Sie unterdrückte einen Würgereiz.

Als sein Brustkorb sich gleichmäßig hob und senkte, checkte sie seinen Puls, öffnete schließlich die Hecktür und kletterte hinaus. Sie überzeugte sich kurz davon, keine unerwünschten Spaziergänger in der Nähe zu haben, postierte sich hinter dem Lenkrad und steuerte den Wagen ruhig über die Landstraße zur Autobahnauffahrt.

Bereits eine gute Stunde später hatte sie ihr Domizil erreicht und rollte über die Zufahrt zu einer Doppelgarage, die einen direkten Zugang zum Keller besaß. Sie dirigierte das Garagentor mit der elektrischen Fernbedienung, die an ihrem Schlüsselbund baumelte. Stück für Stück rollte es nach oben. Sie parkte den Wagen neben dem Seziertisch, stellte den Motor aus und schloss das Tor per Knopfdruck. Sie stieg aus und klappte die Hecktüren auf. Ihr Patient schlummerte tief. Sie manövrierte den Seziertisch hinter das Fahrzeug und befördert den Patienten mithilfe des Umbettungstuches auf die Metallplatte. Dabei wechselte sie die Griffe des Tuches kontinuierlich und verfrachtete ihn unter immenser Kraftanstrengung Stück für Stück auf seine neue Unterlage.

Mit dem Unterarm wischte sie sich den Schweiß von der Stirn und karrte den Tisch von der Garage durch einen Zugangsschlauch in den ehemaligen Abstellkeller, der jahrelang in liebevoller Kleinarbeit für ihren Gast vorbereitet worden war. Dort schnitt sie ihm die Kleidung vom Leib und versenkte sie in einem blauen Müllsack, den sie mit einem Band zuknotete.

Sie examinierte den entkleideten Mann. Ekel ballte sich wie eine Faust in ihrem Magen und boxte auf ihren Kehlkopf. Sie fixierte seine Fußgelenke mit Schellen und Ketten am Gestell, legte seine Hände in die Ablagen und befestigte sie ebenfalls mit Bändern, schnallte seine Brust und seinen Bauch mit Lederriemen an den Tisch und positionierte seinen Schädel in einer Halterung, die sonst hauptsächlich bei Schulteroperationen zum Einsatz kam. Flink zurrte sie die Gurte dank der Easy-Click-Technik fest. Zur Krönung zwängte sie einen Spreizer zwischen seine Kiefer.

Sie bewunderte ihr Werk. Heiterkeit umspielte ihren Mund. Sie hatte es sich schwieriger vorgestellt. Was nun folgen würde, war im Vergleich zu der Entführung ein Klacks. Sie löschte das Licht. Dunkelheit legte sich wie eine schwarze Schneedecke über den Patienten und schien sogar das Rauschen der Klimaanlage zu dämmen. Sie schloss die Tür, damit er sich in Ruhe von den Strapazen der nachmittäglichen Reise erholen konnte, während sie das Auto zurückbrachte.

Teil 3

Kapitel 14

Samstag

Wie an jedem Morgen bereitete sie sich an diesem verheißungsvollen Tag eine Scheibe Toastbrot mit Butter und Käse, eine Tasse Cappuccino sowie ein Glas frisch gepressten Orangensaft zu und trug das Tablett zum Esstisch, wo die Tageszeitung auf sie wartete. Genüsslich biss sie in das warme Brot, während sie die Zeitung durchblätterte und einige Artikel überflog. Sie umfasste die Tasse mit beiden Händen, senkte die Lider und inhalierte das Aroma des frisch gebrühten Kaffees, bevor sie an dem heißen Getränk nippte. Er schmeckte wie immer köstlich und verlieh dem Morgen einen Anstrich von Normalität.

Nachdem sie ihr Frühstück beendet hatte, räumte sie das schmutzige Geschirr in die Spülmaschine, wischte über die Küchenoberfläche und versenkte die gelesenen Neuigkeiten im Altpapier. Die Küchenuhr verriet, dass es bereits neun Uhr war, also Zeit, sich ihrem Gast zu widmen. Sie atmete tief durch und ging in den Flur.

Die alten Dielen in dem hellen Entree grüßten sie knarzend. Auf Hochglanz poliert, gelang es ihnen dennoch nicht, ihr Alter zu verbergen. Hier und da zeigten sich Kratzer, die sich seit dem vorletzten Jahrhundert angesammelt hatten. Sechs Räume säumten den offenen Eingangsbereich, von denen sie nur die Küche und die Bibliothek nutzte. In den anderen Räumen der unteren Etage schlummerten antike Möbelstücke unter weißen Laken.

In der Mitte des offenen Bereiches führte eine Balustrade aus Holz zum Flur der oberen Etage, der sich wie ein

Balkon an drei Seiten des Hauses entlangzog und den Zugang zu den Schlafzimmern bot, von denen sie sich eins für die Dauer ihres Aufenthaltes ausgesucht hatte.

Sie wagte einen Blick auf die Tür, hinter der sich der Zugang zum Keller verbarg, in dem sie ihren Patienten gestern willkommen geheißen und ihm das Spiel angekündigt hatte. Sie straffte die Schultern, drückte die Klinke herunter und stieg Stufe um Stufe ihrem Tagespensum entgegen. Vor der Tür des ehemaligen Vorratskellers befreite sie einen in Folie eingeschweißten OP-Kittel aus seiner Verpackung und schlüpfte hinein. Ihr Haar verschwand unter einer grünen Haube und ihre untere Gesichtspartie hinter einem Mundschutz. Leise entsperrte sie die Metalltür, ein Lichtkegel fiel in den dunklen Raum.

„Hallo?" Seine Stimme schaukelte heiser. Seine Hilferufe waren während der letzten Stunden an den gefühlskalten Kacheln abgeprallt.

Die Dunkelheit roch trotz Klimaanlage nach Schweiß und Angst. Ein Blasenkatheter verhinderte das Einnässen, sodass der Geruch von Urin sich nicht in das Aroma mischte. Sie schaltete die Oberbeleuchtung an und beobachtete, wie er die Lider wegen der plötzlichen Neonbestrahlung zusammenkniff.

„Guten Morgen." Sie eruierte den teigigen Körper, der sich unter dem Leinentuch, mit dem sie ihn bedeckt hatte, abzeichnete. Ihre Nase kräuselte sich.

„Wo bin ich?" Seine Stimme zitterte.

Sie ignorierte die Frage, wusch und desinfizierte ihre Hände an dem kleinen Waschbecken und bekleidete sie mit Latexhandschuhen. Langsam trat sie an ihn heran.

Seine Augen gewöhnten sich zunehmend an die Helligkeit. Unfähig sich zu bewegen, huschten seine Augäpfel bei dem Versuch, sie zu erfassen, hektisch hin und her.

„Bin ich in einem Operationsraum?", versuchte er es erneut. „In einem ähnlichen Raum wurde mir der Blinddarm entfernt, aber der Saal damals war viel größer", faselte er.

Sie antworte mit Schweigen.

„Was ist passiert? Ich kann mich nicht erinnern." Die Worte überschlugen sich jetzt hysterisch.

Sie trat in sein Blickfeld. Er hechelte und wand sich in seinen Fesseln. Panik zeichnete seine Gesichtszüge wie ein Brandeisen ein Rind.

„Das habe ich Ihnen bereits gestern angedeutet, als Sie wach wurden. Ist davon nichts in Ihrem Gedächtnis haften geblieben? Soll ich es nochmals wiederholen?" Sie beugte ihr maskiertes Gesicht über ihn. „Sie befinden sich in einem privaten Operationssaal, um ein paar chirurgische Eingriffe vornehmen zu lassen."

„Was?" Sein Brustkorb hob und senkte sich wie ein Blasebalg.

„Komme ich Ihnen nicht bekannt vor? Wir sind uns schon oft begegnet, aber die Zeit verfremdet, nicht wahr? Reizen die kleinen Mädchen Sie immer noch?"

„Nein, ich ...", krächzte er.

„Was nein?" Ihre Stimme ohrfeigte ihn, und er verstummte. „Wissen Sie – ich bin keine Psychiaterin, sondern praktisch veranlagt. Pädophilie ist nicht heilbar. Der Betroffene kann lediglich lernen, seine Bedürfnisse in den Griff zu bekommen, das heißt, diese nicht auszuleben. Dabei ist die Unterdrückung der Hormonproduktion sehr hilfreich, da sie den Sexualtrieb des Mannes sowie seine Aggressivität steuert. Diese kann entweder medikamentös erfolgen – wobei eine kontinuierliche Einnahme der Medikamente gewährleistet werden muss – oder operativ. Beide Möglichkeiten wurden Ihnen bestimmt erörtert." Ihre Augen funkelten kalt wie Eissplitter.

Er starrte zurück, als wäre er hypnotisiert, und würgte einen unsichtbaren Kloß herunter. Im grellen Licht der Neonröhre glänzten Schweißtropfen auf seiner Stirn und perlten über seine Schläfen.

„Antworten Sie mir!", herrschte sie ihn an.

„Ja." Ein Zucken lief durch seinen Körper.

„Wie ich bereits feststellen konnte, haben Sie die Möglichkeit einer Kastration nicht für sich in Anspruch genommen. Für mich liegt daher die Vermutung nahe, Sie wollen sich Ihre Fantasie weiterhin erhalten und hoffen auf deren Realisierung."

„Nein!" Er legte alle Kraft in seine Stimme.

„Dann werden Sie mir zustimmen, dass es sinnvoll ist, diesen Eingriff nun nachzuholen." Sie hatte die Fingerspitzen zusammengelegt und hielt sie auf Brusthöhe.

„Nein. Bitte, nein!" Seine Lippen zitterten.

„Ihre Libido und Erektionsfähigkeit werden nach circa vier Wochen spürbar abnehmen, was Ihnen eine große Erleichterung bringen wird. Nach ungefähr zwei Monaten ist eine Erektion ohne die Gabe von Testosteron nicht mehr möglich."

Er flennte.

„Es ist ganz einfach. Ich habe es zuvor zwar auch noch nie gemacht, aber glücklicherweise kann man es an verschiedenen Stellen nachlesen."

Er winselte.

„Ich werde eine Orchiektomie durchführen, das heißt, Ihre Hoden entfernen."

Er jaulte auf.

„Reißen Sie sich zusammen! Im Gegensatz zu den Mädchen müssen Sie keinerlei Schmerzen verspüren. Glauben Sie, durch Ihr Gejaule auf Mitleid zu stoßen? Hatten Sie Mitleid?"

Er wimmerte leise vor sich hin.

„Wir haben verschiedene Möglichkeiten, den Eingriff durchzuführen. Die Wahl liegt bei Ihnen, sofern Sie kooperieren. Ansonsten werde ich über das Vorgehen entscheiden. Haben Sie mich verstanden?“

Er antwortete nicht.

„Haben Sie mich verstanden?“ Ihr Tonfall verlangte Gehorsam.

„Ja.“ Er heulte.

„Gut. Zunächst könnten wir den Eingriff sehr barbarisch vollziehen. Zum Beispiel könnte ich Ihre Hoden zwischen zwei Ziegelsteinen, die hier bereitliegen“, sie rollte den OP-Tisch in seinen Blickbereich, „zermalmen.“

Er fixierte die Steine aus den Augenwinkeln. Seine Pupillen weiteten sich panisch. Seine Lippen verwandelten sich in einen schmalen Strich.

„Ich könnte auch einen kleinen Schnitt am Hodensack vornehmen, die Hoden herausdrücken, die Stränge abbinden und nahe der Hoden durchtrennen. Dies ist selbst ohne lokale Betäubung erträglich, und Sie bekommen das Prozedere mit.“ Sie senkte den Kopf und musterte ihn über den Mundschutz hinweg.

Er zitterte trotz der angenehmen Temperatur.

„Schließlich kann ich Ihnen noch eine lokale Anästhesie anbieten, die quasi wie eine Betäubung beim Zahnarzt wirkt, und eine anschließende Versorgung mit Schmerzmitteln, um den Wundschmerz auszuschalten. Nach einer Woche spüren Sie nichts mehr.“ Sie kutschierte den Tisch auf die Höhe seines Unterleibes und begutachtete die bereitliegenden Skalpelle. „Welche Methode präferieren Sie?“

Er schluchzte.

„Wenn Sie mir die Entscheidung überlassen, greife ich zu den Ziegelsteinen.“ Ihre Handschuhe bewegten sich auf die Steine zu.

„Betäubung!“ Seine Stimme klang löchrig wie ein Sieb.

„Das habe ich vermutet. Letztendlich haben Sie eine sadistische und keine masochistische Neigung.“ Sie deckte ihn auf, reinigte den Eingriffsbereich mit Desinfektionsmittel und injizierte das Lokalanästhetikum. Während das Medikament wirkte, erneuerte sie die Infusionsflasche, die an einem Metallgestell baumelte und ihn intravenös mit einer Elektrolytlösung versorgte. Anschließend entledigte sie sich der Gummihandschuhe. Das Flitschen peitschte durch die Stille.

Sie wusch und desinfizierte ihre Hände von Neuem und gönnte ihren Fingern ein Paar unbenutzte Handschuhe. Leise trat sie hinter ihn. Ihre Mundwinkel unter dem Mundschutz wanderten nach unten, und sie kniff die Augen zusammen, als sie ihren Patienten über seinen Schädel hinweg erforschte.

„Wissen Sie noch, wie Ihre Opfer hießen?“ Die Kühle in ihrer Stimme bedeckte ihn wie Schnee einen Hang.

Eine Gänsehaut überzog ihn. Seine Kiefer bewegten sich, als würde er die Namen, die sich auf seiner Zunge gesammelt hatten, zerkleinern, um sie herunterzuschlucken. Er beantwortete die Frage nicht.

„Sie haben Ihre Opfer gewürgt und verbrannt, wenn sie geweint haben. Hat das geholfen?“

Er blieb ihr eine Antwort schuldig.

„Das hat es nicht. Im Gegenteil.“ Die Worte hagelten auf ihn nieder.

Er kniff die Lider zusammen, um sich vor dem Hagelschlag zu schützen.

„Soll ich Ihnen einmal demonstrieren, warum es nicht hilft?“

„Nein. Es tut mir leid.“ Er stotterte wie ein defekter Motor. „Es tut mir leid.“

„Sie haben eine Kerze verwendet, nicht wahr? Ich habe einige Verletzungen gesehen.“ Die Erinnerung verdunkelte ihre Iris. „Wissen Sie noch, wie Ihre Opfer hießen?“, wiederholte sie.

Er antwortete nicht.

„Könnten Ihnen einige Brandmale auf die Sprünge helfen?“

„Em … ma“, winselte er.

„Und die anderen Mädchen?“

„W… w… welche anderen Mädchen?“

Sie schwebte zum Instrumententisch, entschied sich für eine lange weiße Kerze und zündelte mit einem Feuerzeug, bis der Docht Feuer fing. Gedankenverloren spielte sie mit der Lichtquelle, während das Wachs schmolz. Abrupt wendete sie sich ihm zu und ließ einen Tropfen der heißen Flüssigkeit auf seinen Arm tropfen.

Er schrie, als hätte sie sein Fleisch mit der offenen Flamme verschmort, so wie er es zu tun pflegte.

„Wie hießen die anderen Mädchen?“, säuselte sie.

„Lisa.“

„Emma und Lisa“, wiederholte sie ruhig. „Haben Sie nicht noch eins vergessen?“

Als er stur blieb, pikste sie ihn mit dem Skalpell in die Hoden.

Er zuckte zusammen.

„Tut das weh?“, zirpte sie. „Sie scheinen, wenn es um Ihre eigene Person geht, äußerst empfindlich zu sein. Eigentlich dürften Sie nur noch einen leichten Druckschmerz spüren. Allerdings nicht hier am Bein.“ Sie drückte die Klinge auf seinen Oberschenkel. „Wie hieß das erste Mädchen, das Sie vergewaltigt haben?“

„Ni-Ni-Nicki“, raspelte er und flennte wie ein Kleinkind, das seine Knie blutig geschlagen hatte. „Aber ich habe sie nicht getötet.“

„Sie haben sie nicht getötet?“ Der Druck des Messers verstärkte sich. „Oh doch, das haben Sie!“ Die Klinge presste sich tiefer und tiefer in sein Fleisch. Ein roter Tropfen quoll hervor. „Haben Sie auch niemanden vergessen?"

„Nein, nein, nein", winselte er.

„Gut." Sie nickte zufrieden. „Ich glaube Ihnen." Sie holte tief Luft. „Haben Sie Hunger?", wechselte sie plötzlich das Thema.

„Ja", jammerte er.

„Das habe ich befürchtet." Sie seufzte. „Ich werde Ihnen später eine Magensonde legen, die über die Nase eingeführt wird, sodass Sie hinreichend mit Nährstoffen versorgt werden."

Er stimmte ein zügelloses Geplärre an.

„Reißen Sie sich zusammen!" Ihr Geduldsfaden verknotete sich hörbar. „Ich habe bereits einigen Patienten, die nicht mehr essen konnten, eine Sonde gelegt, um ihnen eine künstliche Ernährung zu ermöglichen. Von denen hat nicht einer so gewinselt wie Sie. Im Gegenteil! Obwohl Sie es nicht verdient haben, werde ich auch bei Ihnen – wie bei jedem anderen – korrekt vorgehen und die Nasenschleimhaut mit einem abschwellenden und lokal betäubenden Nasenspray behandeln. Zudem werde ich Ihren Rachen entsprechend betäuben, um den Würgereiz zu mindern, und die Sonde zuvor kühlen, damit die Irritation der Schleimhäute verringert wird. Wenn Sie sich jedoch weiterhin so anstellen, werde ich darauf verzichten, die Magensonde mit einem Gel gleitfähiger zu machen."

Sein Wehgeschrei verebbte zu einem Gurgeln, das wie ein braunes Moor unter einem dicken Teppich aus Moos schmatzt.

„Im Vorfeld überzeuge ich mich über die Intaktheit der Atemwege sowie der Speiseröhre." Sie hüstelte. „Mit der Zufuhr von Nahrung kommt es natürlich zur Produktion von Kot." Ihre Nase verselbstständigte sich und beschwerte sich mit einem Kräuseln. „Das Problem ließe sich mittels einer Bettpfanne lösen. Ich bin jedoch nicht dazu bereit, Ihre Fesseln zu lockern. Wir werden deshalb auf Windeln zurückgreifen müssen."

Ekel jagte durch seine Mimik.

„Um diese zu wechseln, werde ich Sie mit Propofol betäuben. Die Kurznarkose wird mir genügend Zeit geben, um Sie zu reinigen, die Windeln zu tauschen und gegebenenfalls Ihre Rückseite zu versorgen. Sie werden sich wahrscheinlich wundliegen." Sie schürzte die Lippen unter dem Mundschutz und gönnte ihm die Gelegenheit, sich die beschriebene Prozedur in geruchsintensiven Bildern auszumalen. Schließlich stach sie mit dem Skalpell abermals in einen Hoden.

Er reagierte nicht.

„Hervorragend", kommentierte sie, „die Narkose wirkt. Dann, würde ich vorschlagen, bringen wir den Eingriff jetzt hinter uns."

Kapitel 15

Samstagabend

„Guten Abend, hier spricht Werner Fassbinder. Spreche ich mit Frau Doktor Wagner?“ Er räusperte sich.

„Einen Moment, bitte. Ich hole sie. Werner Fassbinder, richtig?“ Rubys Stimme war tief und melodisch wie ein perfekt gestimmtes Fagott. Ihre helle Haut und ihr schmaler Knochenbau standen im Gegensatz zu der kräftigen Altstimme. Sie legte das Telefon neben die Ladestation und ging zurück in die Wohnküche, wo sich ihre Freundin Anna, ihre Tochter Nele und Annas Tochter Leonie um die Kniffelwürfel gruppierten.

„Du bist dran!“ Nele schob die Würfel auf ihren Platz.

„Für dich“, sagte Ruby zu ihrer Freundin, während sie die Würfel in dem dazugehörigen Becher versenkte. „Werner Fassbinder.“

Zwischen Annas Augenbrauen bildete sich eine Falte. Sie stand auf, eilte in die Diele und schloss die Tür hinter sich.

„Anna Wagner.“ Ihre Finger spielten mit dem filigranen Anhänger, der an der goldenen Halskette baumelte.

„Guten Abend, Frau Doktor Wagner, hier spricht Werner Fassbinder. Entschuldigen Sie bitte die späte Störung.“ Er stockte.

„Guten Abend, Herr Fassbinder.“ Anna strich sich eine blonde Locke hinter das Ohr und wechselte den Telefonhörer von der linken auf die rechte Seite.

„Ich bin der Bewährungshelfer von Schwarz.“ Er machte eine Pause und hustete mehrmals.

„Ich weiß. Was kann ich für Sie tun?" Die Falte grub sich tiefer zwischen ihre dunkelblonden, dichten Brauen.

„Ich bin etwas beunruhigt." Er unterdrückte ein Husten. „Ich habe Schwarz am Freitagmorgen wie üblich gesehen. Nachmittags war ich beim Arzt." Er verstummte. Ein Husten jenseits der Sprechmuschel folgte. „Bronchitis", entschuldigte er sich. „Ich wollte unseren Montagstermin absagen, konnte ihn aber am Freitagabend, also gestern, nicht erreichen. Deshalb habe ich es heute mehrmals im Laufe des Tages versucht. Er meldet sich weder auf seinem Haustelefon noch an seinem Handy." Er atmete schwer.

„Mama, du bist dran", grölte eine Mädchenstimme aus der Küche.

Sie hielt die Sprechmuschel zu.

„Den Auflagen entsprechend muss er erreichbar sein oder sich gegebenenfalls abmelden." Sein Unbehagen kroch durch die Leitung.

Anna spinkste auf ihre Armbanduhr. Es war bereits kurz vor 21 Uhr. „Geben Sie mir bitte seine Rufnummern und seine Adresse." Sie nahm einen Bleistift aus einem Becher und notierte Nummern und Anschrift auf einem der Post-its, die auf dem Telefontisch bereitlagen. „Vielen Dank, dass Sie mir Bescheid gegeben haben. Ich werde mich umgehend darum kümmern." Sie wartete den Abschiedsgruß ab und legte auf. Versonnen balancierte sie die Notiz in der linken Hand und ließ den rechten Zeigefinger gegen das gelbe Papier schnippen. Das Geräusch mischte sich mit dem Gelächter, das aus der Küche drang.

„Du bist dran, Mama!" Ihre zehnjährige Tochter Leonie streckte ihr die Würfel entgegen, als sie die Wohnküche betrat.

„Was ist los?" Ruby durchlöcherte ihre Freundin mit ihren katzengrünen Augen. „Du siehst aus, als hättest du Salz und Zitrone ohne Tequila runtergewürgt."

Anna setzte sich, zwirbelte das offene Haar um die Hand, band es locker mit einem Gummi, den sie von ihrem Handgelenk streifte, zusammen und stützte die Stirn in die Hand.

„Was haltet ihr davon, wenn wir später zu Ende spielen?" Ruby adressierte den Vorschlag an ihre Tochter Nele und Leonie. Die beiden Mädchen waren seit dem Kindergarten beste Freundinnen. Seit einem Jahr hatten sie das Vergnügen, in der Wohngemeinschaft wie Schwestern aufzuwachsen.

„Es ist doch nur noch eine Runde", beschwerte sich Nele. Ihre Augen funkelten grün wie die ihrer Mutter.

„Genau!", stimmte Leonie ein.

Anna riss sich zusammen und würfelte. „Es ist schneller zu Ende gespielt als ausdiskutiert." Sie legte eine fünf zur Seite und ließ die restlichen vier Würfel abermals über die Tischfläche kullern. „Das ist ja wie verhext", flüsterte sie, als keine weitere Fünf auftauchte. „Das ist heute nicht mein Tag", bemerkte sie, als auch der dritte Wurf misslang.

„Was brauche ich noch? Nur noch eine kleine Straße, richtig?" Ruby beförderte die Würfel in den Lederbecher.

„Stimmt!" Leonie prüfte die Tabelle, in der sie die Ergebnisse notiert hatte.

„Eine Straße wirft sich immer aus der Hand." Ruby schüttelte den Würfelbecher wie ein Barkeeper einen Wodka Martini und legte die Straße auf den Tisch.

„Du kannst wirklich hellsehen!" Nele strahlte. „In den Sommerferien will ich mit Oma von Kirmes zu Kirmes ziehen und von ihr das Kartenlegen lernen. Sie sagt, mir wären auch die Fähigkeiten einer Wahrsagerin gegeben."

„Das war reines Glück", kommentierte Ruby das Würfelergebnis sachlich wie ein Nachrichtensprecher die Wetterkarte.

„Handlesen, Kartenlegen und der ganze Weissagekram sind absoluter Humbug. Und ganz bestimmt lasse ich dich nicht wie eine Zigeunerin durch die Gegend ziehen. Und schon gar nicht mit Oma."

„Und warum nicht?" Nele zauberte einen Trumpf aus dem Ärmel: „Das hast du doch früher auch gemacht."

„Weil ich als Kind leider keine andere Wahl hatte." Ruby lehnte sich auf dem Stuhl zurück und kreuzte die Arme vor der Brust. „Würfel jetzt – sonst reißt deine Glückssträhne ab!"

Wütend malträtierte Nele den Becher. Mit drei Würfen gelang ihr ein Kniffel. Ihr Ärger verpuffte im Siegesrausch, als sie die Punkte addierte. „Ich habe gewonnen!"

Ruby raufte sich die Haare. Der Wurf war ihrer vorhergehenden Argumentation nicht gerade dienlich.

„Das ist super!", jauchzte Leonie. „Ruby kann wirklich weissagen. Meinst du, deine Oma kann es mir auch beibringen?"

„Klar!" Nele ballerte einen trotzigen Giftblick auf ihre Mutter.

„Das diskutieren wir aber ein anderes Mal aus." Ruby verstaute die Würfel in dem Becher.

„Können wir noch einen Film gucken?" Leonie sah ihre Mutter fragend an.

Anna nickte geistesabwesend.

Die Mädchen sprangen auf und rannten ins Wohnzimmer.

„Hey", rief Ruby ihnen hinterher. „Nehmt das Spiel mit, und um zehn Uhr geht ihr ins Bett."

Leonie kam zurück und griff nach dem Becher.

„Warum denn schon so früh? Es ist Samstag!", protestierte Nele, die hinter Leonie auftauchte.

„Weil ihr morgen Vormittag reiten wollt." Ruby rollte die Augen.

„Das können wir doch trotzdem." Nele holte Luft, um für die nachfolgende Diskussion den längeren Atem zu haben.

„Aber ich nicht. Unausgeschlafene Zehnjährige sind eine Plage. Unerträglich!" Ruby schnitt eine Grimasse.

„Du bist gemein." Nele schmollte.

„Ich weiß." Ruby zuckte mit den Achseln. Ihr braunes Haar glitzerte im Schein der Küchenlampe.

„Komm schon, Nele." Leonie zeigte sich kompromissbereit. „Wir können uns ja eine Folge aussuchen. Die dauern eh nur fünfundvierzig Minuten."

Nele schleuderte ihrer Mutter einen letzten herausfordernden Blick zu und stürzte hinter ihrer Freundin ins Wohnzimmer.

Ruby stand auf und linste in den Kühlschrank. In der Tür fand sie eine offene Flasche Cabernet Sauvignon. Sie packte die Weinflasche am Hals und versah die Tür mit einem lässigen Schubs ihres Ellenbogens. Sie platzierte die Flasche auf dem Esstisch und kramte zwei Weißweingläser aus dem Oberschrank hervor. Ihr Blick galoppierte über die Unordnung, die sich in der Küche breitgemacht hatte. Sie hatten gemeinsam mit den Mädchen Spaghetti mit Gemüsesauce und einen bunten Salat zubereitet. Kochtöpfe, Bretter, Kochaccessoires, Geschirr, Bestecke und Gläser zeugten noch von der Kochschlacht und dem gemeinsamen Abendessen.

Sie füllte die Gläser mit der goldgelben Flüssigkeit und nahm am Tisch gegenüber ihrer Freundin Platz. „Raus mit der Sprache!" Es klingelte an der Haustür. „Erwartest du noch jemanden?" Ruby zog die Brauen hoch.

„Nein." Anna blinzelte irritiert.

Ruby erhob sich und ging in den Flur. „Hallo?" Sie drückte den Knopf der Gegensprechanlage. Es klopfte an der Haustür. Durch den Türspion erspähte sie Wolfgang, Annas Ex-Mann.

„Das darf doch wohl nicht wahr sein!", schimpfte sie, während sie die Tür öffnete. „Hallo, Wolfgang."

„N' Abend, Ruby." Er lugte über ihre Schulter ins Innere der Wohnung. „Ich muss mit Anna sprechen."

Eine saure Alkoholfahne schwebte an ihr vorbei. Sie passte so gar nicht zu dem Nadelstreifenanzug der edlen Herrenmarke, der Seidenkrawatte und den auf Hochglanz polierten Lederschuhen. Hätte sie diesen Geruch mit verbundenen Augen zuordnen müssen, wäre ihr Tipp auf einen Obdachlosen im Bahnhofsportal gefallen. Allerdings passte der durchaus erkennbare Duft eines moschushaltigen Eau de Toilettes nicht in diese Szenerie.

„Der Vogel ist leider ausgeflogen." Ruby rührte sich nicht von der Stelle. „Du solltest vorher anrufen."

„Aber sie geht nicht ans Telefon, wenn sie meine Nummer sieht", quengelte er wie ein Dreijähriger.

„Das wird wohl seine Gründe haben", streute sie ihm Salz in die Wunde. „Versuch es morgen noch mal." Ihr Nackenhaar sträubte sich wie bei einem angriffslustigen Jack Russel Terrier.

„Ich habe es schon tausendmal versucht. Mit Marion ist es aus. Anna soll nach Hause kommen." Er schwankte.

„Das besprichst du wohl besser mit Anna als mit mir. Geh dich ausschlafen." Sie machte Anstalten, die Tür zu schließen.

„Ich kann doch auf sie warten." Er schmuggelte seinen Fuß in den Rahmen.

„Sie wird nicht vor morgen zurück sein, und ich habe keinen Bock, dich auszunüchtern. Fuß weg!" Sie lehnte sich gegen die Wohnungstür und quetschte seine Zehen, wie das knitternde Leder eindeutig bekundete.

„Ist ja schon gut, Frau Kommissarin." Er zog den Fuß zurück. „Sag ihr, ähm", verhaspelte er sich, "ich, ähm, liebe sie."

„Das mach mal schön selber. Gute Nacht." Sie pfefferte ihm die Tür vor der Nase zu und trödelte zurück in die Küche.

„Ein Unglück kommt selten allein", orakelte Anna, als ihre Freundin sich zu ihr an den Tisch setzte.

„Du hast also gelauscht."

„Das war bei seinem Gegröle wohl kaum nötig. Sei froh, dass du keinen Ex-Mann hast."

„Wenn ich dich angucke, bin ich das tatsächlich." Ruby grinste und nippte an dem Wein. „Es geht doch nichts über eine Frauen-WG und einen One-Night-Stand ohne Verpflichtungen."

Anna lachte hell auf.

„Also, wo brennt der Schuh?", nahm Ruby den Faden wieder auf. „Was war das für ein ominöser Anruf?"

Annas Hände umklammerten die Tischkante. „Das war Herr Fassbinder. Er ist der Bewährungshelfer von Schwarz", fasste sie zusammen. „Er ist seit gestern Nachmittag nicht erreichbar."

„Schwarz?" Ruby kräuselte die vollen Lippen. „Hilf mir mal auf die Sprünge."

„Er hat ein fünfjähriges Mädchen gekidnappt, missbraucht und getötet und dafür eine lebenslange Haftstrafe abgesessen. Seine Verbindung zu einem zuvor verschwundenen Mädchen wurde vermutet, konnte ihm aber nicht nachgewiesen werden, da die Leiche nie gefunden wurde. Seit einigen Wochen ist er wieder auf freiem Fuß."

„Wie bitte?" Ruby schob das Glas in die Mitte des Tisches und richtete sich auf. „Keine Sicherungsverwahrung?"

„Wurde zur Bewährung ausgesetzt." Anna atmete tief durch.

„Und den Bockmist hast anscheinend du zu verschulden." Ruby pfiff durch die Lücke zwischen ihren Schneidezähnen.

„Mit zu verschulden." Anna nickte. „Über die Aussetzung der Sicherheitsverwahrung entscheidet die Strafvollstreckungskammer, die durch drei Berufsrichter besetzt ist."

„Und du warst also eine der drei Berufenen." Ruby zippelte an ihrem raspelkurzen Pony. „Wieso habt ihr den Kerl laufen lassen?"

„Wenn es nach meiner persönlichen Meinung gegangen wäre, hätte ich ihn bis ans Ende seiner Tage weggesperrt. Wir mussten uns allerdings an das geltende Recht halten. Die Sicherungsverwahrung wird neben einer Freiheitsstrafe, die zuerst verbüßt wird, angeordnet. Das zuständige Gericht, also die Strafvollstreckungskammer, prüft vor dem Vollzugsende, ob die Vollstreckung der weiteren Unterbringung zur Bewährung ausgesetzt werden kann. Aufgrund der psychiatrischen Gutachten waren uns die Hände bezüglich einer weiteren Sicherungs-verwahrung gebunden. Das Einzige, was blieb, war die Führungsaufsicht durch Weisungen und Auflagen so hart wie möglich zu gestalten."

„Und jetzt hat er sich aus dem Staub gemacht." Ruby schnappte sich den Notizzettel und fummelte ihr Handy aus der Hosentasche.

„Was hast du vor?" Annas Rücken versteifte sich.

Ruby wählte die Nummer des Hausanschlusses. Niemand nahm den Hörer ab. Sie tippte die Mobilnummer in ihr Display. Das Freizeichen ertönte. Schwarz meldete sich nicht. Sie stand auf.

„Wo willst du hin?" Anna folgte ihrer Freundin in die Diele.

Ruby zerrte ihre Lederjacke von einem Garderobenbügel, schlüpfte hinein und befreite den Autoschlüssel, der sich an Neles Schlüsselband verfangen hatte, aus einer silbernen Schale.

„Zu seinem Haus." Sie legte den Schlüssel ihrer Tochter, der an einem blauen Band baumelte, zurück.

„Aber das geht doch nicht. Dazu brauchst du einen richterlichen Beschluss." Anna haschte nach Rubys Arm und erwischte ein Stück Leder.

Mit einem Ruck befreite Ruby sich. „Mach dich nicht lächerlich", schnaufte sie. „Ich brauche einen richterlichen Beschluss, um in meiner Freizeit durch die Gegend zu fahren und eventuell an irgendeiner Tür zu klingeln, um nach dem Weg zu fragen?"

„Du bist verrückt."

„Ich wohl weniger." Ruby schürzte die Lippen. „Du kannst natürlich jetzt auch zuerst einen offiziellen Anruf tätigen, Tausende von Papieren ausfüllen und wie eine Furie mit Stempeln herumfuchteln. Der Fall landet ohnehin auf meinem Tisch. Dann allerdings mit Verzögerung. Aber wenn du Zeit vergeuden willst …"

Anna schüttelte den Haarschopf.

„Entspann dich. Bis später." Ruby zog die Haustür hinter sich ins Schloss.

Anna riss die Tür erneut auf. „Bau keinen Mist", schleuderte sie ins Treppenhaus.

„Mach ich nie", kletterte es die Stufen empor.

„Das wüsste ich aber", murmelte Anna. Sie versperrte den Wohnungszugang und versuchte, ihre Aufmerksamkeit auf das Aufräumen der Küche zu lenken.

Kapitel 16

Ruby parkte den Wagen wenige Meter von seinem Haus entfernt. Sie schaltete die Scheinwerfer und den Motor ab, stieg aus und verriegelte die Türen.

Es war eine ruhige Wohngegend, in der Einfamilienhäuser und Bungalows verstreut waren, deren Baujahr einige Jahrzehnte zurücklag. Düsterkeit umwebte die Gärten, und Straßenlaternen streuten gelbe Kegel auf den Bürgersteig. Viele Fenster waren erhellt. Aus einem Garten drang Gelächter und der Geruch von gegrilltem Fleisch. Der warme Maiabend bot sich an, die Grillsaison zu eröffnen.

Sie näherte sich langsam dem Einfamilienhaus. Jeweils zwei Fenster im Unter- und Obergeschoß zeigten zur Straße. Sie waren nicht erleuchtet. Das Haus schmiegte sich an die tiefer werdende Dunkelheit wie ein Schatten an eine dunkle Mauer.

Ruby ging über die Einfahrt zur Haustür und betätigte die Schelle. Eine Klingel schrillte und verhallte.

Stille.

Sie lauschte und wartete auf ein Schlurfen von Hausschuhen, ein Klackern von Absätzen oder die Reaktion einer Stimme, doch nichts löste die Ruhe ab. Hinter ihr knurrte plötzlich ein Hund. Sie fuhr herum.

„Guten Abend.“

Im Lichtkegel der Straßenlaterne gewahrte sie eine ältere Dame, die einen Dackel an der Leine führte. Die Szene wirkte wie eine Bühneninszenierung. Die beiden beäugten sie argwöhnisch. Die Frau kräuselte die Augenlider, um ihre Sicht zu optimieren, trat aus dem Licht heraus und näherte sich ihr vorsichtig. Indes zerrte der Hund an der Leine. Das Fell auf seinem Rücken richtete sich mehr und mehr auf. Er knurrte abermals.

„Guten Abend." Ruby kniete nieder und streckte dem Dackel eine Hand entgegen.

Er schnüffelte an ihr und wedelte schließlich mit dem Schwanz. Behutsam kraulte Ruby das Tier an der Brust.

Ermutigt durch das Verhalten ihres Begleiters, traute sich die alte Frau näher an sie heran. „Wollen Sie zu dem da?" Sie deutete mit dem Kinn auf das Haus. „Warum?", setzte sie brüskiert hinzu, ohne die Antwort auf ihre erste Frage abzuwarten.

„Ja, aber er scheint nicht zu Hause zu sein." Ruby richtete sich auf und schenkte der Frau ein einnehmendes Lächeln, das die Lücke zwischen ihren Schneidezähnen offenbarte.

„Eigentlich darf ich Ihnen dies nicht verraten", sie senkte die Stimme vertraulich, spinkste nach links und rechts und zupfte ihren Dienstausweis aus der Jacke, „ich möchte Sie nicht beunruhigen. Ich bin von der Polizei und wollte nur kontrollieren, ob sich Herr Schwarz, wie vereinbart, in seinem Haus aufhält. Kein Grund zur Besorgnis. Reine Routine."

„Ich verstehe." Die alte Dame begutachtete den Ausweis und nickte eifrig.

„Wohnen Sie in dieser Gegend?" Ruby inspizierte die Straße in beide Richtungen, als wolle sie die Fahrbahn überqueren.

„Dort drüben in dem Haus." Der Finger der Frau schoss zielsicher hervor.

Ruby rotierte auf dem Absatz und verinnerlichte die Hortensienbüsche, die sich vor der Einfahrt zum Haus in der Dunkelheit versteckten. „Verraten Sie mir auch Ihren Namen?"

„Goldberg.“ Die Frau lächelte breit. „Anneliese Goldberg.“

„Was treibt Sie so spät nach draußen? Doch nicht etwa auch ein Kontrollgang?“, scherzte Ruby.

„Mozart ist schon älter. Er muss noch mal Gassi gehen – sonst kommt er nicht durch die Nacht. Aber ehrlich gesagt“, sie beugte sich vertraulich zu Ruby vor, „ist dies auch eine Art Kontrollgang.“

„Wie meinen Sie das?“ Ruby sah von Frau Goldberg zu Mozart. Der Hund spitzte die Ohren, als würde er hoffen, seinen Namen abermals aufzuschnappen.

„Nun ja, wenn man solch einen Menschen in der Nachbarschaft hat, muss man wachsam sein, vor allem wegen der kleinen Kinder. Sie verstehen schon, was ich meine.“ Frau Goldberg zwinkerte verschwörerisch.

„Sie meinen, Sie und Mozart spionieren Schwarz aus?“ Ruby verstaute den Dienstausweis in der Innentasche ihrer Lederjacke.

„Genau!“ Die kleine Dame streckte die Brust nach vorne. „Wir zwei übernehmen abends die letzte Runde. Mozart ist sozusagen mein Alibi. Normalerweise ist der Verbrecher um diese Zeit immer daheim und schaut Fernsehen. Aber gestern Nachmittag ist er von seinem Ausflug nicht zurückgekehrt.“

„Sie schaffen es, ihn rund um die Uhr zu überwachen?“ Ruby kratzte sich am Hinterkopf.

„Nein. Gewiss nicht.“ Frau Goldberg wehrte mit einer Hand ab. Über den Handrücken liefen dicke Venen. An den Fingern steckten einige Goldringe. „Wir kooperieren alle! Die gesamte Nachbarschaft wechselt sich ab. Und dann posten wir auf WhatsApp.“

„Sie machen was?“ Ruby schaute irritiert auf Mozart, der das Bein hob und an einen Strauch pinkelte. „Die ganze Nachbarschaft hat eine WhatsApp-Gruppe gegründet. Sehen Sie hier!" Anneliese Goldberg öffnete ihre Handtasche und kramte in der Dunkelheit nach ihrem Handy.

Sie angelte das kleine Gerät zwischen Papiertaschentüchern und Plastikbeuteln, die zur Beseitigung von Mozarts Geschäft gedacht waren, hervor und tastete nach ihrer Lesebrille, die an einer goldenen Kette um ihren Hals baumelte. Sie stülpte die Brille über den Nasenrücken, stellte das Gerät an und gab ihren Code ein. Auf dem Display zeigten sich die Icons einiger Anwendungen. „Einen Moment, bitte." Voller Heiterkeit nahm sie sich selbst auf die Schippe. „In meinem Alter geht das nicht mehr so schnell."

„Ich finde es sehr beachtlich, dass Sie sich überhaupt mit der neuesten Technik auseinandersetzen. Meine Mutter sträubt sich mit Händen und Füßen dagegen." Ruby beobachtete, wie ihre Gesprächspartnerin die WhatsApp-Anwendung bediente und die Nachbarschaftsgruppe aufrief.

„Schauen Sie." Die Dame hielt ihr das Gerät vor die Nasenspitze. „Das ist die letzte Message von Familie Weber um 17:30 Uhr. ‚Schwarz noch nicht zurück. Er ist also schon einen ganzen Tag weg.'"

Ruby las die Nachricht.

„Normalerweise fährt er jeden Freitag um 14 Uhr mit dem Fahrrad weg und kommt spätestens um 17 Uhr zurück. Gestern aber nicht." Frau Goldberg schnaufte. „Und jetzt schreibe ich an die Gruppe." Sie tippte unbeholfen mit dem Zeigefinger Buchstabe für Buchstabe, wobei sie sich mehrmals vertippte, die Lettern löschte und durch neue ersetzte. Schließlich war sie mit ihrer Eingabe zufrieden und betätigte die Sendetaste.

Haus dunkel. Schwarz offenbar immer noch nicht zu Hause.

Ruby las die Botschaft auf dem Display. Über der Nachricht stand der Name der Absenderin Anneliese Goldberg. Darunter die Uhrzeit: 22:35.

Frau Goldberg steckte das Telefon wieder in ihre Tasche, schloss den Reißverschluss und hängte den Bügel über ihre Schulter. Sie drehte Ruby die Rückseite zu und spähte zu beiden Seiten der Straße in die Düsternis. In der Ferne wurde ein Motor angelassen. Gelächter kletterte über den Asphalt.

„Sie wissen nicht zufällig, wohin er normalerweise fährt?“ Ruby begutachtete Frau Goldbergs Hinterkopf. Das Haar war grau, aber immer noch dick und anscheinend auch lang, denn es war zu einem stattlichen Dutt aufgesteckt.

„Natürlich!“ Die Dame wirbelte herum. „Ach, ich habe immer noch meine Lesebrille auf.“ Sie kicherte. „Kein Wunder, dass ich nichts sehe. Langsam werde ich doch senil.“

„Bei wichtigen Dingen aber offensichtlich nicht.“ Ruby lächelte.

„Nein, nur bei Sachen, mit denen ich mich nicht mehr beschäftigen möchte. Ich bin schon dreiundachtzig, und ein wenig Tüddelei wird mir aufgrund des Alters nachgesehen. Das kann äußerst bequem sein, und ich wäre dumm, dies nicht zu nutzen.“ Sie plinkerte schelmisch.

Ruby lachte auf. „Entschuldigen Sie bitte. Die Technik werde ich mir merken.“ Sie räusperte sich.

„Sie wollten wissen, wo er freitags mit dem Rad hinfährt.“ Frau Goldberg richtete eine Nadel in ihrem Dutt.

Ruby nickte.

„In den Wald. Vier Kilometer von hier. Dort stellt er das Rad auf dem Parkplatz ab und geht spazieren. Dann kommt er wieder zurück.“ Sie blickte auf Mozart, der den Dackelkopf schief gelegt hatte und ihre Ausführung aufmerksam belauschte. „Üblicherweise“, fügte sie hinzu.

„Sie meinen den Nordwald“, spezifizierte Ruby.

„Genau! Das hat Herr Walter aus Nummer 35 herausgefunden.“ Sie wies mit einer Hand in Richtung des Hauses.

„Wissen Sie zufällig, ob Herr Walter gestern auch im Wald war?“ Rubys Betonung klang hoffnungsvoll.

„Gestern hatte er keine Zeit. Er ist über das Wochenende zu seiner Tochter nach Süddeutschland gefahren.“ Sie pustete einen Schwall Luft aus. „Ausgerechnet gestern!“ Sie knickte ihren Kopf im gleichen Winkel wie Mozart ab und sah Ruby aufmerksam an. „Was haben Sie nun vor?“

„Ich werde jetzt zu dem Parkplatz fahren und mich dort umsehen.“ Ruby zog eine zerknitterte Visitenkarte aus der Tasche und reichte sie Frau Goldberg. „Falls er auftaucht, lassen Sie es mich bitte wissen.“

„Gerne. Seien Sie vorsichtig! Er ist gefährlich. Vermutlich wäre es besser, wenn einige der Nachbarn Sie begleiten würden? Soll ich einen Hilferuf posten?“

„Danke. Das ist lieb von Ihnen.“ Ruby berührte die Frau am Oberarm. „Ich werde meine Kollegen um Beistand bitten. Dann hat auch alles seine rechtliche Ordnung.“

„Nun gut. Wenn Sie meinen. Es hat mich gefreut, mit Ihnen zu plaudern.“ Frau Goldberg bedachte sie mit einem Abschiedslächeln. „Komm, Mozart.“

„Das hat es mich auch. Vielen Dank für Ihre Hilfe, Frau Goldberg.“

Mozart hob seinen Dackelpo von den Steinen und wackelte hinter Frau Goldberg her, während Ruby zu ihrem Auto eilte.

Kapitel 17

Ruby stellte den Ton ihres Handys wieder auf laut. Drei Anrufe in Abwesenheit von Anna. Sie warf das Telefon auf den Beifahrersitz und trommelte mit den Fingern gegen das Lenkrad. Ein Rückruf kam nicht infrage. Sicherlich würde sich nicht ihre Freundin melden, sondern die Juristin, die sie zurückpfeifen würde wie einen ungezogenen Köter. Sie konnte ihren Partner Spike anrufen. Aber warum? Spike genoss ganz gewiss sein freies Wochenende und hatte längst ein Mädchen abgeschleppt, von dem er sich hemmungslos bewundern ließ. Sollte sie ihm die Tour vermasseln, nur um ihn auf einen Parkplatz zu locken, auf dem wahrscheinlich eh nichts zu sehen war? Was sprach schon gegen einen einsamen Nachtspaziergang? Nichts!

Sie ließ den Motor an, steuerte den Wagen aus dem Wohngebiet heraus und näherte sich Stück für Stück dem Wald. Schließlich setzte sie den Blinker und bog auf den Parkplatz ab. Der Platz lag einsam und verlassen am Rande des Waldes. Sie drehte den Schlüssel um und öffnete das Handschuhfach. Zwischen Taschentüchern, einer Tüte mit Resten eines Hamburgers und kalten Pommes Frites, Sahnebonbons und Kaugummis stieß sie auf die gesuchte Taschenlampe. Sie schob den Schalter an der Seite hoch.

„Shit", fluchte sie, als die Batterie sich als leer erwies. Sie griff das Handy vom Beifahrersitz und prüfte die Taschenlampenfunktion. Die Batterie stand auf zehn Prozent.

„Na prima", kommentierte sie, stieg aus und schloss die Tür leise. Der Kiesboden unter ihren Füßen knirschte wie zerbrochenes Glas. Die Luft schien um einige Grad kühler zu sein als zuvor in dem Wohngebiet. Sie war klar und ließ unzählige Sterne am Himmel erkennen. Der Mond hatte sich zu einer Sichel gebogen.

Sie konzentrierte sich auf die Geräusche der Nacht. Ein Käuzchen schrie. Das Unterholz raschelte. Ein warmer Wind säuselte in den Baumkronen. Sie schaltete die Taschenlampe an, hielt den Arm hoch in die Luft und zwängte die Augenlider zusammen. Sie konnte nichts erkennen. Die Handylampe war zu schwach. Sie schaltete das Licht aus, um die restliche Energie zu sparen.

Aus dem Wald kroch eine hinterhältige Dunkelheit: fester als schwarze Schokolade, schwärzer als in einer Truhe mit geschlossenem Deckel. Vorsichtig setzte sie einen Fuß vor den anderen. Sie stolperte.

„Autsch", entrutschte es ihr, als sie mit dem Fuß umknickte. „So ein verfluchter Mist." Sie klickte auf das Lampensymbol und ließ den Lichtkegel erneut um sich kreisen. Am Rand des Parkplatzes, neben dem Eingang zum Waldweg, entdeckte sie eine Art Fahrradständer: einen Holzbalken, der auf zwei Stümpfen befestigt worden war. Daran lehnte ein Fahrrad. Ruby leuchtete auf den Boden, um einem weiteren Schlagloch gegebenenfalls auszuweichen, während sie sich dem Rad näherte. Es war ein blaues Herrenrad. Der Lack war stellenweise abgeblättert, die Felgen zeigten Rostspuren. Es war mit einer Metallkette an dem Balken gesichert. Sie wechselte auf die Fotofunktion, stellte den Blitz ein und machte verschiedene Aufnahmen. Anschließend näherte sie sich dem naheliegenden Gebüsch. Es raschelte.

Sie bog einige Äste beiseite und leuchtete hinein.

Nichts.

„Hallo", brüllte sie in die Nacht. „Ist hier jemand?" Sie lauschte ihrem eigenen Atem, näherte sich dem Eingang zum Wald, trat beherzt auf den Waldweg und folgte ihm einige Meter. Die Dunkelheit senkte sich vor ihr herab wie ein schwarzer Vorhang auf einer Bühne. In seinem Schutz huschten Fledermäuse durch das Geäst. Den grauen Lichtfäden des Mondes gelang es nicht, durch das Blätterdach zu dringen.

„Hallo?" Sie atmete tief ein und benutzte ihre Bauchmuskeln zur Verstärkung ihrer Stimme. Sie spitzte die Ohren.

Keine Antwort.

Im Kegel ihrer Lampe marschierte sie zurück zu ihrem Wagen und fuhr nach Hause.

Kapitel 18

Samstagnacht

„Komm schon, Spike!" Louiza, die Besitzerin des Pubs Blue Lou, hangelte sich über den Tresen und gewährte ihm einen bezirzenden Ausblick auf ihren Busen, der in eine Art Mieder geschnürt war. „Hilf mir aus der Patsche."

„Ich bin kein Musiker, Lou." Er gönnte sich einen Blick in ihr Dekolleté. „Auch wenn deine Argumente durchaus überzeugend sind."

Lou brach in schallendes Gelächter aus. „Ich habe noch viel überzeugendere Angebote. Wie wäre es mit kostenloser Verpflegung inklusive Drinks für einen Monat? Das ist mir mein guter Ruf wert." Sie spähte durch die Kneipe, die zum Bersten gefüllt war. An den Stehtischen und der Bar drängten sich Gäste, die zu später Stunde Pizza und Pasta, Hamburger und Hot Dogs, überbackene Taccochips mit Guacamole, gebackene Zwiebelringe und weitere Gerichte, die zu dem frisch gezapften Bier passten, verzehrten. Um den Billardtisch gruppierten sich zahlreiche Zuschauer, die die Spieler mehr oder weniger fachmännisch berieten, und der Flipperautomat erfreute sich einiger Spielwütiger.

Die kleine Bühne, die sich in eine Ecke des Lokals quetschte, war allerdings gähnend leer. Wie an jedem ersten Samstag im Monat sollte dort eigentlich längst eine Band spielen, derentwegen sich einige Gäste heute Abend für das Blue Lou entschieden hatten. Unglücklicherweise hatte der Sänger Louiza erst vor wenigen Stunden wegen einer Halsentzündung abgesagt, und es war ihr nicht gelungen, kurzfristigen Ersatz herbeizuzaubern.

Da das Kommissariat fast um die Ecke lag, trafen sich viele – vor allem alleinstehende – Beamte nach Dienstschluss oft im Blue Lou, um dort den Feierabend einzuläuten oder sogar gänzlich zu verbringen. Durch ihren Geschäftssinn, der neben täglichen Happy Hour-Angeboten Studenten reduzierte Preise garantierte sowie Live-Bands und Buchlesungen vorsah, gelang es Louiza, ein breites Publikum anzulocken.

„Bitte, Spike!" Sie klimperte übertrieben mit den künstlichen Wimpern und spendierte ihm ein Honiglächeln. „Zusätzlich hast du noch einen Wunsch frei!" Sie schürzte die knallrot geschminkten Lippen.

„Okay!" Spike griente schief. „Da kann ich ja gar nicht Nein sagen, oder?"

„Das sehe ich auch so." Sie warf ihm eine Kusshand zu und zwirbelte sich an zwei Angestellten, die neben ihr Drinks mischten, vorbei. Von der Theke kämpfte sie sich zur Bühne und bewaffnete sich mit dem Mikrofon.

„Guten Abend, wir haben eine kleine Programmänderung." Ihre Stimme kletterte durch Gelächter, Klappern von Geschirr und Gläsern, während die Hintergrundmusik langsam ausgeblendet wurde. „Anstelle der Band Mickey Malone, deren Sänger sich eine Halsentzündung eingefangen hat, begrüßen wir heute Abend auf dieser Bühne …", sie machte eine ausladende Handbewegung in Spikes Richtung, „... Spike – und zwar unplugged!"

Lautes Gejohle, Pfiffe und Anfeuerungsrufe, die von Spikes Kollegen kamen, begleiteten ihn, als er sich durch die Feiernden zur Bühne drängelte. Dort angelangt, drückte Louiza ihm eine Gitarre in die Hand und einen Kuss auf die Wange, was zu einem imposanten Anschwellen der Geräuschkulisse führte. Spike zog einen Barhocker vor das Mikrofon, stützte den Fuß auf einer Verstrebung ab und positionierte das Instrument auf seinem Oberschenkel. Er strich einige widerspenstige Haarsträhnen zurück, bevor er an den Saiten zupfte und das Instrument stimmte. Mit einem breiten Grinsen schlug er den ersten Akkord an.

„Let's spend the night together ...“, eröffnete er seinen Auftritt mit einem Refrain der Rolling Stones und heizte dem Publikum ein. An einigen Tischen wurde mitgesungen, an anderen mit diversen Getränken angestoßen.

Louiza bespitzelte von der Bar aus, wie sich sein Bizeps beim Anschlagen der Saiten bewegte. Sie hatte einige Nächte mit ihm verbracht und sich am Ende damit abgefunden, dass mehr nicht drin war. Spike war ein absoluter Womanizer, der nicht nur mit einem fast schon zu schönen Gesicht – mit strahlend blauen Augen, geschwungenen Brauen und Lippen sowie einer kleinen, geraden Nase – und einem Traumbody auftrumpfte, sondern auch noch die Rubrik Romantik bediente, indem er Gedichte rezitierte und als Gesprächspartner für den ein oder anderen Frauenroman herhielt. Leider schien er absolut bindungsunfähig zu sein. Während der letzten drei Jahre, seit sie ihn kannte, hatte er keine feste Freundin gehabt. Mehrere Male hatte sie ihn schwermütig als Option gestrichen und sich mit gelegentlichem Sex begnügt. Und noch viele weitere Male hatte sie sich erneut von Knall auf Fall in ihn verliebt.

„It's my life ...“, sang Spike. Dabei feuerte er seinen Charme auf einige junge Frauen, die sich vor der Bühne postiert hatten und ihn hemmungslos anhimmelten. Anscheinend inspirierten sie ihn zu dem nächsten Song You're beautiful, wobei seine Singstimme der von James Blunt täuschend ähnlich war.

Einfühlsam wechselte er zwischen schnellen und langsamen Evergreens, bevor er die Gitarre eine Stunde später ablegte und das T-Shirt, dessen Knopfleiste offenstand und die Vermutung eines stählernen Brustkorbs nahelegte, glatt strich. Unter Schulterklopfen und vielen Bravos bahnte er sich den Weg zur Theke.

„Das war richtig krass!“ Louiza schob ihm ein eisgekühltes Corona mit Limette über die Theke. „Wenn ich nicht schon längst in dich verknallt wäre, würde ich dir spätestens jetzt hoffnungslos verfallen.“

„Das trifft sich gut.“ Spike nahm einen genussvollen Zug aus der Flasche und wischte sich mit dem Unterarm über den Mund. „Immerhin habe ich noch einen Wunsch frei, oder?“ Er platzierte die Flasche auf dem Tresen und befeuchtete beiläufig seine Lippen.

„Versprochen ist versprochen“, schmunzelte Louiza, wobei sie das rote Haarband, das ihre schwarzen Locken im Zaum hielt, zurückschob. „Und der wäre?“ Sie stützte die Ellenbogen auf. Ihr Ausschnitt lockte mit einem weiteren tiefen Einblick. „Soll ich dir die Groupies vom Hals halten?“ Ihr Kinn deutete zur Bühne, wo die Frauen sich kichernd unterhielten und dem Star des Abends Schmachtblicke zuwarfen, in der Hoffnung, diese mögen ihr Ziel treffen wie Amors Pfeile ein unachtsames Herz.

„Was für Groupies?“ Spikes Augen hefteten sich auf ihre vollen Lippen. „Nimmst du mich nach der Show mit nach Hause?“ Er streckte seine Hand aus und streichelte sachte mit dem Handrücken über ihre Wange.

„Wenn es sonst nichts ist.“ Sie spitzte die Lippen. Ihre Augen wanderten von seinem Mund über die breiten Schultern und die nackte gebräunte Haut, die zwischen dem V-Ausschnitt seines Shirts lockte. „Aber zuvor musst du noch einige Zugaben geben.“

Kapitel 19

Sonntagmorgen

„Guten Morgen! Wie geht es Ihnen?" Sie blickte von dem Patienten auf das Klemmboard, als würde es sich um eine gewöhnliche Morgenvisite handeln. „Haben Sie gut geschlafen? Verspüren Sie Wundschmerz?"

Mit einem Gemisch aus Fassungslosigkeit, Unverständnis und Angst erwiderte er ihren Blick, ohne die Fragen zu beantworten.

Sie legte ihm eine Manschette um den Oberarm, maß seinen Blutdruck und trug die Werte auf dem Patientenformular ein. Anschließend kontrollierte sie seine Körpertemperatur mittels eines Thermometers im Ohr. Sie entfernte die benutzte Kappe vom Fiebermesser und entsorgte sie im Mülleimer.

„Die Werte sind sehr gut." Sie lächelte unter dem Mundschutz, während sie auch den zweiten Wert auf dem Bogen notierte. „Haben Sie Schmerzen?", fragte sie mit der routinierten Sprechweise einer Ärztin, die sichtlich um das Wohl ihres Patienten bemüht ist.

„Nein." Das Wort klang belegt.

„Das freut mich. Die Flüssigkeit in der Flasche", sie deutete mit dem Kuli auf den Tropf, „enthält auch ein Schmerzmittel, damit Sie keinen Wundschmerz spüren. Das ist glücklicherweise heutzutage nicht mehr nötig." Sie leuchtete mit einer Lampe in seine Pupillen und prüfte die Reaktionsfähigkeit.

„Ich bin sehr zufrieden mit den Werten. So steht dem heutigen Eingriff nichts entgegen."

„Was?“ Seine Stimme schnarrte hysterisch.

„Beruhigen Sie sich. Wir haben noch die ein oder andere Maßnahme vor uns. Das wird mehrere Tage dauern. Alles in allem plane ich, die Operationen in etwas mehr als einer Woche durchzuführen. Ich denke, dies entspricht in etwa den Zeiträumen, die Sie den Mädchen eingeräumt haben. Wie lange befanden sich die Kinder in Ihrer Gewalt?“

Er antwortete nicht.

„Haben Sie die Frage nicht verstanden oder die Antwort nicht parat? Ihre Kooperation würde ich wirklich honorieren.“

„Fünf Tage“, flüsterte er.

„Das war Emma, nicht wahr? Sie erinnern sich also. Und die kleine Lisa?“ Ihre Tonfrequenz blieb konstant, als würde sie lediglich die Anamnese erstellen.

„Sieben Tage.“ Sein Körper bebte.

„Warum haben Sie dies vor Gericht nie zugegeben? Sie hätten den Angehörigen viel Kummer und Leid erspart.“ Sie nickte ihm aufmunternd zu.

„Ich weiß nicht.“ Seine Mundwinkel bogen sich nach unten.

„Das glaube ich Ihnen nicht.“ Sie zog das Laken über ihm glatt. „Sofern ich mich erinnere, ist Ihr Intelligenzquotient relativ hoch. Könnte es sein, dass Sie durch das Eingeständnis einer zusätzlichen Tat ein höheres Strafmaß befürchteten, zum Beispiel die Sicherungsverwahrung?“

Er äußerte sich nicht.

„Würden Sie mir bitte antworten?“ Sie tastete nach einem Skalpell und führte es in sein Blickfeld.

„Ja.“

„Sehen Sie. Ich bin Ihnen deshalb nicht böse. Aufgrund der mangelnden Sicherungsverwahrung hatte ich die Möglichkeit, Sie zu mir einzuladen, um Sie wirklich zu heilen beziehungsweise dafür zu sorgen, dass Sie kein weiteres Kind in Ihre Gewalt bringen können. Es wird eine große Erleichterung für Sie und Ihr Umfeld sein." Sie erkundete seine Hände, die in den Halterungen festgeschnallt waren.

Seine Finger hatten sich zu Klauen verkrampft.

„Haben Sie sich jemals Gedanken darüber gemacht, wie schlimm es für die Eltern sein muss, kein Grab zu haben, zu dem sie ihre Trauer tragen können, und jeden Tag mit den Zweifeln zu leben, ob ihr Kind noch lebt, wo es gegebenenfalls ist, und ob es ihm gut geht?"

Er erwiderte nichts.

„Ihnen fehlt die notwendige Empathie. Das Einzige, das Ihnen leidtut, sind Sie selbst. Und jetzt haben Sie Angst, aber das ist nicht nötig. Ich werde Sie nicht töten oder foltern. Ehrlich gesagt, hegte ich natürlich die perverse Vorstellung, die erforderlichen Eingriffe ohne Anästhesie durchzuführen, aber ich habe das Genfer Ärztegelöbnis, also die modernisierte Form des Hippokratischen Eids, abgelegt. Kennen Sie seinen Inhalt?"

„Nein", meinte er leise.

„Die Gelöbnisformel ist relativ lang und beinhaltet verschiedene Aspekte der ärztlichen Ethik. Vor allem habe ich gelobt, mein Leben in den Dienst der Menschlichkeit zu stellen. Würde ich Sie quälen, würde ich folglich meinen Schwur brechen. Deshalb werde ich Sie human behandeln und Ihnen keine Schmerzen zufügen. Die Problematik liegt darin, dass ich Sie jedoch nicht einfach mit den Fähigkeiten, die Gott Ihnen gegeben hat, weiterleben lassen kann, da Sie sich aufs Neue Kindern zuwenden und dadurch deren Leben und das ihrer Angehörigen zerstören könnten. Dies zuzulassen und durch Nichteingreifen zu fördern, wäre nicht im Dienste der Menschheit. Ich gebe zu, die Lage ist etwas vertrackt, aber sicherlich können Sie meinen Standpunkt nachvollziehen."

„Sie sind verrückt“, flüsterte er.

„Möglicherweise.“ Sie zuckte mit den Schultern. „Das habe ich mich in der Tat auch schon des Öfteren gefragt. Ich denke, darüber kann letztendlich nur ein Richter entscheiden und natürlich Gott. Zumindest überschreite ich eindeutig meine ärztlichen Befugnisse, und das ist schon Asklepios nicht gut bekommen.“ Sie legte den Kopf schief. „Kennen Sie Asklepios?“

Er schluckte mehrere Male. Sein Adamsapfel wälzte sich in seinem Hals.

„Asklepios ist der Gott der Heilkunst in der griechischen Mythologie. In den meisten Darstellungen hält er den Äskulapstab, um den sich eine Schlange windet. Er galt als unvergleichlicher Meister der ärztlichen Heilkunst. Als er jedoch einen Toten zum Leben wiedererweckte, beschwerte sich Hades bei seinem Bruder Zeus über ihn. Daraufhin schleuderte dieser einen Blitz auf Asklepios und tötete ihn.“ Sie ließ die Erzählung einsickern. „Eine harte Strafe, finden Sie nicht? Nun ja, wir werden sehen, wie meine Strafe ausfällt. Ich spiele mit dem Gedanken, mich der Polizei zu stellen, sobald ich mit Ihnen fertig bin. Zuvor veranlasse ich selbstverständlich Ihre ärztliche Nachversorgung.“ Sie legte das Klemmbrett beiseite und rollte das Narkosegerät näher an ihn heran. „Die heutige Operation wird etwas schwieriger“, erläuterte sie. „Ich werde Ihnen die Fähigkeit nehmen, sich verbal zu artikulieren.“

„Was?“, ächzte er.

„Sie haben mich sehr wohl verstanden.“ In ihren Augenwinkeln zeichneten sich Lachfältchen ab. „Im Mittelalter bestand eine recht gängige Bestrafungsmethode darin, den Straftätern die Zunge herauszutrennen.“

„Nein, nein, nein“, flehte er. „Bitte nicht.“

„Meine Entscheidung, diesen chirurgischen Eingriff bei Ihnen durchzuführen, hat zwei Gründe.“

„Nein!“ Er drückte seinen Rumpf gegen die Fesseln und zerrte an den Bändern, die um seine Hand- und Fußgelenke befestigt waren.

„Erstens“, fuhr sie unbeeindruckt fort, „nerven mich Ihre Lügen, das Gejammer und das Gewinsel. Das können Sie mit Sicherheit nachvollziehen, oder?“ Ein giftiger Unterton durchwebte die Frage.

Seine Gesichtszüge verknoteten sich zu einer heulenden Fratze.

„Ich formuliere es gern etwas deutlicher: Was haben Sie mit den Mädchen gemacht, als sie weinten und nach ihren Mamas riefen?“

„Ich wollte das nicht. Ich wollte sie nicht sterben lassen. Ich wollte nur, dass sie ruhig sind.“ Die Worte sprudelten aus ihm hervor.

„Sehen Sie, das Weinen und Rufen hat Sie gestört, genauso wie es mich nun stört, und deshalb haben Sie sie erwürgt.“ Ihre Stimme bezeugte Verständnis.

„Ich wollte das nicht“, versuchte er nochmals zu erklären.

„Aber Sie haben es getan.“ Sie betrachtete andächtig ein Skalpell. „Ich würde Ihnen ungern die Zunge heraustrennen. Das ist eine sehr blutige Angelegenheit. Es ist schwierig, die Blutung zu stillen und das Infektionsrisiko ist gewaltig. Sollten Sie kooperieren, könnte ich gern von dieser Gräueltat absehen.“

„Was wollen Sie?“, krächzte er. „Ich mache alles, was Sie wollen.“

„Sie sind wirklich feige!“ Ihr abfälliger Blick ohrfeigte ihn. Sie fingerte eine Zange von dem Operationstisch und ließ sie vor seinen Augen auf- und zuschnappen. „Wo haben Sie Lisa versteckt?“

„Oh Gott“, wimmerte er.

„Und lügen Sie mich nicht an. Ich warne Sie.“

Ihre ruhige Stimme wurde von den hasserfüllten Augen über dem Mundschutz Lügen gestraft.

„Hiiiiilfe!", kreischte er aus vollem Hals.

„Sie sind erbärmlich", sagte sie ruhig. „Haben die Mädchen auch so geschrien? Sie sollten wissen, dass dies nichts nützt. Mein Operationssaal ist ebenso isoliert wie Ihr Keller. Wo ist die Leiche?"

„In meinem Keller", stammelte er.

„Sie lügen." Sie verzog den Mund unter dem Schutz. „Dann hätte die Polizei sie gefunden." Sie umfasste seinen Unterkiefer und bohrte ihre Finger grob zwischen seine Kieferknochen. Als er den Mund reflexartig aufsperrte, führte sie einen Metallstab hinein.

Er schluckte, würgte hektisch und versuchte, Ober- und Unterkiefer aufeinanderzupressen.

„Ich werde Ihre Zähne auseinanderstemmen und abbrechen, und anschließend Ihre Zunge ohne Betäubung abklipsen, wenn Sie nicht die Einsicht haben, mir die Wahrheit zu sagen. Ansonsten werde ich Ihnen eine wesentlich sanftere Methode offerieren." Die Entschlossenheit in ihrer Stimme zersägte seinen letzten Hoffnungsschimmer.

„Ich habe sie in einem Schrebergarten versteckt." Die Aussage war kaum verständlich. Er heulte hemmungslos.

„Und das soll ich Ihnen glauben?" Der Metallstab wanderte von seinem Mund auf den Tisch.

„Ja", bettelte er und fixierte ihre Augen.

„Wo genau?"

„Unter einem Kompo-po-post-haufen", stotterte er.

„Sie haben das Mädchen also einfach weggeschmissen wie alte Kartoffelschalen?"

„Nei-nei-nein." Seine Unterlippe bebte, als er ihren verachtenden Augenausdruck realisierte.

„Was denn?", zischte sie.

„Ich habe den Komposthaufen zur Seite geschafft und ihr darunter ein Grab geschaufelt. Dann habe ich den Kompost darauf zurückgehoben."

„Sie sind erbärmlich." Sie ließ den Kieferspreizer vor seinen Augen auf- und zuschnappen. „Ich werde Ihnen die Zunge erhalten, wenn Sie mir die genaue Adresse nennen."

„Kleingärtnerverein Kletterrose e.V., Grundstück D/167", bröckelte es aus ihm hervor.

Sie notierte die Adresse am unteren Rand des Patientenbogens. „Wie kamen Sie auf dieses Versteck?"

„Es ..., es, es gehörte meinem Großvater."

„Gut", sie nickte und legte das Klippboard beiseite. „Machen wir uns an die Arbeit."

Seine Augen versuchten, ihre Gebärden zu erhaschen.

Sie schob das Narkosegerät an ihn heran. „Wissen Sie eigentlich, was für ein Wunderwerk unsere Stimmlippen darstellen?", zwitscherte sie beiläufig. „Wenn wir singen oder sprechen, schlagen sie mehrere hunderte Mal zusammen – pro Sekunde wohlgemerkt! Ich werde Ihre Stimmlippen mit einem Laser sozusagen durchschneiden, was zu einem Verlust Ihrer Stimme führen wird. Das nennt sich in der Fachsprache übrigens Chordektomie. Im Anschluss daran werden Sie niemals mehr die Möglichkeit haben, Kinder anzusprechen, um ihr Vertrauen zu gewinnen."

Die Worte sickerten in sein Gehör. Er verzerrte den Mund, entblößte die spitzen Eckzähne und zettelte ein lautstarkes Wehklagen an.

„Wenn Sie jammern, anstatt mir zuzuhören, werden Ihnen meine weiteren Ausführungen und Ihre Chance auf Mitbestimmung entgehen." Sie geduldete sich einige Sekunden.

Seine Klagelaute wurden schriller und schriller.

„Es hat wohl wenig Sinn, das Spektrum der Vorgehensweisen mit Ihnen zu diskutieren. Ich werde deshalb die von mir präferierte Methode wählen und Sie von innen durch den Mund operieren. Das hier ist ein Laryngoskop.“ Sie hielt das optische Gerät in seinen Blickbereich. Ihre Hände waren ruhig und ausgeglichen wie ein tiefer, glattgebügelter See.

Er quetschte die Augenlider aufeinander. Das Gejammer hatte sich zu einem permanenten Fiepen entwickelt.

„Es wird in den Kehlkopf geschoben“, erklärte sie. „Dank Beleuchtung und Vergrößerung habe ich einen tadellosen Ausblick auf die Stimmlippen und werde diese mit dem Laser gezielt bearbeiten.“

Der Fiepton sprang zwischen den gekachelten Wänden hin und her.

„Ich werde die Operation unter Vollnarkose vollziehen“, versprach sie. „Ihnen die Zunge zu erhalten, ist eine große Gnade. Dadurch ist es Ihnen nicht nur möglich, weiterhin normal zu essen, sondern auch, den Geschmack von Speisen zu genießen. Ohne Zunge wären Sie auf eine künstliche Ernährung angewiesen. Ich denke, das ist ein mehr als faires Angebot.“

Kapitel 20

Sonntagvormittag

Ruby klingelte an der Haustür. Ihr Partner Spike lehnte lässig mit dem Rücken an der Hauswand und kaute auf einem Streichholz. Er spuckte das Holz aus und widmete zwei jungen Frauen, die einen Kinderwagen auf dem Bürgersteig vorbeischoben, ein schönes, breites Lächeln, bei dem sein ebenmäßiges Gebiss zur Geltung kam.

„Die Brünette kann ich gern allein befragen." Er zwinkerte Ruby zu und presste ein schräges Grinsen heraus, das ein Grübchen hervorzauberte.

„Später, Partner!"

Aus Rubina Hiller und Simon Peick war vor drei Jahren das Team Ruby und Spike geworden – dank einiger Kollegen, die diesen Reim auf das Gangsterduo Bonnie und Clyde kreiert hatten. Zum einen arbeiteten die beiden äußerst effizient zusammen, wenn auch hin und wieder am Rande der Legalität. Zum anderen waren sie unzertrennlich und ergänzten sich perfekt. Während Ruby Talent und Tatendrang auf vollkommene Art und Weise in sich vereinte, verschwendete Spike den Großteil seiner Energie darauf, Herzen zu brechen, was ihm aufgrund seines guten Aussehens und seines natürlichen Charmes mit Leichtigkeit gelang. Tief unter seinen ebenmäßigen Gesichtszügen und knallblauen Augen verbargen sich jedoch ein paar echte Gaben, die sie schon oft bei der Aufklärung einer Straftat vorangebracht hatten – unter anderem der Instinkt einer Raubkatze.

Ruby läutete abermals.

„Du erwartest doch nicht allen Ernstes, dass der Typ wieder aufgetaucht ist?“ Spike vollführte eine Schnute.

„Nö!“, pflichtete sie ihm bei. Sie wies mit dem Kinn zur Tür. „Ich oder du?“

„Mach mal!“, forderte er sie auf. „Hast du den Durchsuchungsbeschluss schon, oder ist Gefahr in Verzug?“ Er schnüffelte.

„Ist in der Mache.“ Sie zog einen Elektropick aus dem Rucksack.

„Eindeutig Cannabisgeruch.“ Er schnupperte erneut. „Dann wollen wir mal schleunigst die Beweismittel sicherstellen. Wäre jammerschade, wenn sie beseitigt und in die Kanalisation gespült würden.“ Er grinste.

Ruby führte den Federflachdraht ins Schloss und schaltete das Gerät an. Der Motor surrte zufrieden. Gekonnt versetzte sie die Köpfe der Kernstifte in Vibration und brachte einen nach dem anderen in Öffnungsposition. „Voilà!“, meinte sie abschließend.

„Rekordverdächtig!“ Spike nickte anerkennend. Ein Sonnenstrahl fiel auf sein dunkelblondes Haar und ließ einige Strähnen hell wie Weizengarben leuchten. „Zweiundfünfzig Sekunden.“ Er stieß die Tür auf und reichte ihr ein Paar Latexhandschuhe. „Ladies first!“

Ruby streifte die Handschuhe über, betrat den engen Flur und blickte in die Küche.

„Ist wohl eher Bohneneintopf als Cannabis.“ Spike kräuselte die Nase.

Die Küche war klein mit einer schlichten Küchenzeile aus dunklem Holz. Auf dem Herd stand ein Kochtopf. Spike hob den Deckel an und luchste hinein. „Korrekt“, murmelte er.

Die Küchenflächen sowie der kleine Küchentisch mit zwei Hockern waren abgenutzt, aber sauber. Ein enger Flur, der eine altmodische Garderobe beherbergte, führte zu einem Wohnzimmer, in dem die Zeit stehengeblieben war. Ihnen stach eine Tapete aus den Siebzigerjahren in die Augen. Das große Muster war in Orange- und Brauntönen gestaltet.

„Oh Mann, das ist ja fast schon wieder retro." Spike kratzte sich im Nacken.

„Man muss nur lange genug warten. Dann wird auch die letzte Katastrophe wieder modern. Hat er wohl alles von seinem Vater übernommen!" Ruby warf die Stirn in Falten. „Frage mich echt, wie dieser Typ in dem Haus leben kann. Der muss doch von den Taten, die er im Keller abgezogen hat, verfolgt werden."

„Sollte man meinen." Spike orientierte sich in dem spärlich möblierten Wohnraum. Hier fanden sich lediglich eine Couch, zwei Sessel und eine Anrichte mit einem Fernseher. „Absolut unpersönlich – keine Bilder, Fotos, Bücher, Zeitschriften oder sonstigen Dinge."

„Dafür aber picobello sauber. Der hat einen Sauberkeitsfimmel." Ruby schritt durch das Wohnzimmer, stülpte die Gardinen zur Seite und spähte in den Garten. Im Gegensatz zu dem spartanischen Inneren des Hauses wurde der Gartenbereich von einer üppigen Vegetation überflutet. Der Wildwuchs der letzten Jahre schien jedoch zunehmend einer ordnenden Hand zu weichen.

Spike untersuchte die Wände. „Hier waren einige Nägel und Rahmen. Vermutlich hat er beides entfernt. Lass mal oben gucken."

Die Holzdielen knackten wie trockenes Holz, das Feuer fängt, als sie die Stufen emporklommen. Im oberen Stock schrie eine grellgrüne Tapete von den Wänden. Hinter drei braunen Eichentüren verbargen sich Räume.

Ruby entriegelte die erste Tür. „Sieht aus wie eine Art Arbeitszimmer." Auf einem Schreibtisch thronte ein mittelalterlicher Computer. „Das Ding können die Spezis von der Spurensicherung später mitnehmen." Sie inspizierte den antiken Rechner. „Bin mal gespannt, ob Fröhlich je so ein altes Teil zwischen den Fingern hatte."

Ansonsten befanden sich ein Sofa, ein Nierentisch und ein Regal mit wenigen Büchern und zwei Aktenordnern in dem Raum. Ruby neigte den Kopf zur Seite und beäugte die Buchrücken. Ihre Haare fielen zur Seite. Kurz zeigte sich im Nacken eine helle Hautstelle. Früher war dort ein Sonnen-Tattoo gewesen, das sie vor ihrer polizeilichen Ausbildung hatte weglasern lassen.

Sie schnappte sich einen der Ordner und blätterte flüchtig durch die abgehefteten Papiere. Es handelte sich um Rechnungen für das Haus und einige neu erworbene Gartengeräte. Der andere Ordner enthielt Kontoauszüge.

„Das Zeug muss ebenfalls mit. Dann können wir es in Ruhe durchgehen. Vielleicht findet sich ja doch ein Hinweis."

Spike umfasste den Knauf der obersten Schreibtischschublade. Sie weigerte sich, ihren Inhalt preiszugeben. Anscheinend hatte sie sich verkantet. Er rüttelte einige Male an der Lade. Mit einem Knirschen gab sie ihren Widerstand auf. Auf dem Holzboden lag eine braune Brieftasche. Er durchsuchte sie und entdeckte einen Personalausweis, eine EC-Karte und rund einhundert Euro Bargeld.

„Damit dürfte die Möglichkeit, sich freiwillig aus dem Staube gemacht zu haben, wohl recht unwahrscheinlich sein." Er steckte die Brieftasche in einen Plastikbeutel, deponierte ihn auf dem Schreibtisch und wackelte an der nächsten Lade.

Ein Handy klingelte.

Ruby pfriemelte den Störenfried aus der Rücktasche ihrer Jeans. „Hiller", meldete sie sich knapp. Sie lauschte.

Spike lenkte sein Interesse vom Inhalt der Schublade zu Ruby. „Was?" Seine Lippen formten das Wort lautlos.

„Wo genau?“ Sie legte den Finger an den Mund. „Gut. Vielen Dank für die Info.“ Sie beendete das Gespräch und verstaute das Telefon wieder in ihrer Jeans.

„Und?“ Spike schwang eine Braue in die Höhe.

„Sie beenden die Aktion jetzt. Die Kollegen von der Hundestaffel haben nichts gefunden. Der Hubschraubereinsatz war ebenso vergebliche Liebesmüh. Das Blätterwerk ist so dicht, dass es kaum einen Blick auf den Boden ermöglicht. Die Wärmelampe hat auch kein Resultat erbracht. Aber …“, sie machte eine Pause.

„Sie haben sein Handy gefunden.“ Spike grinste.

„Woher weißt du das?“ Sie stutzte.

„Hellseherische Fähigkeiten“, provozierte er.

„Sehr witzig!“, frotzelte sie.

„Okay“, gestand er, „war nur eine Vermutung. Wo denn?“

„Gleich im Mülleimer am Parkplatz. Die Kollegen haben es schon zur Analyse weitergeleitet. Vielleicht ergeben sich ja Hinweise – eine Verabredung am Wald oder Ähnliches, obwohl ich es nicht glaube.“

„Unwahrscheinlich.“ Er verschränkte die Arme vor der Brust. „Und jetzt?“

„Wir sehen uns den Rest des Hauses an. Die Spezialisten von der Spurensicherung können sich den Computer und so weiter vornehmen. Vielleicht finden sie noch etwas anderes Interessantes. Derweil können wir uns in der Nachbarschaft umhören. Eventuell hat doch jemand irgendetwas gesehen. Lass mal einen Blick ins nächste Zimmer werfen.“ Sie ging zurück in die Diele und öffnete eine Tür. Spike klebte an ihren Fersen.

Hinter der Tür verbarg sich ein Schlafzimmer mit einem Doppelbett, einigen Kleinmöbeln und einem Einbauschrank. Die Möbel waren mit Plastikfolien abgedeckt. Das Badezimmer weiter hinten im Gang mit den gelben Kacheln harmonierte mit dem restlichen Look des Hauses. Es war zwar abgenutzt, aber sauber.

Schließlich kontrollierten sie den letzten Wohnraum, der Schwarz offensichtlich als Schlafzimmer diente. Er war schlicht und einfach möbliert: mit einem Einzelbett, einem Kleiderschrank und zwei Sesseln. Auf einem Tisch stand ein kleiner tragbarer Fernseher.

„Herrje!“ Spike blinzelte. „Ist das trist.“

Ruby zuckte mit den Schultern. „Absolut nicht normal.“

„Lass noch mal einen Blick in den Keller werfen, bevor wir abziehen.“ Spike trabte leichtfüßig die Treppenstufen hinab.

Ruby folgte ihm langsam. „Den Dachboden können sich die Kollegen vornehmen.“

Neben Heizungs- und Waschkeller entdeckten sie eine Metalltür. Außer mit einem Schloss war sie mit einem Balken gesichert. Ruby schob ihn zurück und betätigte die Türklinke. Die Tür war nicht verschlossen, der Raum leer – fast. Anscheinend war er vollständig geräumt worden, bis auf einen Eisenring, der mit dem Gemäuer verwachsen war.

„Scheiße“, zischte Spike. „Das ist bestimmt der Raum, in dem er das Mädchen versteckt hatte.“

Ruby nickte. Sie schaltete das Licht an und betrat die Grabkammer. Alle Möbel und Instrumente waren – als Beweismaterial – entfernt worden.

Es klingelte.

Die Kommissare stiegen die Treppe hinauf und öffneten die Haustür. „Hallo, Krause“, begrüßte Ruby den korpulenten Leiter der Spurensicherung salopp. „Da sind Sie ja endlich. Viel Spaß!“

Krause grunzte. Er war fast einen Kopf kleiner als Spike, mit Augen wie geröstete Kastanien. „Kann mir eine bessere Sonntagsbeschäftigung vorstellen.“

„Wohl wahr.“ Spike zwinkerte einer Beamtin zu, die hinter dem kahlköpfigen Krause erschien. Ihr missmutiger Gesichtsausdruck verwandelte sich unverzüglich in süßes Verzücken. Ihr stockte der Atem, und eine zarte Röte legte sich auf ihre Wangen, wie bei einer Vierzehnjährigen, die von Zac Efron zum Blues aufgefordert wird.

„Den Durchsuchungsbeschluss haben wir auch dabei.“ Krause betrachtete Ruby und Spike vorwurfsvoll.

„Ich dachte, Spike hätte den eingesteckt“, flunkerte Ruby und schnappte sich das Dokument

„Ich glaubte, du hättest das Ding“, konterte Spike mit einem lässigen Achselzucken und fixierte die junge Beamtin. „Ich kann ja nicht Augen für alles haben.“

Die junge Kollegin grinste dümmlich.

Ruby rollte die Augen zur Decke. „Abmarsch“, befahl sie. „Wir hören uns mal in der Nachbarschaft um.“

Kapitel 21

Sonntagmittag

„Hier wohnt Miss Marple." Ruby passierte die Hortensienbüsche, eilte auf die Haustür zu und drückte den Klingelknopf. „Du weißt schon, die Dame, mit der ich mich gestern Abend unterhalten habe."

„Klar. Ich leide noch nicht an Alzheimer. Sieht nach einer guten Tasse Kaffee aus", feixte Spike, während er das Schild, das mit einem Nagel an der Haustür befestigt war, begutachtete. Die Buchstaben Willkommen prangten in roten Lettern auf weißem Untergrund.

„Guten Morgen, Frau Goldberg", grüßte Ruby, als die ältere Dame ihnen Einlass gewährte. An ihren Fersen haftete Mozart. Als er die Kommissarin erkannte, wedelte er mit seiner Dackelrute. „Erinnern Sie sich noch an mich? Ich bin Kriminalhauptkommissarin Rubina Hiller, und das ist mein Kollege Simon Peick."

„Ganz gewiss erinnere ich mich an Sie." Über ihr Gesicht floss Freude in Anbetracht der willkommenen Abwechslung. „Kommen Sie herein." Sie trat einen Schritt zurück, ließ das Duo eintreten und verriegelte die Tür hinter ihnen mit Schlüssel und Sicherheitskette. „Geradeaus, bitte."

Sie fanden sich in einem anheimelnden Wohnzimmer wieder. Der Parkettboden blitzte wie ein polierter Apfel. Ein Kristallleuchter reflektierte die Sonnenstrahlen, die durch das offene Fenster auf ihn fielen. Der Duft von Lavendel parfümierte die Luft und erinnerte an einen Sommertag in der Provence. Fotografien und Bilder an den Wänden, auf der Anrichte und auf dem Klavier erzählten vom Leben der Bewohnerin.

„Machen Sie es sich gemütlich.“ Frau Goldberg linste auf ein beiges Sofa, das mit Zierkissen und einer Decke ausstaffiert war.

Ruby und Spike sanken auf die weichen Sitzkissen.

„Kann ich Ihnen etwas anbieten? Vielleicht einen Kaffee? Oder lieber ein Sprudelwasser?“ Sie blickte von Ruby zu Spike.

„Schwarzer Kaffee wäre hervorragend“, bestätigte Ruby.

„Ja, Kaffee wäre wirklich prima.“ Spikes Zähne blitzten auf.

„Gerne! Mit Milch und Zucker?“ Ihre Lider flatterten.

„Milch und drei Stücke Zucker, bitte. Sehr freundlich von Ihnen. Vielen Dank. Benötigen Sie Hilfe?“ Spikes Grübchen tanzte.

„Drei Stücke Zucker“, wiederholte die Gastgeberin. „Das habe ich mir gedacht.“ Sie entgegnete Spikes Strahlen. „Aber, junger Mann, Hilfe benötige ich nicht. Gönnen Sie sich etwas Ruhe. Ihr Tag heute war bestimmt wesentlich anstrengender als meiner. Ich bin gleich wieder bei Ihnen.“ Sie eilte behände in die naheliegende Küche. Das Klappern von Geschirr und das Röhren der Kaffeemaschine kletterten ins Wohnzimmer.

Ruby lehnte sich zurück und verhakte ihren Blick im Kronleuchter. Mozart hatte es sich auf seinem Hundekissen ebenfalls bequem gemacht. Mit dem Kopf auf den Pfoten begaffte er die Besucher, als wären sie Suppenknochen, die es zu bewachen galt.

Frau Goldberg kehrte mit einem Tablett zurück, auf dem sich neben drei Kaffeetassen auch ein Teller mit Plätzchen tummelte. Sie teilte die Tassen aus, stellte die Kekse auf den Kaffeetisch und pflanzte sich in einen Ohrensessel gegenüber den Beamten.

„Bitte bedienen Sie sich." Sie wies auf das Gebäck. „Wie kann ich Ihnen helfen? Haben Sie schon etwas über den Verbleib dieses Halunken herausgefunden?"

„Leider nicht", gestand Ruby. „Wir hoffen, Sie können uns noch einige Hinweise geben. Das Fahrrad haben wir tatsächlich auf dem Parkplatz am Wald gefunden. Leider blieb die Suche nach ihm erfolglos. Hat Ihre WhatsApp-Gruppe vielleicht noch etwas veröffentlicht?"

„Ja, aber nur Fehlanzeigen." Frau Goldberg seufzte und tröstete sich mit dem starken Kaffee. „Er ist auch von seinem Samstagsprogramm abgewichen. Normalerweise ist er ab 14 Uhr im Garten tätig, weshalb die Anwohner mit kleinen Kindern ihre Zöglinge beim Spielen draußen beobachten. Dabei werfen sie auch schon mal einen Blick auf seine Aktionen. Gestern hat ihn niemand gesehen." Mozart ließ solidarisch die Ohren hängen. „Abends flimmerte auch der Fernseher in seinem Haus nicht", vervollständigte sie.

„Sie haben ihn anscheinend wirklich gut im Visier." Spike musterte sie über den Rand der Tasse. „Der Kaffee schmeckt übrigens himmlisch."

„Das freut mich." Frau Goldberg reichte ihm den Plätzchenteller. Spike wählt eins mit Schokolade und schnurrte anerkennend.

„Glauben Sie, einer der Nachbarn könnte hinter seinem Verschwinden stecken?" Ruby lehnte sich vertraulich vor.

„Wie meinen Sie das?" Die Augen der Dame weiteten sich.

„Nun ja", Ruby räusperte sich, „es ist ja sicherlich nicht einfach, einen Nachbarn mit dieser Vergangenheit zu akzeptieren, insbesondere wenn man selber Kinder hat. Ich habe auch eine Tochter und würde wahrscheinlich kein Auge zutun, wenn der Mann in meiner Nachbarschaft leben würde."

„Genau." Frau Goldberg nickte heftig. „Deshalb haben wir ja auch die Nachbarschaftshilfe gegründet und observieren ihn rund um die Uhr. Wir hatten zuvor Polizeischutz beantragt, aber", sie lächelte Spike entschuldigend zu, „dieser wurde uns leider nicht gewährt."

„Haben Sie in den letzten Wochen etwas Ungewöhnliches in der Gegend beobachtet?", fragte Ruby.

„Nein."

Frau Goldbergs Kinn wackelte hin und her. „Was meinen Sie denn?"

„Zum Beispiel Personen, die sich sonst nicht hier aufhalten, parkende Autos, Besucher, die an seiner Tür klingelten, sonstige Abweichungen von seiner Routine?" Ruby zählte die Alternativen an den Fingern ab.

„Das ist schwierig." Frau Goldberg spielte an den Fingerringen. „Einige der Häuser werden auch als Praxen genutzt. Wir haben hier einen Allgemeinarzt, einen Zahnarzt und eine Praxis für Physiotherapie. Daher parken natürlich auch oftmals Autos in der Straße, die keinem der Anwohner gehören."

„Kam Ihnen vielleicht irgendwann einmal jemand verdächtig vor?" Ruby verschränkte die Finger.

Frau Goldberg atmete tief durch und schaute hilfesuchend zu Spike. In seinen Augenwinkeln bildeten sich kleine Lachfältchen, als er ihr aufmunternd zunickte.

„Nicht direkt verdächtig", überlegte Frau Goldberg. „Einmal habe ich mich gewundert."

„Worüber?", hakte Spike nach. „Sie hatten gewiss einen Grund dazu."

„Nun ja. In der vergangenen Woche, als ich mit Mozart Gassi ging, habe ich in einem Auto eine Frau sitzen sehen, die ein Buch las. Das ist an und für sich nichts Ungewöhnliches. Ich dachte zunächst, Sie hätte einen Arzttermin und sei zu früh dran. Als ich mit Mozart eineinhalb

Stunden später zurückkam, saß sie allerdings immer noch dort. Das kam mir schon sehr lang vor."

„Das ist in der Tat ein langer Zeitraum", bestätigte Spike. „Können Sie sich zufällig an den Fahrzeugtyp erinnern?"

Frau Goldberg schüttelte den grauen Schopf. „Ich habe mich nie sehr für Autos interessiert. Für mich sehen die neuen Fahrzeuge alle gleich aus."

„Das kann ich verstehen." Spike nickte. „Möglicherweise haben Sie sich die Farbe eingeprägt?"

„Mmmmh", Frau Goldberg neigte den Kopf seitlich, „es war dunkel – dunkelblau oder dunkelgrau."

„Und die Frau? Könnten Sie sie beschreiben?"

„Nein. Sie hatte sich tief über das Buch gebeugt und schien regelrecht in ihm zu versinken. Ein dunkelblonder Pagenschnitt – denke ich." Sie überlegte kurz. „Und eine große Brille."

„Könnten Sie ihr Alter schätzen?", hakte Spike nach.

„Ich habe ihr Gesicht nicht gesehen. Es tut mir wirklich leid, aber ich wusste ja nicht, dass es einmal wichtig sein könnte." Sie rieb die Handflächen aneinander.

„Ihre Beobachtung ist auch so sehr wertvoll", lobte Spike. „Wir werden Ihre Nachbarn dementsprechend befragen. Eventuell hat ein weiterer Anwohner die Frau ebenfalls zur Kenntnis genommen."

„Hat vielleicht jemand mal eine Drohung oder Andeutung gemacht, es sei besser, den Mann loszuwerden?" Ruby beugte sich nach vorne und stützte die Arme auf den Oberschenkeln ab.

„Eigentlich nicht. Nur Herr Schmidt meinte …" Frau Goldberg brach ab. Verlegen zwirbelte sie an einem Goldring.

„Was hat Herr Schmidt gemeint?" Ruby nickte ihr aufmunternd zu.

„Nun ja, er meinte, wenn das jemand mit seiner Tochter gemacht hätte, dann hätte er ihm den Hals umgedreht. Aber das habe ich auch gedacht." Frau Goldberg suchte in den Mienen der Beamten nach Verständnis. „Das sagt man halt so. Deshalb tut man es noch lange nicht."

„Das stimmt allerdings", pflichtete Spike ihr bei. „Gedanken haben und diese tatsächlich umsetzen ist zweierlei."

„Genau! Und außerdem hätte es jemand in der Nachbarschaft sowieso mitgekriegt." Frau Goldberg wählte einen Keks aus und knabberte an einer Ecke. „Herr Schmidt ist eine Seele von Mensch. Er kann keiner Fliege etwas zuleide tun. Ich bin bestimmt rabiater als er, und trotzdem habe ich dem Kerl nicht den Hals umgedreht."

Spike unterdrückte eine Lachsalve hinter vorgehaltener Hand.

„Entschuldigen Sie." Frau Goldberg spülte die Entschuldigung mit Kaffee runter.

„Wo wohnt denn die Familie Schmidt?" Ruby stellte die Tasse ab.

„Auf 29. Aber bitte verraten Sie ihm nicht, was ich gesagt habe. Ich habe es wirklich nicht so gemeint. Und ich lege viel Wert auf ein gutes nachbarschaftliches Verhältnis." Bestürzung durchwucherte ihre Falten.

„Machen Sie sich bitte diesbezüglich keine Gedanken." Ruby stand auf und legte ihr eine Hand auf den Arm. „Wir müssen ohnehin alle Anwohner befragen, und selbstredend werden wir Ihre Äußerung nicht erwähnen. Sie haben uns sehr geholfen. Vielen Dank für den Kaffee."

„Den besten, den ich seit langer Zeit getrunken habe." Spike bedachte sie mit einem Strahlen.

„Gern geschehen, junger Mann. Falls ich Ihnen irgendwie helfen kann, kommen Sie einfach vorbei." Sie stand auf und geleitete die Beamten zur Haustür.

Mozart folgte ihnen schwanzwedelnd.

„Auf Wiedersehen." Ruby reichte ihr die Hand.

„Hoffentlich finden Sie ihn bald. Das wäre für uns alle sehr beruhigend." Sie entriegelte die Tür.

„Die Dame ist ja erfrischend", stellte Spike fest, als sich die Haustür hinter ihnen geschlossen hatte und sie zu ihrem Dienstwagen schritten.

„Allerdings", stimmte sie zu. „Nun müssen wir uns also die gesamte Nachbarschaft vornehmen und eine Nachtschicht einlegen, um die alten Prozessakten zu durchforsten. Außerdem sollte morgen früh in den Tageszeitungen ein Aufruf an die Bevölkerung stehen. Möglicherweise hat irgendjemand am Freitagnachmittag etwas auf dem Parkplatz beobachtet."

„Eigentlich hatte ich heute Abend was anderes vor", moserte Spike.

„Stell dir mal vor – ich auch! Du übernimmst die geraden Hausnummern und ich die ungeraden. Lass uns zu Nummer eins fahren."

Kapitel 22

Sonntagabend

„Hallo!“ Ruby katapultierte die Tür mit dem Ellenbogen ins Schloss und legte die Akten, die unter ihrem Arm klemmten, auf dem Flurtisch ab. Sie schlüpfte aus ihren Schuhen und folgte dem Geplapper, das aus der Küche drang.

„Hey, was treibt ihr denn hier?“ Sie legte den Arm um die Schulter ihrer Tochter und schummelte einen Kuss auf ihre Wange.

„Pizza!“ Nele wischte sich den Kuss mit dem Handrücken ab. „Ist in fünf Minuten fertig.“

„Riecht verteufelt gut.“ Ruby schnappte sich ein Glas aus dem Schrank und füllte es mit Mineralwasser. „Ich habe Hunger bis unter die Arme.“

„War wohl keine Zeit zum Mittagessen?“ Anna musterte sie besorgt.

„Absolut nicht. Ich erzähle es dir später. Kann ich noch irgendetwas machen?“

„Den Tisch decken.“ Nele griente und beförderte eine Schüssel mit Salat auf den Tisch.

Ruby bekleidete die Tischplatte mit Tellern, Salatschüsseln, Gläsern, Besteck, Servietten und einem Krug Wasser. Der Pizzaduft krabbelte aus dem Ofen und erfüllte die Küche mit dem Odeur von Tomaten, Oregano und einem Hauch Fernweh. Aus einem Lautsprecher tönte Justin Bieber. Der Timer am Herd zählte gemächlich die Sekunden runter und untergrub den Gesang schließlich mit einem hohen Schrillen.

Anna bückte sich und spiekte durch das Glas im Ofen. „Perfekt“, murmelte sie, stülpte die Kochhandschuhe über ihre Hände und befreite das Blech aus der Hitze. Mit dem Pizzaroller unterteilte sie das Gebilde geschickt in kleine Stücke und verfrachtete diese auf die Teller, während Ruby den Salat in die Schälchen und das Wasser in die Gläser bugsierte.

„Guten Appetit und ein großes Dankeschön an die Meisterköchinnen“, flötete sie, als alle um den Tisch saßen.

„Danke, gleichfalls“, flog es ihr entgegen.

„Und wie war die Geburtstagsparty heute Nachmittag?“ Ruby säbelte an ihrem Pizzastück. Das Messer sträubte sich, seinen Dienst zu erfüllen. Entnervt krallte sie sich die Pizzaecke und biss die Spitze mit entschiedener Entschlossenheit ab.

„Nichts Besonderes.“ Nele rollte die Augen.

„Ich fand es ganz schön.“ Leonie schob sich ein Salatblatt in den Mund.

„Bis auf die Jungs.“ Nele sägte wütend an der Pizza. „Die sind noch blöder als die Messer.“ Sie legte das Besteck aus der Hand und griff ebenfalls mit den Fingern zu.

„Verstehe. Immer Probleme mit den Männern.“ Ruby grinste Anna an. „Und den Messern. Ich werde sie in einer ruhigen Minute mal schleifen.“

„Ich habe vorhin mit Oma telefoniert.“ Nele peilte Ruby herausfordernd an. „Sie würde sich riesig freuen, wenn Leonie und ich sie in den Sommerferien begleiten würden. Sie hat ein Engagement in Norddeutschland. Wir könnten bei ihr wohnen, und sie würde uns in ihre Geheimnisse einweihen.“

„Das wird toll!“ Leonie langte nach einem weiteren Stück Pizza.

„Anschließend könnten wir dir helfen, deine Fälle zu lösen.“ Nele biss mit Appetit in den belegten Pizzaboden.

Ein Stück Ananas entging ihrem Biss und landete mit einem leisen Platsch auf dem Tisch.

„Das ist natürlich ein Argument." Ruby lachte. „Ihr reibt die Kugel und justament erscheint das Gesicht des Mörders. Oder, falls das Glas gerade beschlagen sein sollte, befragt ihr die Karten. Da drauf steht bestimmt der Name des Täters nebst Anschrift und Telefonnummer. Ach, ich vergaß!" Sie brach abrupt ab und kreierte einen Freiraum für die nächste Stichelei. „Die Traumdeutung! Bestimmt ist der Täter mir längst in meinen Träumen erschienen."

„Du machst dich immer nur darüber lustig." Nele knallte das angebissene Stück auf den Teller. „Ich will das aber lernen. Das ist kein Humbug. Oma weiß bereits, wie der Fall ausgehen wird. Sie hatte eine Vision!"

Ruby verschluckte sich und hustete. Ihre Augen fingen an zu tränen. Anna klopfte ihr auf den Rücken, bis der Hustenreiz verebbte, und schenkte ihr frisches Wasser ein.

Ruby tupfte die Augenwinkel mit der Serviette trocken und spülte den gereizten Schlund mit Wasser durch. „Du weißt doch gar nichts über den Fall." Sie hüstelte erneut und trank nochmals. „Du kannst Oma doch gar nichts erzählt haben."

„Ich weiß genug." Nele richtete sich auf und hob die Nasenspitze an. „Du bist Samstagabend noch weggefahren und hast den Sonntagmorgen nicht, wie versprochen, mit uns beim Reiten verbracht. Das musste Anna übernehmen. Und außerdem siehst du total fertig aus."

„Danke für das Kompliment." Ruby zupfte an ihrem Raspelpony.

„Oma sagt, dass du dir keine Sorgen machen musst." Nele schlug die Lider bewusst langsam auf und ab.

Ruby lachte. „Die meisten aller Straftaten werden aufgeklärt. Das hat nichts mit Wahrsagerei zu tun, sondern mit solider Polizeiarbeit."

„Aber auch mit Visionen!", behauptete Nele kauend.

„Gut! Hier ist das Friedensangebot. Ich werde mich heute Nacht durch die Unterlagen kämpfen und auf eine Eingebung hoffen!"

Nele jubilierte und adressierte ein heimliches Daumen-hoch-Zeichen an Leonie.

„Und hattest du heute eine Vision?" Ruby richtete das Gemisch aus Heiterkeit und Ironie an Anna.

„Nur Standardfälle und die Urteile ließen sich ohne visionäres Talent anhand von Paragraphen fällen." Anna wischte sich den Mund mit einer Serviette ab.

„Ihr habt Küchendienst", entschied Nele. „Leonie und ich haben schließlich gekocht."

„Klingt fair." Anna nickte. „Alle satt?"

„Und wie! War echt lecker." Ruby räumte Besteck und Serviette auf den Teller.

Die Mädchen schnellten hoch und spurteten kichernd in Richtung Kinderzimmer.

„Sonst alles klar?" Ruby musterte ihre Freundin. „So ganz frisch siehst du, ehrlich gesagt, auch nicht aus."

„Passt schon." Anna strich sich eine Locke aus der Stirn. „Der Heuschnupfen macht mir zu schaffen. Als wäre das nicht genug, hat Wolfgang tausendmal auf meine Mailbox gesprochen und Blumen geschickt. Er hofft wohl, mich mit einem Griff in die alte Trickkiste zurückzugewinnen."

„Und? Interessiert?" Ruby streckte die Beine aus und taxierte ihre Freundin.

„Statt interessiert wohl eher kuriert. Jetzt hat seine Marion ihn abserviert. Als damals mit Beate Schluss war, bin ich tatsächlich zu ihm zurückgekehrt. Ich habe aber keine Lust mehr, immer den Lückenbüßer zu spielen. Wir sind doch ein gutes Team hier, oder?" Sie stand auf und füllte ein Glas mit Rotwein. „Möchtest du auch etwas trinken?"

„Besser nicht." Ruby warf der Flasche einen sehnsüchtigen Blick zu. „Ich wollte mich noch durch die Verhandlungsakten kämpfen. Wer weiß ..."

„Ihr habt also noch keine Spur von ihm." Sie nippte an dem Glas.

„Nicht die geringste. Das Fahrrad stand am Wald; von ihm fehlt jede Spur. Seine Brieftasche mit Pass und Geld lag in seinem Haus. Die Nachbarschaft reagiert zwar extrem alarmiert auf ihn, aber unsere heutigen Befragungen haben absolut keinen Verdacht auf irgendjemanden lenken können.

Morgen früh erscheint eine Vermisstenanzeige in verschiedenen Tageszeitungen. Unter Umständen haben Spaziergänger am Wald etwas beobachtet. Vielleicht finde ich auch noch einen Hinweis in den Akten." Sie kreuzte die Hände im Nacken, streckte die Ellenbogen zur Seite und wackelte mit den Zehen.

„Und was sollte das sein?" Anna schwenkte das Glas. Die rote Flüssigkeit wirbelte sachte herum.

„Irgendetwas. Eine Klitzekleinigkeit, die wenigstens einen Ansatzpunkt für weitere Nachforschungen beinhaltet." Ruby streckte sich. „Hoffentlich."

„Ja, hoffentlich." Anna versenkte ihren Blick in dem blutroten Wirbel.

„Du wirkst nachdenklich. Dir ist nicht wohl bei der Vorstellung, dass er draußen frei und ohne Kontrolle herumläuft." Ruby stütze ihr Kinn auf eine Hand und fixierte sie.

„Nein. Die Vorstellung bereitet mir eine Gänsehaut." Anna gönnte sich einen Riesenschluck.

„Aber ihr musstet ihn aufgrund der psychiatrischen Gutachten ziehen lassen." Sie warf den Kopf in den Nacken und pustete einen Schwall Luft an die Decke.

Anna wand sich auf dem Stuhl. „So ungefähr."

„Gut.“ Zwischen Rubys Augenbrauen nagte unverkennbar eine gewaltige Portion Skepsis. „Lass uns die Küche auf Vordermann bringen. Danach stürze ich mich auf die Unterlagen.“ Sie sprang auf.

„Nein.“ Anna schüttelte ihr blondes Haupt. „Das schaffe ich allein, und du klemmst dich hinter die Aufzeichnungen. Später kann ich dir gern helfen.“

„Danke.“ Rubys dunkle Stimme klang erleichtert. Sie stand auf, sammelte die Mappen im Flur ein und schmiss sie in ihrem Zimmer auf das geräumige Doppelbett. Zwar lud sie ihre Männerbekanntschaften wegen der Mädchen nie zu sich ein, dafür aber häufig bergeweise Papierkram.

Sie zündete ein paar Kerzen an, die auf der Kommode arrangiert waren, schloss für einen Moment die Augen und inhalierte das Vanillearoma, das sie verströmten. Dann vertiefte sie sich in das gerahmte Schwarz-Weiß-Poster, das über der Schubladenkommode hing. Es zeigte einen Seiltänzer bei einem Hochseilakt. Der Künstler schien in der freien Luft zu tanzen. Schließlich sammelte sie einige Kissen, die auf dem Bett schlummerten, zusammen und beförderte sie ans Kopfende, um das Metallgestell zu polstern. Mit einem Seufzer sank sie auf die Matratze, griff nach einer Akte, rutschte zum Kissenberg und machte es sich bequem. Ihr Blick huschte von Zeile zu Zeile, von Seite zu Seite. Urplötzlich blätterte sie zurück. Ihr Interesse haftete an einem Vermerk. Sie knetete ihre Unterlippe zwischen Daumen und Zeigefinger. Es klopfte an der Tür.

„Ja?“ Sie fuhr auf.

„Hast du was gefunden?“ Anna steckte den Haarschopf durch den Spalt.

„Vielleicht.“ Sie durchstöberte die Blätter abermals.

„Die Mädchen gehen jetzt ins Bett. Kommst du? Anschließend können wir darüber sprechen.“ Anna verschwand geräuschlos.

Ruby schwang die Beine aus dem Bett und trabte durch die Diele in Neles Zimmer.

„Gute Nacht, Große, schlaf gut und träume was Schönes." Sie lümmelte sich auf den Bettrand.

„Du auch." Nele wälzte sich auf den Rücken. „Mama?"

„Ja?" Ruby lüpfte eine Braue.

Neles Mundwinkel zuckten verräterisch. Sie wandte den Blick von ihrer Mutter und ließ ihn stattdessen durch das Mädchenzimmer, das mit Postern von Pferden tapeziert war, schweifen. Im Regal trollten sich Kinderbücher und Jugendromane, die sich ebenfalls dieses Themas annahmen. In einem Fach bewahrte sie noch die alten Schleichfiguren, in erster Linie Pferde, auf. Während der letzten Monate waren viele Spielsachen tütenweise aus dem Zimmer gewandert, doch an diesen Erinnerungen klammerte sie sich immer noch fest.

„Raus mit der Sprache!", forderte Ruby. Neles Augen streiften sie ängstlich. „Ist dein Fall gefährlich?"

„Hey, Nele, schau mich an."

Nele drängte die aufkeimenden Tränen zurück.

„Du brauchst dir keine Sorgen zu machen. Für mich ist es absolut ungefährlich. Großes Ehrenwort." Sie streichelte über das Haar ihrer Tochter.

„Gut." Nele entspannte sich und kuschelte sich in ihr Kopfkissen. „Gute Nacht."

Ruby beugte sich über sie und gab ihr einen Gute-Nacht-Kuss auf die Stirn. Sie zog die Decke glatt und beobachtete ihre Tochter beim Einschlafen. Dann stand sie auf und ließ die Tür einen Spalt offenstehen.

„Kann ich dir helfen?", fragte Anna, die gerade aus Leonies Raum kam.

„Mir ist nur eine Kleinigkeit aufgefallen. Ich weiß nicht, ob es von Bedeutung sein könnte." Ruby massierte sich mit einer Hand den verspannten Nacken.

„Lass mal hören." Anna bewegte sich auf Rubys Zimmer zu.

„Ich hole uns gerade mal den Wein. Der beflügelt meine Vorstellungskraft." Ruby ging in die Küche, füllte zwei Gläser, entschied sich spontan, die Flasche ebenfalls mitzunehmen, und kehrte zu ihrer Freundin zurück.

Anna bestaunte das Bild mit dem anmutigen Seiltänzer. „Ruby?", flüsterte sie. „Darf ich dich mal etwas sehr Persönliches fragen?"

Ruby stellte die Flasche auf dem Nachttisch ab, auf dem neben Kopfschmerztabletten und Papiertaschentüchern auch ein Roman, an dem sie schon seit Monaten las, seine Zeit vergeudete. Gewöhnlich fielen ihr bereits nach zwei Seiten die Augen zu.

„Nur zu." Sie drückte ihrer Freundin ein Glas in die Hand und prostete ihr zu.

„Warum liegst du eigentlich so mit deiner Mutter im Clinch?" Anna beäugte den Mann auf dem Poster. Er hatte eine gewisse Ähnlichkeit mit Ruby.

Ruby drehte ihrer Freundin den Rücken zu und kostete den Wein.

„Ist schon gut. Entschuldige bitte. Ich wollte dir nicht zu nahe treten." Anna schlenderte zum Bett und kniete sich zwischen die Papierberge. Eine Stille breitete sich aus. Nur die Kerzen schienen vorwurfsvoll zu knistern.

„Der Seiltänzer auf dem Poster war mein Vater", erklärte Ruby schließlich. Anna wandte den Kopf und betrachtete Ruby, die ihrerseits die Vorführung des Akrobaten bewunderte.

„Er war Hochseilartist. Einer der besten seiner Zeit." Ihre tiefe Stimme torkelte. „Als ich elf Jahre alt war, verunglückte er tödlich." Sie stellte das Glas zwischen die Kerzenhalter und rieb ihre Hände aneinander. „Meine Mutter wollte ihn an diesem Abend von dem Drahtseil fernhalten. Angeblich hatten ihr die Karten gezeigt, dass es sonst zu einem fürchterlichen Unglück kommen würde.“ Sie fuhr abrupt zu Anna herum.

Anna hatte den Mund geöffnet, blieb aber vor Überraschung sprachlos.

„Mein Vater hat nur gelacht.“ Ruby prustete. „Das sei alles nur Aberglaube, meinte er. Als er rückwärts mit verbundenen Augen über das Seil balancierte, ist es dann passiert. Die Balancierstange schien aus unerklärlichen Gründen nach einer Seite auszuschlagen. Er stürzte aus zehn Meter Höhe ab und brach sich das Genick. Ich glaube, tief unter seiner harten Schale hat die Behauptung meiner Mutter ihn verunsichert und seine Selbstsicherheit geschwächt. Sonst wäre er nicht abgestürzt.“

Anna schluckte schwer und wühlte nach den passenden Worten. Sie wollten sich nicht einstellen. „Das tut mir aufrichtig leid“, hauchte sie hilflos. „Das ist ein fürchterliches Erlebnis für ein Kind, und die erfüllte Prophezeiung eine zusätzliche Belastung für deine Mutter.“

„Prophezeiung!“ Ruby schnaufte. „Verfluchter Aberglaube! Sie hat ihn mit dem Blödsinn einfach nur verunsichert. Sonst wäre er niemals verunglückt.“

„Habt ihr darüber gesprochen?“ Anna sah sie fassungslos an. „Ich meine darüber, dass du ihr die Schuld für den Unfall gibst. Aller Wahrscheinlichkeit nach hält sie sich ebenfalls für schuldig, weil sie ihn nicht von der Vorführung abgehalten hat. Das muss unerträglich für sie sein.“

Eine Pause zwängte sich zwischen sie. Die nächtliche Brise wanderte durch das offene Fenster und liebkoste die Vorhänge. Sie flatterten dankbar.

„Wir haben danach kaum noch miteinander geredet. Meine Mutter hat lediglich permanent gejammert, weil mein Vater nicht auf sie gehört hatte. Sie schien mich gar nicht mehr wahrzunehmen, und ich war einfach nur wütend auf sie. Deshalb habe ich kaum noch mit ihr gesprochen." Ruby raunte vor sich hin, als würde sie ein Selbstgespräch führen.

Anna schniefte leise in ein Taschentuch. Die Geschichte ihrer Freundin verstärkte die Beschwerden des Heuschnupfens. Die Schleimhäute schwollen zunehmend an, die Augen tränten.

„Kurz darauf hat sie meinen Wunsch erfüllt und mich in einem Internat für Schiffer-, Schausteller- und Zirkuskinder untergebracht. Der Kontakt reduzierte sich auf Telefonanrufe zu meinem Geburtstag. Er intensivierte sich erst nach Neles Geburt wieder. Eigentlich hatte sie immer eine Beziehung zu Nele, nicht zu mir. Sie schreibt ihr ständig, schickt Postkarten von Orten, an denen sie gerade ist, und Fotos aus dem Zirkus. Sie lädt sie ein, wenn sie in der Gegend ist, und holt sie zu Ausflügen ab."

„Könnte es sein, dass sie etwas wiedergutmachen will?", näselte Anna. Sie stillte den Juckreiz am Auge mit dem Handrücken, besann sich der Untat und schloss das Fenster.

„Du meinst, weil sie keine Zeit für mich hatte? Sich nicht um mich gekümmert hat?"

Anna zuckte mit den Schultern.

„Könnte sein." Ruby schnaubte empört. „Aber das reicht nicht!"

„Was würde denn reichen?" Anna senkte ihr Kinn zur Brust und schaute auf Ruby.

„Sie soll mir klipp und klar erklären, warum sie mich ignoriert hat, warum sie mich einfach in das Internat gesteckt und mich nicht von diesem Wunsch abgehalten hat. Ich habe damals beide verloren – zuerst meinen Vater und dann meine Mutter." Ruby atmete schwer durch.

„Und? Weiß sie das?" Anna legte ihre Hände in den Schoß.

„Woher denn?“ Ruby stampfte einige Schritte auf und ab. „Sie spricht ja nicht mit mir darüber!“

„Wie könntest du sie denn dazu bringen, mit dir zu reden?“ Annas Augen folgten Rubys unruhiger Reise durch den Raum.

„Das frage ich mich auch“, giftete sie. „Vielleicht sollte ich ihr einfach alles an den Kopf knallen!“

Anna lächelte Ruby zu.

„Was?“, fragte Ruby.

„Das halte ich für eine ausgezeichnete Idee.“ Annas freudiger Gesichtsausdruck verstärkte sich. „Dann ist es draußen, und ihr könnt darüber sprechen. Aber knall es ihr nicht an den Kopf, sondern lege es in Ruhe auf den Tisch.“

„Vielleicht hast du recht.“ Ruby griff nach dem Weinglas.

„Nein, du hast recht. Das war deine Idee.“ Anna grinste und hob ihr Glas. „Prost!“

„Prost!“ Ruby stieß mit Anna an.

Ein Klirren schwebte durch die Luft.

„Und jetzt lenken wir meinen Heuschnupfen mit spannenden Akten ab! Was ist dir aufgefallen?“

„Also.“ Ruby trank, stellte das Glas danach zur Flasche auf den Nachttisch und machte es sich neben Anna auf dem Bett zwischen den Papieren gemütlich. „Er hat eine Schwester, die ebenfalls praktizierende Medizinerin – wie die Eltern des Opfers – ist. Das kann natürlich Zufall sein. Ich weiß nicht, ob die Beteiligten sich kennen. Anscheinend hatte sie seit der Entlassung ihres Bruders keinerlei Kontakt zu ihm. Zumindest hat die Nachbarschaft keine Besucher bemerkt. Sie heißt Veronika Schwarz. Mittlerweile kann sie ihren Namen zweifelsohne geändert haben.“

Anna entledigte sich ebenfalls ihres Glases und las den Aktenvermerk, den Ruby ihr gezeigt hatte. „Das ist doch schon mal was.“

„Finde ich auch. Vielleicht ist er bei ihr oder hat telefonisch mit ihr Kontakt aufgenommen. Seine Telefonverbindungen haben wir noch nicht. Zumindest müssen wir die Schwester unbedingt ausfindig machen."

„Das ist wenigstens ein Ansatzpunkt. Lass mal weiterblättern. Gegebenenfalls finden wir noch etwas." Anna reichte Ruby die Akte zurück und langte nach einem anderen Dokument.

Ruby lehnte sich gegen die Kissen und versank in der nächsten Seite.

Kapitel 23

Montagfrüh

Sie stellte die Kaffeetasse irritiert ab und überflog nochmals den Artikel in der Tageszeitung. Die Überschrift lautete: ‚Vermisst. Die Polizei bittet um Mithilfe.' Darunter befand sich ein Foto des Mannes, der derzeit bei ihr zu Gast war.

> Seit Freitagnachmittag wird der sechzigjährige Georg Schwarz vermisst. Er ist 174 Zentimeter groß, schlank, hat braune Augen, eine Halbglatze und graue Haare. Zuletzt trug er eine braune Leinenhose sowie ein braun-weiß-kariertes Baumwollhemd und hielt sich auf dem Parkplatz am Nordwald auf.
> Sachdienliche Hinweise, die zum Auffinden des Mannes hilfreich sein könnten, richten Sie bitte an das Polizeidezernat Mitte, Abteilung K12, Telefon 131415.

Sie leerte die Kaffeetasse und grübelte dabei, wie das Verschwinden des Mannes so schnell hatte auffallen können. Ihrer Rechnung nach hätte ihn bis Montag spätnachmittags – nachdem er nicht zur Therapie erschienen wäre – niemand vermissen sollen. Sie faltete die Zeitung zusammen und beförderte sie zum Altpapier. Anschließend räumte sie routinemäßig den Frühstückstisch ab und die Küche auf, während im Radio ein Popsong dudelte. Schließlich hatte sie ihre innere Ruhe wiedergefunden und stieg hinab in den Keller, wo sie ihre Erscheinung hinter der Chirurgentracht verbarg. Geräuschlos entsperrte sie die Tür. Es war stockdunkel. Ein leises Röcheln kraxelte in ihren Gehörgang. Sie schaltete das Oberlicht an.

Seine Töne verstummten abrupt. Er presste die Lider zusammen.

Sie näherte sich ihm, vollführte die üblichen Messungen von Blutdruck und Temperatur und vermerkte die Werte in der Tabelle.

Seine Augen folgten ihr, als sie um ihn herumschritt.

„Ich freue mich darüber, wie gut Sie die bisherigen Operationen überstanden haben. Wir werden heute den nächsten Eingriff zum Zwecke – nun ja, Heilung kann ich es eigentlich nicht direkt nennen, sagen wir also – der Prävention eines Rückfalls vornehmen. Immerhin muss es für Sie außerordentlich schwierig sein, ihre Neigung zu unterdrücken, wenn Sie überall diese hübschen kleinen Mädchen sehen, nicht wahr?" Sie brachte ihr Gesicht nah an seines und fixiertes seine zusammengezogenen Pupillen.

Er verkrampfte den Mund zu einer unhörbaren Antwort.

„Ich weiß, Sie können mir nicht mehr antworten, und ich nehme Ihnen dies in keiner Weise übel. Im Gegenteil. Wir können die Stille genießen oder ein wenig Musik anstellen. Apropos, es tut mir leid, nicht früher daran gedacht zu haben. Mögen Sie Musik? Welche Art von Musik? Klassische Musik oder lieber moderne? Ach, stimmt, langsam. Wir werden jetzt erst einmal in Ruhe üben, miteinander zu kommunizieren. Wenn Sie den Zeigefinger der rechten Hand heben, bedeutet dies Ja. Wenn Sie hingegen Zeige- und Mittelfinger anheben, heißt es Nein. Haben Sie das verstanden?" Sie wartete geduldig und bespitzelte seine rechte Hand. Sie ruhte festgeschnallt in der Handhalterung.

Sie taxierte sein angespanntes Gesicht. Wieder riss er den Mund auf. Speichel lief aus einem Mundwinkel. Sie nahm einen Wattetupfer und reinigte ihn.

„Ich kann Ihre Nervosität verstehen. Es ist ganz gewiss eine neue, schwierige Situation für Sie. Probieren wir es noch einmal“, wiederholte sie geduldig, als handelte es sich bei ihm um einen geistig zurückgebliebenen Patienten. „Zeigefinger – Ja, Zeige- und Mittelfinger – Nein.“ Sie wartete.

Er schwitzte.

„Zeigen Sie mir bitte ein Ja!“

Er reagierte nicht.

„Sie haben sehr wohl verstanden, was ich von Ihnen erwarte.“ Sie ließ sich nicht aus der Ruhe bringen. „Falls Sie glauben, durch eine Verweigerung der Mitarbeit die weiteren Eingriffe abwenden zu können, muss ich Sie leider enttäuschen. In diesem Fall werde ich allein die Entscheidungen fällen, also die Operationsmethoden aus dem Spektrum der Möglichkeiten selektieren. Dies liegt ganz bei Ihnen. Haben Sie das verstanden?“ Sie wartete.

Er hob den Zeigefinger.

„Sehen Sie“, lobte sie ihn. „Das klappt doch vorzüglich. Das haben Sie sehr gut gemacht“, verlautete sie ohne den Anflug von Spott. „Möchten Sie etwas Musik hören?“

Zeige- und Mittelfinger bewegten sich.

„Das freut mich.“ Sie legte die Fingerspitzen vor der Brust aneinander. „Während der operativen Behandlungen finde ich dies auch sehr ablenkend. Ich werde Ihnen diese Option aber später nochmals anbieten. Mit Sicherheit kann es Ihnen ab und zu etwas die Zeit vertreiben.“

Sie ging an der Seite des Seziertisches auf und ab. „Ich habe bereits angedeutet, worum es bei der heutigen Prozedur geht. Haben Sie dies mitbekommen?“

Zeige- und Mittelfinger wanderten zitternd in die Höhe.

„Nein?“ Ihr Staunen schwirrte über ihn hinweg. „Ich denke wohl, aber ich kann es auch konkretisieren. Wir werden Ihnen das Augenlicht nehmen und Sie damit von weiteren äußeren Reizen befreien."

Sein Körper bäumte sich gegen die Riemen.

Unbeeindruckt fuhr sie fort. „Im Mittelalter wurden Verurteilten öffentlich die Augen ausgestochen. Anschließend wurden die Höhlen mit einem heißen Eisen ausgebrannt, um einen Wundbrand zu vermeiden. Meiner Meinung nach handelt es sich dabei um eine äußerst barbarische Methode. Finden Sie nicht auch?"

Auf seiner Stirn tanzten Schweißperlen. Er drückte die Lider zusammen, als wären sie in der Lage, die Augäpfel zu schützen. Die Finger in den Halterungen versuchten, sich zu Fäusten zu verkrampfen.

Sie wippte auf den Zehenspitzen und formulierte ihre Frage um. „Würden Sie diese Methode schätzen?" Sie beäugte seine Reaktion über den Mundschutz hinweg.

Zwei Finger wurden angehoben.

„Ich auch nicht. Aber Sie kennen natürlich noch nicht die Alternativen." Sie ließ die Worte im Mund zergehen wie eine belgische Praline. „Im Frühmittelalter wurde dem Delinquenten ein glühendes Stück Eisen direkt vor die Augen gehalten. Dadurch kam es zu einem äußerst schmerzhaften Erblinden: Durch die Wärmestrahlung wurde die Netzhaut zerstört und die Augenflüssigkeit erhitzt. Der Vorteil dieser Methode liegt darin, keine äußerlich sichtbaren Schäden zu hinterlassen. Wäre dieses Vorgehen eher nach Ihrem Gusto?"

Er reagierte nicht.

„Wollen Sie mir die Entscheidung überlassen?" Sie begutachtete sein verzerrtes Gesicht teilnahmslos wie einen einfahrenden Nahverkehrszug auf einem Bahngleis.

Seine Augen fixierten sie mit einer Mischung aus Hass und Angst.

Schließlich hob er zwei Finger.

„Gut." Sie nickte. „Kommen wir zur Neuzeit. Ich könnte Ihnen heißes Öl in die Augen schütten oder Sie einfach mit Kalk verätzen. Ersteres steht in der Küche bereit, Letzteres habe ich im Baumarkt besorgt. Soll ich es Ihnen zeigen?"

Sein Gesicht verkrüppelte zu einer angsterfüllten Grimasse.

„Vielleicht sollte ich Ihnen noch meinen professionellen, schmerzfreien Vorschlag unterbreiten, bevor ich eine Entscheidung von Ihnen verlange. Am kostengünstigsten wäre für mich das Öl. Trotz allem habe ich geschworen, meinen Patienten zu helfen und nicht, sie zu foltern. Daher habe ich in ein spezielles Gerät investiert." Sie lutschte die Worte wie ein Bonbon.

Er heulte hemmungslos.

„Ich habe einen recht kostspieligen YAG-Laser erworben. Mit diesem werde ich Sie unter Vollnarkose behandeln, weil Sie Ihre Augen nicht freiwillig offenhalten würden, was eine akkurate Arbeit erheblich erschwert. Die Prozedur wäre ohne Anästhesie auch extrem schmerzhaft." Sie zuppelte den Mundschutz herunter. „Schauen Sie mich bitte an."

Er kniff verbissen die Augen zusammen.

„Schauen Sie mich an, oder ich werde das Öl einsetzen." Sie beugte sich über ihn.

Langsam öffneten sich seine Lider. Sie zog sie auseinander und tröpfelte pupillenerweiternde Augentropfen hinein.

„Eigentlich wird der YAG-Laser in der Augenheilkunde angewendet, um die Regenbogenhaut zu perforieren oder den Nachstar zu entfernen. Er bietet natürlich auch noch andere Verwendungsmöglichkeiten. Ehrlich gesagt", gestand sie, „ist mir noch niemals zu Ohren gekommen, dass einer meiner Kollegen mit diesem

Instrument einen Sehnerv komplett zerstört hat. Theoretisch ist es allerdings möglich, und ich werde mir ausgesprochen viel Mühe geben. Wir werden sehen. Sonst muss ich doch eine der zuvor beschriebenen Methoden wählen."

Er stierte sie entsetzt an.

„Prägen Sie sich mein Gesicht gut ein!" Sie lächelte und verharrte einige Sekunden bewegungslos. „Es ist das Letzte, das Sie in Ihrem Leben sehen werden, und ich hoffe, es wird stets vor Ihrem inneren Auge schweben und die Bilder der Mädchen auslöschen." Ihr Lächeln blätterte ab wie Ölfarbe von einem alten Gemälde. Darunter zeigte sich die gefährliche Bleiweiß-Grundierung – angereichert mit Leid, Wut und abgrundtiefer Verachtung – und vergiftete ihn, bis seine Augen sich schlossen.

Kapitel 24

Montagmorgen

„Die Befragung der Nachbarschaft hat keine neuen Hinweise auf den Verbleib von Schwarz erbracht", eröffnete Ruby die Morgenbesprechung des K12. „Hatten die Kollegen schon Zeit, sich den Computer, der sich in seinem Haus befand, anzusehen?"

„Bereits erledigt." Jan Grünberg, IT-Spezialist der Kriminaltechnik, sortierte die schlaksigen Beine unter dem Tisch und richtete sich auf. Seine goldgeränderte Brille flutschte von der Nase, als er eine Kladde aufschlug. An dem Gestell fehlte ein Bügel.

Routiniert manövrierte er es auf seinen eingedellten Nasenrücken und grinste schräg. Das Brillengestell folgte der Gesichtsmuskulatur, wodurch es von Neuem in eine gefährliche Schräglage geriet.

„Schwarz scheint nicht gerade eine Koryphäe in diesem Bereich zu sein", urteilte Grünberg. „Der Computer war durch kein Passwort gesichert. Der E-Mail-Account enthielt nur wenige Kontakte, darunter seinen Bewährungshelfer und seine Therapeutin. Wir versuchen, den anderen Adressen Personen zuzuordnen."

„Irgendwelche gelöschten E-Mails?" Ruby stützte die Unterarme auf den Tisch.

„Nein." Grünberg begradigte den Sitz der Brille. „Am vollsten war der Junk-E-Mail-Ordner. Der Ordner für gelöschte E-Mails beinhaltete keine Nachrichten. Meiner Meinung nach kann der Typ gerade mal die Basisfunktionen bedienen. Unwahrscheinlich, dass er via E-Mail einen Kontakt geknüpft hat, der uns entgangen sein könnte."

„Und wie sieht es mit seinen Surfgewohnheiten aus. Hat er sich auf Schmuddelseiten rumgetrieben?" Spike schlürfte an seinem Kaffee, der wie die Luft in einer finnischen Sauna dampfte.

„Tja", Grünberg kratzte sich am Ohr. Das Gestell protestierte wackelnd. „Ich bin kein Psychologe. Für mich sahen die Seiten harmlos aus, aber ich weiß nicht, wie sie auf einen Pädophilen wirken. Er hat sich auffallend viele Seiten angesehen, auf denen Kinder abgebildet waren, zum Beispiel Kindermode und so etwas. Aber bei der Vergangenheit ..."

„Bitte leiten Sie die Links an unsere Psychologin Tanja Winter weiter, damit sie einen Blick darauf werfen kann. Es wäre gut, ihre Stellungnahme schnellstmöglich vorliegen zu haben." Ruby schlüpfte aus der Jacke und schob die Ärmel des Shirts hoch. Die Morgensonne knallte durch die Fensterfront. Sie ließ sich nicht von den zarten weißen Federwolken, die hoch am Himmel segelten, irritieren.

Ruby rackerte sich ab, um den stickigen Raum mit der Jalousie zu verteidigen. Zentimeter für Zentimeter verschanzte sie das Glas. Die staubigen Kunststofflamellen stellten sich jedoch quer und verweigerten eine Zusammenarbeit. So schlängelten sich die Sonnenfäden freudestrahlend zwischen ihnen hindurch.

„Kein Problem." Grünberg spielte mit dem Brillenbügel und kritzelte eine Anmerkung in seinen Terminplaner. Das Gestell hüpfte auf seiner Nase auf und ab.

„Wie sieht es mit Fingerabdrücken im Haus aus?" Ruby widmete ihr Interesse dem Leiter der Spurensicherung. Seine Kastanienaugen hingen wie hypnotisiert an Grünbergs Goldgestell.

„Sowohl im Haus als auch an der Brieftasche befanden sich nur die Fingerabdrücke von Schwarz. Ebenso am Fahrrad, das wir auf dem Parkplatz sichergestellt haben. Scheinbar hat er es zwar gebraucht gekauft, aber vor dem Gebrauch gründlich gereinigt." Krause nuschelte und blätterte durch seine Aufzeichnungen.

Mona Ziegel, die für diesen Morgen zur Bewachung des Telefons verdonnert worden war, um die eingehenden Anrufe bezüglich der Vermisstenanzeige entgegenzunehmen, schlüpfte lautlos in den Besprechungsraum und legte einige Notizzettel vor Ruby auf den Tisch.

Sie verbarg ihr hübsches Gesicht hinter einer schwarzen Hornbrille. Ihre Figur wurde von einem überdimensionalen T-Shirt und einer Boyfriend-Jeans verhüllt, die ihr genügend Bewegungsfreiheit gab, um Ruby und Spike den Rücken freizuschaufeln. Bevor sie den Rückzug antrat, fand sie genügend Zeit, auf Letzteren einen verstohlenen Blick zu werfen.

Ruby stand abermals auf, kämpfte genervt mit der Jalousie und öffnete das Fenster. Ein Gemisch aus frischer Luft und Motorengeräuschen durchdrang die Lagebesprechung. Sie durchblätterte Monas Mitteilungen und zupfte dabei an einer Ponysträhne. Schließlich lehnte sie sich zurück, grapschte sich einen Kuli und trommelte mit diesem einen flotten Rhythmus in die Handfläche.

„Schlechte Neuigkeiten?" Krause schaute von seinen Aufzeichnungen auf.

„Ach was." Spike machte eine abwehrende Handbewegung. „Sieht nach Banalitäten aus."

„So könnte man es ausdrücken", bestätigte Ruby. „Die ersten Anrufe angeblicher Zeugen aufgrund unserer Vermisstenanzeige. Die Aussagen klingen absolut unglaubwürdig, aber einiges werden wir wohl überprüfen müssen." Sie schnaufte.

„Ist ja noch früh." Spike gähnte. „Mal sehen, was der Tag noch für Anrufer bringt." Er flitschte den Zeigefinger gegen das Porträt des Mannes, der ihn aus der Zeitung heraus anstierte.

„Gut." Ruby presste die Fingerspitzen aneinander und lehnte sich vor. „Ich bin auf eine Spur gestoßen, die wir untersuchen sollten."

Spike stellte die Tasse ab und richtete sich auf.

„Schwarz hat eine Schwester. Zum Zeitpunkt seiner Inhaftierung lebte sie in den Vereinigten Staaten. Ihr Name ist Doktor Veronika Schwarz. Laut Aussagen der Nachbarschaft hatte Schwarz keinen Damenbesuch und entsprechend des Plans, den sie aufgestellt haben, hat er sie auch nicht besucht. Trotzdem sollten wir die Möglichkeit einer eventuellen Kontaktaufnahme überprüfen. Könnte eine der E-Mail-Adressen von ihr sein?" Ruby sah Grünberg an.

„Hmmh", sein Brillengestell wackelte, „das werden wir bald wissen."

„Sie könnten auch telefonisch in Kontakt getreten sein. Das werden uns die Anruflisten hoffentlich verraten", Ruby trommelte mit den Fingerkuppen auf die Tischplatte, „wenn wir sie endlich mal bekommen."

„Ist sie auch Ärztin?" Spike richtete sich auf. „Genau wie die Eltern des ermordeten Mädchens?"

„Ja, und mir kam es spontan auch merkwürdig vor. Wie ein Stolperstein", pflichtete Ruby ihm bei. „Mona soll sich dahinterklemmen und herausfinden, wo die Frau jetzt wohnt und praktiziert. Wir sollten uns auf jeden Fall mit ihr unterhalten. Und dann ist da noch was …"

„Auch in den Verhandlungsunterlagen?" Spike wuchs um einen zusätzlichen Zentimeter.

Ruby nickte. „Vier Wochen vor der Entführung von Emma Hofmann verschwand ein gleichaltriges Mädchen,

Lisa Becker, nur zwanzig Kilometer vom Haus der Hofmanns entfernt. Das Kind wurde nie gefunden. Die Mutter des Mädchens schwor, Schwarz zuvor mehrmals in ihrer Wohngegend gesichtet zu haben. Er leugnete stoisch, jemals dort gewesen zu sein. Andere Zeugen, die die Aussage der Mutter bestätigt hätten, konnten nicht gefunden werden. Der Vater verlor während der Verhandlung die Nerven. Er hat gebrüllt ‚Ich bringe das Schwein um', versucht, sich auf den Angeklagten zu stürzen, und wurde von Polizisten aus dem Gerichtssaal entfernt."

„Ist zumindest eine Überlegung wert." Spike pustete eine Haarsträhne aus den Augen.

Ruby nahm einen der Notizzettel auf. „Schwarz' Therapeutin und der Bewährungshelfer. Bei der Therapeutin haben wir um halb elf einen Termin." Sie stopfte den Zettel mit den Adressen in die Hosentasche.

„Also los" Spike schlüpfte in seine Lederjacke. „Oder ist sonst noch was?"

Krause grunzte. Seine zwei Mitarbeiter schüttelten die Köpfe.

„Bringen wir es hinter uns." Ruby schnappte ihre Jacke und eilte Spike voraus.

Kapitel 25

Montagvormittag

„Guten Tag!" Cornelia Sommer thronte hinter einem geräumigen Schreibtisch, setzte die silberne Lesebrille ab, faltete die Bügel um und legte sie oberhalb des Papiers, das sie zuvor studiert hatte, ab. Sie erhob sich und begrüßte die Beamten mit einem festen Händedruck.

„Vielen Dank für Ihre Zeit. Ich bin Kriminalhauptkommissarin Rubina Hiller." Ruby ergriff die ihr entgegengehaltene Hand und erwiderte den Druck nicht weniger fest.

„Kriminalkommissar Simon Peick." Er reichte ihr ebenfalls die Hand und deutete eine Verbeugung an. „Angenehm!" Er behielt die Kopfbeugung bei und fixierte sie mit seinem hellblauen Blick unter den geschwungenen Brauen, während sie auf hohen Absätzen und in einem figurbetonten Bleistiftrock wieder hinter dem Schreibtisch Stellung bezog.

„Bitte setzen Sie sich." Ein graziles Handzeichen komplettierte die Aufforderung und pries zwei Ledersessel, die auf der anderen Seite des Tisches standen, an. „Meine Sprechstundenhilfe sagte mir, es ginge um Georg Schwarz. Ist das richtig?"

„Das ist korrekt." Ruby machte es sich in dem Sessel bequem. Ihre Arme ruhten auf den Lehnen, die Beine waren locker übereinander geschlagen. „Haben Sie heute schon die Tageszeitung gelesen?"

„Da muss ich leider passen." Die Augen der Psychologin huschten von einem Besucher zum anderen. „Was ist mit Schwarz?"

„Sie wirken beunruhigt." Ruby visierte sie, ohne die Miene zu verziehen.

„Brauche ich das nicht zu sein? Grundlos werden Sie kaum mit mir über Schwarz sprechen wollen."

„Seit wann behandeln Sie ihn?" Ruby zog ihr Notizbuch zum Datenabgleich aus der Innenseite der Jacke.

„Seit seiner Haftentlassung, also seit zwei Monaten." Sie schaute von Ruby zu Spike. „Er wurde mir vom Gericht zugewiesen. Es ist ein Teil seiner Bewährungsauflage."

„Wie oft sehen Sie ihn?", fragte er.

„Einmal pro Woche. Genau gesagt, jeden Montag um 17:00 Uhr." Sie schmunzelte. „Das dürfte Ihnen bekannt sein."

Ruby nickte. Soweit entsprachen die Angaben ihrem Kenntnisstand. „Er ist seit dem vergangenen Freitagnachmittag spurlos verschwunden. Voraussichtlich wird er den Termin bei Ihnen heute ebenfalls nicht wahrnehmen."

Frau Doktor Sommer verwebte die Finger ineinander und bettete sie auf dem Tisch. Eine Falte bildete sich zwischen ihren Augenbrauen. Sonnenstrahlen fielen durch das Flügelfenster in die Altbauwohnung und entlockten ihrem langen Haar, das zu einer Hochsteckfrisur verschlungen war, eine kastanienrote Tönung.

„Wir wissen nicht, ob er sich abgesetzt hat oder ob er eventuell einem Gewaltverbrechen zum Opfer gefallen ist. Wie schätzen Sie Schwarz ein? Würden Sie ihm einen Rückfall in alte Muster zutrauen?" Ruby löste die Arme von den Lehnen und beugte sich vor.

„Ich unterliege der Schweigepflicht." Sie klappte die Bügel der Lesehilfe auf und wieder zusammen. „Zudem wäre es unprofessionell, Vermutungen und Bauchgefühle zu äußern."

„Frau Doktor Sommer", schmeichelte Spike, „dies ist uns selbstverständlich bewusst. Allerdings dürfen beziehungsweise müssen Sie dieses Schweigen brechen, wenn Ihnen bekannt ist, dass Ihr Patient eine Straftat plant."

„Eine derartige Planung ist mir nicht bekannt." Sie lehnte sich zurück.

„Sie halten es aber nicht für unmöglich?" Spike nickte ihr aufmunternd zu.

„Kommissar Peick", ihre Contenance wetterte Spikes Charme ab wie ein Kapitän einen Sturm, „ich möchte mir von Ihnen keine Vermutungen in den Mund legen lassen."

„Das war nicht meine Absicht." Spike stand auf und ergründete ein Kunstwerk, das an einer Wand hing. Der gerahmte Druck beruhigte mit grünen und blauen Farbtönen, die ein abstraktes Gebilde auf das Papier malten. Es räumte der Seele Ruhe und der Fantasie unendliche Weiten ein.

Er federte einige Male auf den Zehen, wobei seine Schuhspitzen sich tief in den weichen Teppich gruben. Sein Interesse schweifte zu einer beigen Liege, die im gegenüberliegenden Teil des großen Zimmers Platz gefunden hatte. Einige grüne Zierkissen verliehen ihr einen behaglichen Anstrich. Daneben stand ein Sessel aus derselben Lederkollektion. Er begutachtete das Arrangement und strich sich mit der Hand über das Kinn.

„Lassen Sie es mich anders formulieren." Er kehrte zum Schreibtisch zurück. „Sie therapieren Schwarz erst seit zwei Monaten und möchten keine voreiligen Schlüsse ziehen."

„Das ist korrekt." Sie erhaschte einen Stift und hielt sich an seinen Enden fest.

„Vielleicht machen wir es folgendermaßen. Ich teile Ihnen einige Vermutungen mit, und Sie korrigieren mich einfach, falls ich falsch liege. Wie hört sich das an?" Er bewunderte ihre geschwungenen Lippen, die mit einem dezenten Nudeton nachgezeichnet waren. „Sie brauchen sich also gar nicht zu äußern."

Ein fast unmerkliches Kopfnicken war die Antwort.

„Sie therapieren Schwarz seit zwei Monaten. In dieser Zeit hat er Ihnen gegenüber keine eindeutigen Absichten zu erkennen gegeben, die auf einen baldigen Übergriff auf ein Kind schließen lassen. Dennoch erachten Sie dieses Szenario als durchaus denkbar."

Die Gelassenheit der Psychologin wurde durch ein flüchtiges Zucken der Mundwinkel unterbrochen.

Ermuntert fuhr Spike fort. „Somit könnte es im Bereich des Möglichen liegen, dass er tatsächlich sein gewohntes Umfeld verlassen hat, um sich auf die Jagd zu begeben." Er rieb sich die Hände.

Ruby stützte das Kinn in die Hand und lauschte seinen Überlegungen.

„Dies lässt ebenfalls den Rückschluss zu", fuhr er fort, „dass Sie die Gutachten Ihrer Kollegen – aufgrund derer sich Schwarz sozusagen auf freiem Fuß befindet – anzweifeln."

Die Therapeutin konzentrierte sich auf seine Ausführungen, ohne mit den Wimpern zu zucken, und faltete die Hände auf dem Schreibtisch.

„Allerdings fänden Sie es anmaßend, eine derartige Fehleinschätzung Ihrer Kollegen nach der kurzen Therapiezeit in Betracht zu ziehen." Spike setzte sich wieder und sah sie herausfordernd an.

„Das wäre in der Tat eine gewaltige Anmaßung", wiederholte die Therapeutin.

„Shit", rutschte es über Rubys Lippen.

Sommer kniff kaum merklich den Mund zusammen.

„Sie haben höchstwahrscheinlich außer seinen Telefonnummern keinerlei Ahnung, wie wir ihn kontaktieren könnten?" Ruby steckte ihr Notizheft wieder ein.

„Nein. Seine Anschrift sowie die Nummern befinden sich in unserer Kartei. Sie können gern sicherheitshalber einen Abgleich vornehmen.“ Obwohl sie ihre Körpersprache im Griff hatte, huschte ein Schatten von Unruhe über ihre Gesichtszüge wie eine schwarze Katze durch die Nacht.

„Das werden wir.“ Ruby rieb sich über die Oberschenkel. „Hat er Ihnen gegenüber einmal seine Schwester erwähnt?“

Die Psychologin guckte auf ihre Hände.

„Okay …“ Ruby strich die Ponyfransen zurück. „Könnte Sie mit seinem Verschwinden in Zusammenhang stehen?“

Sommer blickte von Ruby zu Spike.

„Kommen Sie!“ Ruby stand auf und trat dicht an den Schreibtisch heran.

Sie legte die Wörter auf eine Waagschale, bevor sie diese zu einem simplen Satz zusammenfügte. „Ich weiß es wirklich nicht.“

„Bitte rufen Sie uns an, falls er heute Nachmittag doch hier auftauchen sollte.“ Ruby zog eine Visitenkarte aus der Tasche und reichte sie ihr. „Oder falls er sich bei Ihnen meldet.“

„Das werde ich natürlich.“ Sie verabschiedete sich von den beiden mit Handschlag.

„Danke“, sagte Spike, „für Ihre Unterstützung.“

„Ich hoffe, Sie finden ihn“, entgegnete sie, während sie die Kommissare zur Tür geleitete. Sie reichte Ruby die Hand und fügte hinzu: „Schnell!“

Kapitel 26

Montagmittag

„Peick!", schmatzte er ins Handy und hielt den Döner mit ausgestrecktem Arm von sich weg. Dank dessen landete ein Kleks Joghurtsauce nicht auf seiner Hose, sondern vor seinen Schuhen.

„Hi", dudelte Mona. „Wo steckt ihr?" Sie legte die überkreuzten Waden auf der Ecke des mit Papieren, Ordnern und Schnellheftern überfüllten Schreibtisches ab und angelte ihr Schminktäschchen von der Tischplatte.

„Nimet Döner." Spike schluckte den Bissen runter.

„Lecker", gurrte Mona. „Wann führst du mich denn mal dahin aus?" Sie klemmte den Hörer zwischen Ohr und Schulter und wühlte in ihrer Kosmetiktasche nach einer Feile, um den Nagel, den sie sich eingerissen hatte, zu glätten.

„Nie in der eigenen Kostenstelle", säuselte Spike. „Schade eigentlich. Vielleicht sollte ich mich versetzen lassen."

Mona kicherte. „Das solltest du."

„Gibt's was Neues?" Spike stellte die Füße auseinander, beugte sich vor und biss herzhaft in den Döner.

„Nur einen kleinen Zwischenstand." Mona beäugelte das Ergebnis der Feile und verpackte diese wieder in der kleinen Tasche. Sie schwang die Beine auf den Boden, zog den Bürostuhl mit den Füßen näher an den Tisch und tippte mit dem reparierten Fingernagel auf ein Blatt. „Ich weiß, wo Schwarz' Schwester steckt."

„Gibt's nicht!" Spike verschluckte sich und hustete.

Ruby klopfte ihm derb auf den Rücken. „Was gibt's nicht?“ Sie klaubte ihm den Döner aus der Hand und knabberte ein Stück ab. „Mmmh ...“, schnurrte sie. „Lamm schmeckt viel besser als Huhn.“ Sie drückte ihm den Geflügel-Döner in die Hand.

„Wo ist sie?“ Spike guckte irritiert auf den Döner-Ersatz. „Ich stell dich mal auf laut, damit Ruby mithören kann. Habe keinen Bock, alles zu wiederholen.“ Er nahm das Telefon vom Ohr und klickte mit dem Daumen auf das Lautsprecher-Symbol.

„In den USA!“ Monas Triumph schwappte durch die Leitung.

„Immer noch in Amerika oder schon wieder?“ Ruby schaute von ihrer türkischen Spezialität auf.

Spike sah zwei Joggerinnen hinterher, die ihm beim Vorbeilaufen ein sportliches Grinsen geschenkt hatten. Ruby rempelte ihn mit dem Ellenbogen in die Seite, um ihn zur Räson zu bringen.

„Endgültig ausgewandert. Gleich nach ihrem Studium.“ Mona checkte ihre Vermerke. „Sie hat ein zusätzliches Medizinexamen für die Vereinigten Staaten abgelegt und anscheinend alle Brücken hinter sich abgebrochen.“

„Hut ab. Wie hast du das denn so schnell herausgefunden?“ Spike stopfte sich den Rest in den Mund, knüllte das Papier zusammen und beförderte es mit einem gezielten Wurf in den Mülleimer.

„Ich habe halt auch meine Beziehungen“, antwortete Mona kryptisch.

„Ach?“ Spikes Augenbrauen schnellten in die Höhe. „Und wussten deine Beziehungen auch, wo sie sich am Freitag aufgehalten hat und ob sie Kontakt zu ihrem Bruder hat?“

„Nein“, Mona schnitt eine Grimasse, „wussten sie nicht. Aber ich werde nochmals in die Trickkiste greifen.

Bis heute Abend habe ich unter Garantie Genaueres herausgefunden. Um 20 Uhr im Blue Lou? Essen tut ihr ja anscheinend immer, oder?"

„Ich muss heute Abend die Mädchen hüten. Anna hat ein Treffen mit ihrem Ex. Spike übernimmt das." Ruby grinste.

„Alles klar. Bis dann", flötete Mona und beendete das Telefonat. Ein triumphierendes Hochgefühl überflutete ihr Gesicht.

„Willst du mich verkuppeln?" Spike durchlöcherte seine Partnerin mit hochgezogenen Brauen.

„Quatsch", wehrte sie ab und warf ihm die Autoschlüssel zu. „Mein Bauch ist zu voll. Du fährst."

„Habt ihr irgendetwas abgesprochen?" Spike fing den Schlüsselbund mit der rechten Hand.

„Was meinst du?" Ruby schlenderte zum Auto und zwinkerte ihm über die Schulter zu.

„Ich bin doch nicht blöd!" Spike entriegelte die Türen per Fernbedienung.

„Bist du dir diesbezüglich absolut sicher?" Ruby ließ sich auf den Beifahrersitz fallen.

Spike gab die Adresse von Schwarz' Betreuer ins GPS ein und startete den Motor. Ruby schaltete das Radio ein. Like a Rolling Stone von Bob Dylan dröhnte aus dem Lautsprecher. Sie lehnte ihre zerzauste Frisur an die Kopfstütze und versank in ihren Erinnerungen. Ihr Vater war Dylan-Fan gewesen, und seine Hits hatten sie durch ihre Kindheit begleitet, genauso wie Zirkuswagen und der ständige Wechsel von Orten, Schulen und Freunden.

Sie haben Ihr Ziel erreicht, tönte es aus dem Lautsprecher. Spike suchte nach einem Parkplatz. Er visierte die Lücke über die Schulter an und dirigierte den Wagen lässig rückwärts hinein.

„Alles klar?" Er stellte den Motor ab.

„Bei mir schon." Ruby stieß die Beifahrertür auf, sprang auf den Bürgersteig und feuerte die Tür ins Schloss.

Sssst tönte es leise, als die Türschlösser sich verriegelten. Spike ließ die Fernbedienung samt Zündschlüssel in seiner Jacke verschwinden.

„Mal sehen, ob es hier etwas zu holen gibt." Ruby inspizierte das alte Gemäuer des Gebäudes, in dem die sozialen Dienste der Justiz beheimatet waren. Neben dem Eingangsportal prangte ein Wappen mit dem Schriftzug Denkmal.

Obwohl in dem Gebäude zahlreiche Menschen arbeiteten, ruhte das Foyer in Grabesstille. Durch die Fenster fielen Sonnenstrahlen auf den Mosaikboden. Trotzdem war die Temperatur um etliche Grade kühler als draußen. Ihre Schritte hallten von den Wänden, als sie die Empfangshalle durchquerten und die breite Treppe anpeilten. In der Luft schwebte ein feuchter, modriger Geruch. Ruby rümpfte ihre Nase. Kleine Fältchen bildeten sich am Rand des geraden Nasenrückens.

Spike zwirbelte die Hand in die Jackentasche und beförderte den Inhalt zutage. Auf seiner Handfläche tummelten sich Kaugummis, Bonbons und Kondome. Er wählte ein Pfefferminzbonbon. „Der Nachgeschmack der Zwiebeln ist penetrant. Willst du auch eins?"

„Gern." Ruby wählte ein Bonbon sowie ein Kondom. „Danke."

„Hey!", beschwerte sich Spike und versenkte die restlichen Güter wieder in der Tasche. Er wickelte das Papier ab und stopfte sich das Bonbon in den Mund.

„Zwei sollten dir für heute Nacht wohl reichen." Ruby ließ das Kondom samt Bonbonpapier in ihre Hosentasche wandern und stopfte den Zuckerklumpen in den Mund.

Sie folgten den ausgetretenen Treppenstufen in den zweiten Stock und schlugen den Weg zur Bewährungshilfe ein, die in einem der beiden Gebäudeflügel untergebracht worden war.

„Zimmer 311“, murmelte Spike und lugte auf die kleinen Tafeln, die vor den Büroräumen angebracht waren. Neben der Zimmernummer zeigten sie den Namen des jeweiligen Sozialarbeiters. „Hier ist es.“ Er klopfte an die Tür.

„Herein!“, forderte ein Bariton.

Spike schluckte den Rest des Drops herunter, überrumpelte die Türklinke und ließ seiner Kollegin den Vortritt.

„Guten Tag, Herr Fassbinder. Ich bin Rubina Hiller.“

„Simon Peick“, ergänzte Spike, der die Tür geschlossen hatte und neben sie getreten war. „Unsere Mitarbeiterin Mona Ziegler hat uns heute früh angekündigt.“

Werner Fassbinder schob die Computerbrille auf die Stirn, erhob sich und prüfte die Dienstausweise, die ihm entgegengestreckt wurden.

„Bitte setzen Sie sich doch.“ Die Stühle, die vor seinem Schreibtisch standen, schienen die Aufforderung hingebungsvoll zu unterstützen.

„Danke.“ Spike nahm Platz und musterte den Bewährungshelfer. Mit Jeans, kariertem Hemd und der runden Nickelbrille, die nun das graue, lockige Haar zurückhielt, verströmte er eine väterliche Ruhe. Vor ihm dampfte eine Tasse Tee. Das Aroma von Ingwer piekste die Luft. Daneben lag eine Packung mit schleimlösenden Hustentabletten.

„Ich bin eigentlich die ganze Woche krankgeschrieben“, er schnappte nach Luft, „wegen der Bronchitis und wollte nur ein paar Unterlagen holen und mit nach Hause nehmen. Von daher passt der Gesprächstermin ausgezeichnet.“

„Das wissen wir zu schätzen“, eröffnete Ruby das Gespräch. „Sie wurden vom Präsidenten des Oberlandesgerichts als Schwarz’ Bewährungshelfer bestellt. Ist das richtig?“

Der Diplomsozialpädagoge nickte bedächtig. „Das ist korrekt. Ich habe schon mehrere Sexualstraftäter betreut. Wahrscheinlich wurde mir daher die entsprechende Kompetenz zugetraut." Das Sprechen strengte ihn sichtlich an.

„Die werden Sie sicherlich haben." Ruby betrachtete den Mann. Seine Körpersprache verriet außer der Erkrankung keinerlei Anspannung. „Hatten Sie aufgrund von Schwarz' Verhalten zuvor schon einmal Gründe, den Richter entsprechend zu informieren?"

„Sie meinen, ob er vor seinem jetzigen Verschwinden in irgendeiner Weise gegen die richterlichen Auflagen oder Weisungen verstoßen hat?" Er faltete die schlanken Finger ineinander. An der rechten Hand glitzerte ein Ehering.

„Das wäre wohl die korrekte Formulierung." Sie nickte. „Und, hatten Sie?"

„Nein. Bisher gab es dazu keinerlei Veranlassung. Ich mache mir jetzt nur Vorwürfe, nicht gleich am Freitagabend Alarm geschlagen zu haben." Er hüstelte und schaute verständnisheischend zwischen den Beamten hin und her. „Schwarz ist bisher immer pünktlich und absolut zuverlässig gewesen. Von daher dachte ich nicht an ein plötzliches Verschwinden, sondern zum Beispiel an einen verlängerten Spaziergang. Mir ging es leider am Wochenende gesundheitlich nicht gut."

„Wir sind nicht hier, um Ihnen deswegen Vorwürfe zu machen." Spike schenkte ihm ein aufmunterndes Lächeln. „Vielmehr hoffen wir auf Hinweise bezüglich eines eventuellen Verbleibs. Hatten Sie zum Beispiel das Gefühl, Schwarz sei mit Gefährdungsfaktoren in Berührung gekommen?"

„Sie meinen mit Kindern?" Fassbinder hob abwehrend die Hände. „Meine Güte, nein! Das hatte ich nicht. In diesem Fall hätte ich es der Richterin sofort mitgeteilt."

„Worüber haben Sie mit Schwarz gesprochen? Welche Themen haben Sie behandelt?“ Ruby fixierte den Sozialarbeiter.

„Im Mittelpunkt steht – wie allgemein üblich – seine Resozialisierung. Anfangs galt es, eine ganze Menge Papierkram zu bewältigen. Nach fünfzehn Jahren Haft schien ihn das zunächst zu überfordern.“ Er legte die Hände auf dem Schreibtisch ab.

„Was zum Beispiel?“ Ruby lehnte sich zurück.

„Ganz einfache Dinge, zum Beispiel die Beantragung finanzieller Hilfe, die Eröffnung eines Kontos, der Abschluss eines Telefonvertrags. Handlungen, die für uns alltäglich sind, aber für jemanden, der über so einen langen Zeitraum vom Fortschritt isoliert war, eine Herausforderung darstellen. Nun war er dazu bereit, eine Tätigkeit aufzunehmen, und ich habe ihn bei der Jobsuche unterstützt.“ Er räusperte sich und bediente sich an dem Ingwertee. „Ich habe ihm geholfen, eine gewisse Routine in seinen Alltag zu bringen, um nicht wieder in alte Muster zu verfallen. Spät aufstehen, rumgammeln, ...“

Er verstummte.

„Wie sieht es mit einem Job aus?“, fragte Spike.

„Er hat in der nächsten Woche ein Vorstellungsgespräch.“ Fassbinder blickte zwischen den Kommissaren hin und her. „Wenn er bis dahin wieder aufgetaucht ist. Er hegte aufgrund seiner Vorgeschichte natürlich Zweifel, den Job bekommen zu können, und zeigte sich in Anbetracht des Gesprächs nervös.“ Eine Pause entstand. „Ich kann mir aber kaum ausmalen, dass sein Verschwinden darin begründet ist.“

„Um was für eine Arbeit handelt es sich?“, hakte Ruby nach.

„Um eine Bewerbung als Anstreicher“, erklärte Fassbinder.

Ruby zog die Brauen zusammen. „Ist er nicht Speditionskaufmann?“

„Schon“, Fassbinder stülpte die Unterlippe vor, „aber er hat Angst, nicht mit den derzeitigen Computerprogrammen zurechtzukommen. Er hatte vor dieser Ausbildung eine Lehre als Maler und Lackierer durchlaufen. In dem Bereich sind die Veränderungen im Laufe der letzten Jahre nicht so gravierend.“

„Wissen Sie, ob er Kontakt zu seiner Schwester hatte?“ Ruby schlug die Beine übereinander.

„Meiner Meinung nach nicht. Er hat mir erzählt, der Kontakt sei bereits viele Jahre vor seiner Inhaftierung abgebrochen“, erläuterte er überzeugt.

„Haben Sie zufällig eine Idee, wo wir seine Schwester finden könnten?“, versuchte es Spike.

„Tut mir leid.“ Fassbinder schüttelte den Kopf. „Das ist mir nicht bekannt. Soweit ich weiß, kennt Schwarz ihren Aufenthaltsort ebenfalls nicht.“

„Hat er sonst irgendwelche Familienangehörige, Freunde oder Bekannte erwähnt, bei denen er sich unter Umständen aufhalten könnte?“ Ein Hoffnungsschimmer durchquerte Rubys Miene.

„Leider nicht.“ Fassbinders Handflächen hoben sich von der Tischplatte und unterstützten seine Rede. „Er war schon immer ein Einzelgänger – auch vor seiner Verurteilung. Er hat mir seine genauen Tagesabläufe beschrieben. Einen Moment, bitte.“ Der Bewährungshelfer tippte in die Tastatur des Computers. Kurz darauf surrte der Drucker unter dem Schreibtisch und spuckte einen Stundenplan aus. Fassbinder tauchte unter dem Tisch ab, entnahm das Blatt dem Drucker und reichte es Ruby. „Wenn seine Angaben korrekt sind, was ich sporadisch kontrolliert habe – zum Beispiel durch unangekündigte Besuche – hat er keinerlei Freunde oder Bekannte, mit denen er sich trifft.“

„Dürfen Sie ihn denn ohne Ankündigung aufsuchen?“ Ruby reichte den Ausdruck an Spike weiter.

„Sagen wir mal so: Er hatte nichts dagegen. Das hatte ich zuvor mit ihm abgestimmt. Von daher kann ich mir nicht vorstellen, dass er mich angelogen oder mir etwas verschwiegen hat. Ich hätte ja jederzeit per Zufall darauf stoßen können. Damit hätte er rechnen müssen.“ Fassbinder neigte den Kopf zur Seite und betrachtete Ruby.

„Haben Sie bei den Besuchen sein Haus betreten?“, fragte die Kommissarin.

„Nein.“ Fassbinder schaute sie resigniert an. „Ich habe mich nur vergewissert, dass er wie vereinbart zu Hause ist, und ein paar Worte mit ihm an der Tür gewechselt.“

„Wie würden Sie Schwarz beurteilen?“ Sie erwiderte seinen Blick.

„Wie gesagt, er ist ein Einzelgänger.“ Fassbinder knetete seine Unterlippe. „Aber seine Resozialisierung machte Fortschritte, und er hielt sich strikt an die richterlichen Vorgaben. Ich sehe nichts, was auf einen Rückfall in alte Verhaltensweisen hingewiesen hätte.“ Seine Schultern zuckten.

„Vielen Dank.“ Ruby erhob sich und präsentierte ihm zum Abschied ihre Hand. „Sie haben uns sehr geholfen.“

„Das bezweifle ich.“ Fassbinder erwiderte ihren festen Händedruck und reichte Spike ebenfalls die Hand.

„Bitte geben Sie uns Bescheid, falls Schwarz sich bei Ihnen meldet.“ Ruby wandte sich zur Tür.

„Selbstverständlich“, meinte Fassbinder, der den Kommissaren vorausgeeilt war und ihnen die Tür aufhielt. „Auf Wiedersehen.“

„Auf Wiedersehen“, erwiderte Spike, während sie in den Flur traten.

„Mist“, schimpfte Ruby. Ihre energischen Schritte donnerten von den Mauern. „Wäre ja auch zu schön gewesen, wenn er uns irgendeinen Tipp hätte geben können.“

„Hast du ernsthaft damit gerechnet?“ Spike zupfte an seinem Ohrläppchen.

„Nein!“ Ruby stürmte die Stufen hinunter. Sie wartete am Fuß der Treppe auf ihn und beobachtete, wie er mit natürlicher Gelassenheit die Stufen herunterschlenderte.

„Was hältst du davon, wenn wir uns jetzt mit dem Vater der damals ermordeten Emma unterhalten?“ Er stellte die Frage so beiläufig, als würde er sich nach der Wettervorhersage erkundigen.

Ruby kniff die Augen zusammen.

Spike verzog den Mund. „Ein Vater, der nach Vergeltung trachtet – wäre nicht der erste Fall. In den Achtzigerjahren hat ein Mann, dessen Tochter ebenfalls getötet wurde, den angeblichen Mörder entführt und in Frankreich vor Gericht stellen lassen. Der später Verurteilte lebte in Deutschland, aber das Mädchen besaß die französische Staatsbürgerschaft und sowohl die zweite Obduktion als auch die Beerdigung hatten in Frankreich stattgefunden.“

„Ernsthaft?“ Ruby schaute auf ihre Armbanduhr.

„Allerdings.“ Er nickte. „Das Krankenhaus, in dem Hofmann arbeitet, liegt quasi gleich um die Ecke. Mona hat mir die Adresse getextet.“

„Okay, genug Zeit haben wir.“ Rubys Verwunderung verwebte sich in der Zustimmung. „Dein Wort in Gottes Gehörgang.“

Kapitel 27

Montag spätnachmittags

„Guten Tag, Doktor Hofmann." Ruby zückte ihren Dienstausweis.

„Simon Peick", stellte Spike sich knapp vor. „Hätten Sie kurz Zeit, uns einige Fragen zu beantworten?"

„Ist etwas passiert?" Hofmanns Teint schien eine Nuance heller zu werden und sich dem Arztkittel anzugleichen.

„Bitte beunruhigen Sie sich nicht." Rubys Fagottstimme bemühte sich, den richtigen Ton zu treffen. „Es handelt sich um eine Routinebefragung."

Zweifel mischten sich in Hofmanns Mienenspiel; er blickte auf seine Uhr. „Wenn es nicht zu lange dauert – gern. Bitte hier entlang."

Er eilte vor ihnen durch den leeren Krankenhausflur. Ihre Schritte klackerten auf dem gefliesten Boden. Der Geruch von desinfizierenden Reinigungsmitteln schwebte durch die Luft. Hofmann stieß die Tür zu seinem Büro auf und rückte zwei Stühle, die vor dem Schreibtisch standen, für sie zurecht. Der Raum wirkte freundlich und hell. An den Wänden hingen gerahmte Fotografien, auf denen Dünen und Nordseestrände zu sehen waren. Sie verströmten Ruhe und Fernweh. Der weiße Schreibtisch und die Stühle mit blauen Sitzkissen griffen die maritime Stimmung auf. Auf dem Tisch versammelten sich gerahmte Familienfotos, die den Arzt mal neben einer rothaarigen Frau, mal mit seinen Söhnen zeigten.

„Wie kann ich Ihnen helfen?" Er zwang ein verkrümmtes Lächeln in seine Gesichtszüge.

Ruby räusperte sich. „Es geht um Georg Schwarz.“ Sie ließ den Namen im Raum stehen und beäugte den gut aussehenden Mann. Er wirkte sportlich und durchtrainiert. Sein Haar war voll. In die Augenwinkel hatten sich kleine Fältchen gegraben, die seinem jungenhaften Aussehen aber nichts anhaben konnten.

Hofmann inhalierte tief. Seine Nasenflügel blähten sich auf, der Brustkorb unter dem weißen Kittel dehnte sich. Sein nächster Atemzug setzte aus. Dann atmete er langsam aus und wartete offensichtlich auf eine weitere Erklärung.

„Sie haben hundertprozentig von seiner Freilassung erfahren“, unterstellte Spike.

„Es stand in der Zeitung“, bestätigte der Arzt.

„Wie haben Sie die Nachricht aufgenommen?“, fragte Ruby.

„Diese Entscheidung der Richter lag immer im Bereich der Möglichkeiten. Für mich als Vater natürlich ein Schlag ins Gesicht. Als Mediziner dürfte ich darüber erst nach Einblick in die Unterlagen der Kollegen urteilen.“ Sein Brustkasten hob und senkte sich rasch. „Es gibt im Leben Schicksalsschläge und Wendungen, die man bedingungslos akzeptieren muss, wenn man nicht an ihnen zerbrechen will. Das habe ich im Laufe der Jahre eingesehen.“

„Haben Sie Schwarz seitdem getroffen? Eventuell zufällig?“ Ruby beugte sich vor.

„Nein.“ Der Arzt erwiderte ihren Blick ruhig. Seine Hände lagen gefaltet in seinem Schoß.

„Wann haben Sie ihn zuletzt gesehen?“ Spike fixierte das Gesicht seines Gegenübers.

„Bei der Gerichtsverhandlung vor fünfzehn Jahren.“ Seine Augenlider flatterten. Er stand auf, trat ans Fenster und vergrub seinen Blick in der Gartenanlage. Die Uhr an der Wand schickte ein Tick-Tack durch den Raum, während ihre schwarzen Zeiger über zwei weitere Striche wanderten. Schließlich drehte er sich zu ihnen um. „Möchten Sie mir nicht verraten, worum es eigentlich geht?"

„Schwarz wird seit letztem Freitag vermisst", enthüllte Spike.

Hofmanns Schultern strafften sich. Zorn flackerte sekundenlang in seinen Augen auf. In Zeitlupe durchquerte er den Raum und setzte sich wieder auf den Stuhl gegenüber den Beamten.

„Das heißt, Sie haben ihn aus den Augen verloren und befürchten, er könne die nächste Straftat planen", schlussfolgerte er und durchbohrte Spike unverwandt. Die Knöchel der verschränkten Finger zeichneten sich weiß ab.

„Könnten Sie uns bitte sagen, wo Sie letzten Freitag ab 14 Uhr waren?" Ruby lag auf der Lauer wie ein Fuchs vor einem Kaninchenbau.

Hofmann wandte sein Augenmerk langsam von Spike zu Ruby. „Oder, ich hätte etwas mit seinem Verschwinden zu tun", ergänzte er bedächtig. „Am vergangenen Freitag hatte ich bis 19 Uhr Dienst. Sie können gern die Dienstpläne einsehen sowie die anderen Ärzte, Schwestern und Patienten befragen. Sie werden meine Aussage bestätigen. Anschließend bin ich nach Hause gefahren, habe dort schnell geduscht und mich gemeinsam mit meiner Frau zu Freunden begeben, wo wir zum Abendessen eingeladen waren. Dort dürften wir gegen 20:30 Uhr eingetroffen sein." Seine Nasenflügel flatterten.

„Könnten Sie uns bitte den Namen und die Adresse Ihrer Freunde nennen, damit wir Ihre Aussage überprüfen können?" Ruby zog ihr Notizbuch aus der Tasche.

„Gustav und Marie Petersen, Frankenstraße 9." Hofmann stand auf und bewaffnete sich mit einer Akte, die oben auf dem Stapel lag. „Ich wäre Ihnen dankbar, wenn

Sie mich jetzt entschuldigen würden. Meine Patienten warten auf mich."

„Haben Sie noch Kontakt zu Ihrer ersten Frau und Ihrer Schwiegermutter?" Ruby spielte mit dem Kugelschreiber zwischen ihren Fingern.

Doktor Hofmann schaute auf den Stift. „Sie können notieren, dass ich seit über elf Jahren keinen Kontakt mehr zu meiner Ex-Frau habe, und zwar auf ihren Wunsch hin. Zu meiner Schwiegermutter halte ich den Kontakt nach wie vor."

„Vielen Dank für die Auskünfte." Ruby streckte ihm die Hand entgegen. Hofmann ergriff sie eher mechanisch als freundlich, nickte Spike zu und verließ das Büro.

„Intelligent und sensibel", resümierte Ruby das Gespräch, als sie mit Spike zum Aufzug ging. Sie drückte auf den Knopf und verfolgte das Näherkommen des Lifts auf der Leuchtanzeige. „Muss das sein", meckerte sie, als das Gefährt eine Etage über ihnen anhielt und etliche Sekunden tatenlos verstrichen.

Spike wippte auf den Fußballen. „Mona kann das Alibi überprüfen, aber seine Angaben werden sicherlich bestätigt."

„Denke ich auch." Ruby malträtierte den roten Knopf, auf dem der Schriftzug AB leuchtete.

„Meinst du, das geht so schneller?", amüsierte sich Spike.

„Meine ich." Sie hielt den Knopf gedrückt. Ein schleifendes Geräusch ertönte hinter den Metalltüren und zauberte einen Triumphbogen in ihre Miene.

Die Fahrstuhltüren öffneten sich. Sie betraten den engen Raum, in dem sich schon eine junge Pflegerin befand. Sie befeuchtete instinktiv ihre Lippen, als Spike in ihr Sichtfeld trat.

„Hallooo!" Spike kombinierte die Tasten Erdgeschoß und Türen schließen.

Sie bestaunte seine Heldentat und spielte mit dem geflochtenen Zopf, der über ihre Schulter quoll. Zwei Grübchen umrahmten ihren Mund wie Klammern. „Entschuldigung", piepste sie, als der Lift auf der nächsten Etage stoppte, und drängte sich zwischen Ruby und Spike hinaus. Dabei kehrte sie Ruby die Rückseite und Spike ihren üppigen Busen zu.

„Sind Sie sicher, schon aussteigen zu wollen?" Spikes Blick glitt von ihren vollen Lippen abwärts.

„Nicht wollen, aber müssen", flötete sie. „Der Dienst ruft."

„Zu schade!" Spike zwinkerte ihr zu.

„Tschüss", zwitscherte sie und stieg mit einem ausladenden Hüftschwung aus dem Gefährt.

Spike konzentrierte sich auf ihr Hinterteil, bis die Aufzugtüren sich vor seiner Nase geschlossen hatten und sie sich in Richtung Erdgeschoss bewegten.

„Wieder ansprechbar?" Ruby schnippte mit Daumen und Zeigefinger vor seinen Augen.

„Ein bisschen Spaß muss sein." Spike grinste.

„Den wirst du gleich sicherlich im Blue Lou haben." Rubys Zahnlücke blitzte für einen Moment auf. „Oder spätestens danach. Fragt sich nur, mit wem."

Kapitel 28

Montagabend

Fröhliches Gelächter kraxelte durch den Flur, als Ruby die Haustür aufschloss. Sie folgte den Stimmen in Neles Zimmer.

„Das waren fünfzehn Sekunden." Nele hob den Blick von der Stoppuhr. „Hallo Mama, Anna hat gerade ihren neuen Rekord mit dem Hula Hoop Reifen aufgestellt. Mach du doch mal!" Sie grapschte nach dem Reifen, in dem Anna stand.

Anna hupfte halbwegs elegant aus dem Ring. „Hallo, Ruby. Wage es ja nicht, mir die Show zu stehlen. Das war meine absolute Bestleistung. Das konnte ich als Kind schon nicht – von Gymnastik und Turnen ganz zu schweigen."

„Man muss ja nicht alles können", feixte Ruby. „Dafür warst du bestimmt in Deutsch eine Leuchte."

„Bitte, Mama!" Nele drückte ihr den Hula Hoop in die Hand. Ihre Oma hatte sie an ihrem letzten Geburtstag mit dem Geschenk überrascht. Es war nicht etwa ein gewöhnlicher Plastikring, wie man ihn oft in Spielzeug- oder Sportgeschäften erhalten konnte, sondern ein handgefertigter Zirkushoop. Die robuste und extradünne Reifenstärke sowie das schwerere und flexiblere Material eigneten sich hervorragend für fortgeschrittene Spieltechniken.

„Das habe ich schon so lange nicht gemacht." Ruby ließ den Reif durch die Hände gleiten. „Weiß gar nicht, ob ich das noch kann."

„Mach schon. Bitte", bettelte Nele.

„Ja, bitte", unterstütze Leonie sie. „Nele hat mir schon erzählt, wie toll du das kannst. Ich würde es so gern sehen."

„Nur keine Scheu", meldete sich auch Anna. „Ich bin auch total neugierig nach Neles Schwärmereien."

„Nun gut." Ruby legte den Reifen auf den Boden und verbeugte sich charmant vor ihrem Publikum. Dann hob sie die Arme wie eine Primaballerina in die Höhe und überraschte ihre Zuschauer mit einem Bogengang vorwärts. Dabei setzte sie die Hände auf dem Reifen ab, ergriff ihn und hielt die Hände mit dem Ring triumphierend in die Höhe.

„Wahnsinn!", jubelte Anna und klatschte gemeinsam mit den Mädchen in die Hände.

Grazil ließ Ruby den Ring von den Armen über ihren Oberkörper zu den Hüften laufen. Nur für wenige Sekunden hielt sie ihn dort, um Nele kurz zuzulächeln. Dann schien sie gänzlich mit dem Gerät zu verschmelzen. Sie wirbelte gemeinsam mit dem Zirkushoop durch den Raum, der mal um ihren Hals, mal um ihre Taille, mal um Arme oder Beine rotierte. Während ihre Muskeln sich automatisch an die vor Jahren einstudierte Kür erinnerten, schlugen ihre Gedanken Kapriolen. Schwarz' Therapeutin befürchtete, er könnte einen neuen Missbrauch planen. Paul Hofmann hatte mit seiner Bemerkung, sie hätten ihn aus den Augen verloren und Schwarz somit die Möglichkeit für eine weitere Straftat verschafft, Salz in die klaffende Wunde gestreut. Was wäre, wenn Schwarz tatsächlich vorhatte, seine Veranlagung erneut auszuleben? Oder noch schlimmer: Was wäre, wenn er den Plan bereits in die Tat umgesetzt hatte? Wenn sich bereits ein Kind in seiner Gewalt befand? Just in dem Augenblick, in dem sie den Zirkusclown spielte! Das Suchsystem Inpol erfasste alle Vermissten. Sie mussten klären, ob seit Freitag Kinder vermisst wurden.

Ruby hielt jäh in der Bewegung inne. Der Ring folgte dem Gesetz der Schwerkraft und landete unsanft auf dem Boden. „Ich muss telefonieren. Bin gleich wieder da."

„Das war so toll." Nele hüpfte auf und nieder, als Ruby das Telefonat beendet hatte und sich wieder zu ihnen gesellte.

„Echt irre!" Leonie applaudierte begeistert.

„Du solltest zum Zirkus gehen!" Anna schlug die Hände zusammen. „Alles in Ordnung?", flüsterte sie Ruby zu.

„Hoffentlich!", raunte sie.

„Ich will das auch können. Wie machst du das?" Nele haschte nach dem Reifen.

„Ich auch. Verrätst du uns die Tricks?" Leonie sah Ruby aus großen Augen an.

„Klar. Der Trick ist, früh anzufangen und permanent zu üben. Mein Vater hat die Ringe für mich über den Boden gerollt, als ich gerade krabbeln konnte. Ich habe versucht, wie die Zirkushunde hindurchzuspringen, was mir meistens missglückte."

Anna lauschte ihrer Freundin. Intelligenz, Ehrgeiz und Fleiß, doch vor allem Kummer und Einsamkeit hatten Ruby aus der Welt, in die sie hineingeboren worden war, vertrieben. Obwohl sie schon früh zur Kriminalhauptkommissarin ernannt worden war, umgab sie immer noch ein spezieller Zauber – ein Hauch von Zirkusromantik und Abenteuerlust. Sie ähnelte einem heimatlosen Hund, der wahllos durch regennasse Straßen trottete auf der Suche nach einem trockenen und warmen Schlafplatz.

„Wahrscheinlich konnte ich eher einen Ring um meinen Babyspeck schwingen als laufen. Wir können nach dem Abendessen ein wenig trainieren", bot Ruby an.

„Oh ja!" Nele strahlte.

„Super!", freute sich Leonie.

„Ich habe total die Zeit vergessen." Anna stürmte vor Ruby in die Küche. „Im Kühlschrank ist noch jede Menge Gemüse."

„Mach dir darüber keinen Kopf." Ruby stützte den Rücken gegen den Türrahmen. „Den solltest du vielmehr dafür einsetzen, um über deine Verabredung nachzudenken. Willst du diesen Idioten wirklich treffen?"

„Gezwungenermaßen. Wir leben jetzt seit über einem Jahr getrennt. Bevor er die Scheidungspapiere unterzeichnet, will er ein letztes klärendes Gespräch mit mir führen." Sie angelte ihre Handtasche vom Küchentisch und prüfte flüchtig den Inhalt.

„Aha." Ruby bummelte zum Kühlschrank und öffnete die Tür. „Und das geht natürlich nicht im Anwaltsbüro, sondern nur bei einem romantischen Candle-Light-Dinner."

„Ich lass mich nicht rumkriegen." Die Schlüssel in Annas Hand klirrten leise. „Bestimmt!", versicherte sie mehr sich selbst als ihrer Freundin.

Ruby pfriemelte einige Zucchini, Auberginen, Paprika und Tomaten aus dem Gemüsefach. Der Kühlschrank piepste erbost. Sie versetzte der Tür einen Stoß mit dem Ellenbogen. Der Piepston brach ab.

„Ganz, ganz, ganz bestimmt!", versprach Anna dem Gemüse, das sich in Rubys Arme kuschelte.

„Na dann." Ruby zog eine Augenbraue hoch und fixierte ihre perfekt geschminkte und frisierte Freundin. „Guten Appetit!"

Kapitel 29

Montagabend

„Hallo, Louiza, ein Corona bitte.“ Spike rupfte den Barhocker hervor und pflanzte sich an den Tresen. „Und einen Hamburger.“

„Du frisst mir noch die Haare vom Kopf.“ Auf Louizas Wangen bildeten sich zwei tiefe Grübchen. Sie kontrollierte das soeben polierte Weinglas im Schein der Lampe, die hinter der Theke von der Decke baumelte. Skeptisch runzelte sie die Stirn; die dichten, sorgsam gezupften Brauen verbogen sich. Sie entschied sich für eine zweite Politur und stellte das Glas nach einer weiteren Prüfung in dem Regal hinter sich ab. „Da hast du meine Notlage wirklich hemmungslos ausgenutzt.“

„Hemmungslos warst wohl nur du.“ Spike griente wie eine Mondsichel.

Louiza pfefferte ihm das Geschirrhandtuch ins Gesicht. „Sei nicht so frech. Sonst kriegst du Hausverbot.“

„Das würdest du nie übers Herz bringen.“ Er beäugte ihren runden Po, der in einer Lederjeans steckte, während sie sich herunterbeugte und das Bier aus dem Kühlschrank holte.

Sie öffnete den Kronkorken, zwirbelte eine Limettenspalte in die Flaschenöffnung und schob ihm die Flasche über die Theke zu. Danach tippte sie seine Bestellung auf dem Kassendisplay ein.

„Was ist eigentlich dein Problem mit den Frauen?“, fragte sie beiläufig, während sie etwas Sprudelwasser trank.

Spikes Augenbrauen huschten in die Höhe. „Ich habe keine Probleme mit Frauen. Im Gegenteil. Ich mag sie. Sehr sogar."

„Das ist mir klar." Louizas rechter Mundwinkel reiste nach oben. Sie suchte seinen Blick. „Nicht im Bett, Casanova! Im Leben!!!"

„Im Leben?" Spike kniff die Lider zusammen. „Ich habe keine Ahnung, wovon du sprichst." Er heftete sein Augenmerk auf das Flaschenetikett.

„Lass stecken, Cowboy. Ist okay, wenn du nicht darüber sprechen willst." Sie trocknete ein weiteres Rotweinglas ab. „Du glaubst gar nicht, wie viele Typen mir hier ihr Herz ausschütten. Ich könnte glatt ein Diplom in Psychologie ablegen. Ich spüre, wo der Hund begraben liegt."

Spike genehmigte sich einen weiteren Schluck.

„Zumindest hast du eine enorme Bindungsangst." Louiza füllte ein Schälchen mit Nüssen. „Ansonsten wärst du schon längst unter der Haube." Sie grinste ihn breit an. „Wenn es nach mir ginge – unter meiner! So werde ich mich wohl damit begnügen müssen, dich abzufüttern und ab und zu in den Genuss deines Luxuskörpers zu kommen." Sie platzierte die Erdnüsse neben der Flasche.

„Na also – geht doch!" Spike stopfte sich eine Handvoll Nüsse in den Mund.

„Macho!" Sie wickelte eine schwarze Locke um den Finger und schaute ihn herausfordernd an.

„Ich meinte – danke." Er zwinkerte ihr zu.

„Na also – geht doch!", repetierte Louiza und warf ihm einem Luftkuss zu.

Ein Schellen ertönte. Sie schritt zu der Küchendurchreiche, nahm Spikes Bestellung samt Besteck und Serviette entgegen, stellte den Teller vor ihm auf die Theke und legte Messer und Gabel auf der Serviette ab. Der Duft von

Rindfleisch und Speck vernebelte das Gespräch, und Brian Adams, der aus dem Lautsprecher kroch, verschaffte sich Gehör. „Guten Appetit!" Louiza offerierte Ketchup und Mayonnaise für die Pommes Frites, die samt dem Hamburger auf dem Teller arrangiert waren.

„Sogar eine extra Portion Speck!", schwärmte Spike.

„Klar!", flötete Louiza. „L'amore passa attraverso lo stomaco. Das hat meine Mama immer gesagt."

„Und was heißt das?" Spike quetschte die Brötchenhälften zusammen und biss herzhaft hinein.

„In Palermo scheint immer die Sonne", veräppelte sie ihn.

„Das glaube ich sofort." Spike tunkte eine Pommes in den Ketchup.

Louiza schmiss den Kopf in den Nacken und lachte schallend.

„Was ist so lustig?", murmelte Spike mit vollem Mund.

„Das Leben!" Louizas Augen funkelten wie schwarzer Achat. Sie lachte abermals. Plötzlich erlosch ihr Gelächter wie ein Feuer unter Löschschaum. „Mama mia, da hat sich aber jemand aufgebrezelt!"

Spike wandte den Kopf und folgte Louizas Blick zur Tür.

Mona schwankte auf Stilettoabsätzen auf sie zu. Offensichtlich hatte sie nach der Arbeit das Outfit gewechselt. Anstelle der üblichen flachen Sneakers trug sie rote High Heels, ein enger Rock ersetzte die bequemen Jeans und ein figurbetontes Top die lässigen Shirts. Ihr hellblondes Haar, das sonst mit einem Gummi verknüddelt am Hinterkopf hauste, fiel ihr lang und glänzend über den Rücken. Die Hornbrille hatte sich in Luft aufgelöst. Sie formte die passend zu den Schuhen lackierten Lippen zu einem aufreizenden Lächeln und plinkerte Spike mit den getuschten Wimpern zu, als sie seine Reaktion auf die geplante Überraschung registrierte.

Er starrte sie an, während eine Pommes in seiner Hand baumelte und Mayonnaise auf seine Hose tropfte.

„Hi, Spike“, säuselte sie, schnappte sich die Serviette vom Tresen und machte sich an seinem Hosenbein zu schaffen. „Du solltest den Fleck vor dem Waschen in Seifenwasser einweichen.“

Louiza stemmte die Hände in die Hüften und würgte eine bissige Bemerkung runter.

„Hallo, Mona.“ Er stierte sie unverwandt an.

Sie legte das mit Fett verschmierte Papiertuch auf die Theke. „Ich hätte gern einen Gin Tonic“, bat sie Louiza.

Louiza angelte ein Glas sowie die Flaschen vom Regal und beobachtete ihre Gäste aus den Augenwinkeln.

„Du wirkst so überrascht. Wir waren doch hier verabredet.“ Mona strich eine lange Strähne hinter das Ohr. „Erinnerst du dich nicht mehr?“

„Klar! Aber ist es schon so spät?“ Spike checkte seine Armbanduhr. „Tatsächlich.“ Er stopfte den Rest des Burgers in den Mund und wischte sich mit einem sauberen Zipfel der Serviette übers Kinn. „Und? Gibt es was Neues?“

„Natürlich! Was hast du denn gedacht?“ Mona stellte eine gekränkte Miene zur Schau.

„Genau das!“ Er spähte auf Monas Ohrläppchen, an dem ein kleiner Stecker glitzerte.

Louiza stellte das Getränk wortlos vor Mona ab. „Noch ein Bier, Spike?“

„Gern.“ Er lächelte zum Dank und beaufsichtigte, wie Louiza seine Bestellung zubereitete.

Mittlerweile hatte sich der Pub zusehends gefüllt. Einige Tische waren besetzt, und Louizas Angestellte tippte eifrig die Bestellungen ein. Eine studentische Aushilfskraft jonglierte ein mit Gläsern und Flaschen gefülltes Tablett durch die Gäste. Auch an der Theke hatten sich einige von

Louizas Fans eingefunden, die Getränke orderten und mit ihr flachsten.

„Hier wird's ein bisschen zu voll." Spike schaute sich in dem Lokal um. „Lass uns dort rübergehen." Er deutete mit dem Kopf auf einen freien Tisch in einer Ecke, schnappte sich die Flasche, legte Mona die Hand in den Rücken und dirigierte sie zu den Sitzplätzen. „Dann schieß mal los", forderte er, sobald sie Platz genommen hatten.

„Also", Mona nippte an dem Gin Tonic, bevor sie fortfuhr, „die Schwester, Veronika Schwarz, hat 2016 in den USA geheiratet, und zwar ihre langjährige Freundin Kathreen Cooper. Sie hat auch deren Nachnamen angenommen und ihren Vornamen zu Vera gekürzt. Sie arbeitet in einem Krankenhaus in Los Angeles als Schönheitschirurgin."

Spike führte die Flasche an die Lippen. „Sauber!" Er nickte anerkennend. „Und dort steckt sie also derzeit?"

„Nein." Mona machte eine Pause und genoss ihren Auftritt. Spikes Blick haftete auf ihren rot geschminkten Lippen. „Sie macht mit Kathreen Ferien in Europa."

„Und wo?" Spike befeuchtete seine Lippen.

Mona lächelte ihn an.

„Spuck's schon aus."

Mona beugte sich zu ihm vor. „Sie sind letzte Woche Mittwoch in den Flieger gestiegen und in Paris gelandet. Dort haben sie drei Tage im Marriott Hotel auf den Champs Elysées verbracht. Anschließend sind sie wahrscheinlich weiter nach Deutschland gereist."

„Sicher?" Spikes Rücken straffte sich.

„Leider nicht. Sie haben diese Absicht lediglich dem Hotelportier gegenüber geäußert." Mona ließ den Gin durch ihre Kehle laufen. „Ihr Rückflug in die USA geht zumindest in zehn Tagen ab Frankfurt. Während dieser Zeit können sie sich rein theoretisch überall in Europa herumtreiben und sind nur schwer ausfindig zu machen. Als US-Bürger können sie sich neunzig Tage ohne Visum in Europa aufhalten."

Spike knibbelte einige Sekunden gedankenverloren an dem Flaschenetikett. „Gibt es Aufschlüsse über Schwarz' Telefonverbindungen?", fragte er dann. „Hatte er mit seiner Schwester Kontakt?"

Mona schüttelte den Kopf. Ihre hellblonden Strähnchen reflektierten das Licht der Lampen. Sie öffnete die Lippen und näherte sich Spike. Jemand hatte die Musik lauter gedreht. I want you. We can bring it on the floor, mischte sich Milky Chance in ihr Gespräch.

„Die Aufstellung der Verbindungen habe ich leider noch nicht erhalten."

„Das dauert mal wieder." Spike lehnte sich zu ihr über den Tisch. Sein Blick wanderte von ihren Augen über ihren Mund und verweilte auf ihrem Oberteil. „Und was machen wir bis dahin?" Er biss sich mit den Zähnen auf die Unterlippe, als sein Handy sich meldete. Die Musik übertönte den Klingelton, doch das Vibrieren an seinem Oberschenkel war offenkundig. Er presste das Telefon an sein Ohr. „Peick."

Mona klebte an seinen Lippen, die sich urplötzlich zusammenkniffen.

„Einen Moment, bitte. Ich kann Sie kaum verstehen." Er stürmte mit dem Handy am Ohr aus dem Blue Lou.

Als er nach zwanzig Minuten immer noch nicht zurückgekehrt war, zahlte Mona an der Theke und stöckelte aus der Kneipe.

Kapitel 30

Montagnacht

Spike schloss die Haustür auf, knipste das Licht im Flur an und stiefelte durch den schmalen Gang in die Küche. Er zwängte die Arme aus der Jacke, packte sie am Kragen und schleuderte sie achtlos über einen der beiden Stühle, die einen kleinen Tisch belebten. Auf der Tischplatte gammelten immer noch die Reliquien eines schnellen Frühstücks: eine Müslischale, an deren Innenseite eingetrocknete Haferflocken, Schokoraspeln und Rosinen klebten, samt Löffel und eine Tasse mit einer Pfütze löslichen Kaffees.

Er machte sich nicht die Mühe, das Licht anzustellen, sondern widmete sich gleich seinem Kühlschrank, der dank Großeinkauf am Wochenende gefüllt war. Die Tür gab ein schmatzendes Geräusch von sich, als er sie öffnete. Auf den oberen Glaseinlagen tummelten sich einige Joghurts und Tüten mit H-Milch. Auf der unteren Einlage türmten sich Bierdosen. In der Tür hatten Sektflaschen ein Zuhause gefunden.

Spike entschied sich für eine Dose Heineken und öffnete sie. Ein Plopp durchbrach die Stille. Das Bier rann durch seine trockene Kehle, während er aus dem Fenster starrte. Die grauen Finger des Mondlichts glitten durch die Wolken. Er beobachtete, wie sich ein Paar im Licht der Straßenlaterne küsste.

„Kitschig", murmelte er, lotste das Handy aus der Tasche und rief die erste der neuen Nachrichten auf.

„Alles okay, Cowboy?", fragte Louiza.

Spike glotzte an die Zimmerdecke. „Nichts ist okay", flüsterte er der Lampe, die in einer Fassung von der Decke baumelte und tief schlief, zu. Sein Vater, obwohl er erst Ende sechzig war, wurde bereits seit fünf Jahren in einem Pflege- und Seniorenheim betreut. Nun hatte er einen Schlaganfall erlitten. Es war zwar nur ein leichter gewesen, aber immerhin. Sein Bruder, der als Geologe zurzeit in den Arabischen Emiraten für eine Erdölgesellschaft unterwegs war, zeigte sich, wie üblich, unerreichbar.

„Habe zwanzig Minuten auf dich gewartet. Bis morgen", lautete Monas Nachricht.

Spike quittierte sie mit einem Achselzucken und massierte seine Seele mit einem weiteren Bier. Dann schlenderte er ins Schlafzimmer, schaltete die Nachttischlampe an, rupfte die Schachteln mit den alten Fotos aus der obersten Ablage des Wäscheschranks und schmiss sich mit dieser auf das Bett. Der Deckel klemmte. Er rüttelte einige Male an ihm. Schließlich gab die Abdeckung nach und landete auf dem Plumeau. Er angelte eine Aufnahme aus dem Karton, balancierte sie vorsichtig zwischen Daumen und Zeigefinger und beneidete den Jungen und das Mädchen, die in die Kamera lachten. Das Mädchen in Jeans und T-Shirt, die langen brünetten Haare zu einem hohen Pferdeschwanz gebunden, saß auf einer Schaukel. Der Junge hielt sie von hinten umschlungen.

Jenny war seine erste Liebe gewesen. Zuvor war er natürlich schon mit etlichen Mädchen gegangen und hatte noch mehr von ihnen geküsst, jedoch hatte er sich nie nach einer von ihnen gesehnt oder sie vermisst, wenn sie nicht da waren. Jenny und er waren zusammengekommen, als sie sechzehn waren. Im Gegensatz zu vielen ersten Lieben, die nach einiger Zeit auseinandergehen, waren sie nach dem Abi, als seine Mutter an Krebs gestorben war, umso mehr zusammengewachsen. Unmittelbar nach ihrem neunzehnten Geburtstag war bei Jenny akute Leukämie diagnostiziert worden. Kurz vor ihrem zwanzigsten Geburtstag war sie tot.

Spike bettete das Bild wieder in die Box, fixierte die Abdeckung und beförderte die Schatztruhe an ihren angestammten Platz im Kleiderschrank. Im Bad putzte er die Zähne und erfrischte sein Gesicht mit einer Fuhre kalten Wassers. Abschließend rubbelte er das Gesicht trocken.

„Bindungsangst!“, äffte er Louiza nach.

„So ein Schwachsinn“, schimpfte sein Spiegelbild.

Er löschte die Badezimmerlampe, kramte den Karton im Schlafzimmer abermals hervor, kämpfte mit dem Deckel und platzierte sein Lieblingsfoto am Fuß der Nachttischlampe. Er knüllte das Kopfkissen zurecht, fasste den oberen Rand der Bettdecke und brachte sie mit geübten Tritten in die richtige Position. Dann öffnete er die letzte SMS seiner Kollegin.

„Was sagt dein Gefühl?“, hatte Ruby vor einigen Stunden getextet.

Spike betrachtete das Foto und wiederholte: „Was sagt dein Gefühl?“

Nach Jennys Tod hatte er sein verletztes Inneres nach außen gekehrt und auf dem Krankenhausflur randaliert, bis er von einigen Pflegern und Schwestern überwältigt worden war und von einem Arzt ein Beruhigungsmittel injiziert bekommen hatte.

„Was hätte ich gemacht, wenn dir jemand etwas angetan hätte?“, flüsterte er zu dem Mädchen auf dem Bild. „Ich hätte meinen niederen Instinkten freien Lauf gelassen“, gestand er.

„Rache“, tippte er, leicht angetrunken, in die Tastatur.

Kapitel 31

Dienstagfrüh

„Wie geht es unserem Patienten heute?", trällerte sie fast fröhlich. Der Gestank von Kot schwappte in ihre Nase und spülte die Heiterkeit hinweg.

Er röchelte. Seine Augen huschten hin und her und versuchten in der Richtung stehen zu bleiben, aus der die Stimme an ihn herangetreten war.

Sie zog die Lider auseinander und inspizierte das Resultat des YAG-Lasers. „Fantastisch", murmelte sie mehr zu sich selbst. „Wie ich sehe, scheint das Experiment geglückt zu sein. Wunderbar. Wir müssen also auf keine andere Alternative zurückgreifen. Stattdessen", säuselte sie, „kann der Patient eine kleine Überraschung genießen." Sie hielt die Luft an und schlich auf Zehenspitzen auf die andere Seite des Seziertisches. Seine toten Augen folgten ihr nicht.

„Können Sie sich noch an die Stimmen erinnern? Ich meine die Mädchenstimmen? Die Fröhlichkeit, die in ihnen schwang? Die Unbeschwertheit? Die Zutraulichkeit? Die Zuversicht? Die Unschuld?"

Er regte sich nicht.

„Haben Sie meine Fragen verstanden?" Sie wippte auf den Zehenspitzen und hielt die Fingerspitzen aneinandergepresst in Höhe ihrer Brust, die wie üblich in einem OP-Kittel steckte.

Auf seiner Stirn bildeten sich kleine glitzernde Perlen.

„Gut." Sie nickte. „Machen wir es einfacher. Das waren natürlich viel zu viele Fragen auf einmal. Wie sollten Sie diese auch alle gleichzeitig beantworten?"

Der Geruch seines Schweißes breitete sich aus und vermanschte sich mit dem der Fäkalien.

„Die Kollegen haben Ihnen einen überdurchschnittlich hohen Intelligenzquotienten attestiert. Sie wissen also, worauf ich es heute abgesehen habe." Sie tippelte auf Zehenspitzen um den Seziertisch und fixierte ihn wie ein Geier ein Stück Aas. „Aber lassen Sie uns zuerst zu Ihrer Befindlichkeit kommen. Haben Sie Schmerzen?"

Er hob den Zeigefinger.

„Das muss nicht sein", bestätigte sie einfühlsam. „Verspüren Sie Schmerzen im Rachen?"

Sein Zeigefinger hob sich.

„Ein Stechen oder Brennen in den Augen?"

Der Finger bewegte sich.

„Fast hätte ich es vergessen." Sie schlug die Decke zurück. Der Gestank seiner Ausscheidungen intensivierte sich. Das Ergebnis der Kastration wurde von der Windel verborgen. Bei der gestrigen Reinigung hatte sie die Wunde examiniert. Sie heilte gut. „Im Schambereich?", fragte sie dennoch.

Der Zeigefinger meldete sich zum vierten Mal.

„Auch wenn ich das Gefühl habe, Sie seien extrem empfindlich, werde ich die Dosis des Schmerzmittels erhöhen. Außerdem werde ich Ihre Augen mit antibiotischen Tropfen versorgen, um die Entzündung zu behandeln. Sind Sie damit einverstanden?" Sie observierte seine Hand, an der der Finger sich abermals rührte.

„Gut." Sie nickte. „Sicherlich können Sie sich vorstellen, welcher Eingriff Ihnen als Nächstes bevorsteht."

Er presste den Kopf gegen den Lederriemen in dem vergeblichen Versuch, diesen zu heben. Seine Finger verkrallten sich. Die Knie zuckten und sein Hintern schaffte es tatsächlich durch die Anspannung des Körpers, sich einige Millimeter von dem Seziertisch zu erheben.

„Genau", erwiderte sie ruhig. „Ich werde Sie Ihres Gehörs berauben, damit die hellen Kinderstimmen Sie nicht mehr in Versuchung führen können. Sie werden somit mit Ihren düsteren Fantasien in Ihrem Körper eingeschlossen und vollkommen von der Umwelt isoliert sein."

Seine blinden Augen rotierten hektisch in den Höhlen.

„Das Resultat ist der Entzug sensorischer Reize, also Sinneseindrücke, was auch als sensorische Deprivation bezeichnet wird", spezifizierte sie mit fachmännischer Kühle. „Aber Ihnen bleiben noch Ihre Nase, Haut, Füße und Hände. Von daher würde ich es noch nicht als Folter bezeichnen." Sie unterbrach ihre Erläuterung und begutachtete ihren Gast. „Oder doch?", sinnierte sie.

Sie schritt einige Male an dem Seziertisch auf und ab. Dann glättete sie das Tuch über ihm und drückte seinen Arm, als wolle sie ihm Trost spenden. „Wenn wir alles hinter uns gebracht haben und Sie vollständig von Außenreizen abgeschirmt sind, werden sich bald Halluzinationen und ein verändertes Bewusstsein einstellen. Diese werden Sie uns leider nur schwerlich mitteilen können. Ich hoffe, dass sie Ihnen zum Wohle gereichen und Sie eine erlösende Reise antreten werden."

Sie löste den Schlauch, durch den eine Elektrolytlösung in seinen Körper tröpfelte, aus der Braunüle auf seinem Handrücken und injizierte ihm ein Schmerzmittel durch den venösen Zugang. Anschließend schloss sie den Tropf wieder an. „Nun müssten die Schmerzen bald nachlassen." Sie tätschelte seinen Arm erneut. „Außerdem bekommen Sie in Kürze die versprochene Überraschung." In ihren Augenwinkeln über dem Mundschutz zeigten sich pergamentzarte Fältchen.

Sein Gesicht verzog sich zu einer Maske des Grauens.

Ihre behandschuhte Hand berührte seine Wange. „Beruhigen Sie sich. Sie brauchen keine Angst zu haben. Es ist eine schöne Überraschung. Ich war bisher immer ehrlich zu Ihnen und habe Ihnen stets die Eingriffe zuvor erklärt. So werden wir auch weiterhin verfahren."

Seine Visage entspannte sich ein wenig. Die Unterlippe bebte.

„Lassen die Schmerzen nach?" Sie musterte ihren Patienten.

Sein Finger bejahte ihre Frage.

„Und gleich können Sie sich den ganzen Tag entspannen und auf eine wundervolle Reise gehen. Ich möchte Sie nochmals viele schöne Phänomene dieser Welt hören lassen, zum Beispiel das Rauschen der Wellen, das vom Schnattern der Delfine unterlegt wird, und die Regentropfen, die ihre eigene Musik auf die raschelnden Blätter der Tropen legen. Deshalb habe ich eine dementsprechende Entspannungsmusik für Sie zusammengestellt."

Sie beobachtete, wie seine Atmung flacher und ruhiger wurde. Seine Lippe hörte auf zu beben. Nur seine Augen huschten immer noch haltlos hin und her.

„Außerdem werde ich Sie mitnehmen auf eine spirituelle Reise, auf der Sie den afrikanischen Schamanentrommeln folgen werden. Waren Sie schon einmal in Afrika?", prüfte sie, ob er ihr zuhörte.

Zeige- und Mittelfinger hoben sich von der Tischplatte.

„Das macht nichts." Sie tätschelte seine Schulter. „Trotzdem wird diese Musik Bilder in Ihnen hervorrufen, die Sie mit diesem Kontinent assoziieren. Sie werden die Elefanten durch die Savanne ziehen sehen und erleben, wie sich der strahlend blaue Himmel in leuchtendes Orange verfärbt, bevor die Sonne untergeht. Ihre Vorstellungskraft wird sogar Wolken in den unterschiedlichsten Farbnuancen vorbeiziehen lassen." Sie ließ die Worte in den Mann einsickern. „Ich möchte, dass Ihnen vollkommen bewusst wird, worauf Sie in Ihrem weiteren Leben verzichten müssen."

Die Uhr an der Wand tickte zustimmend. Der kleine Zeiger berührte fast die Sieben. Der durchdringende Angstschweiß versuchte sich unter dem Geruchsdeckmantel von Kot und Desinfektionsmittel zu verbergen.

Sie rümpfte die Nase unter dem Schutz und trat ans Waschbecken, wo sie eine Waschschüssel mit Wasser füllte. Da sie Latexhandschuhe trug, kontrollierte sie die Wassertemperatur mit einem Thermometer und stellte die Schüssel schließlich auf einem Rollwagen neben seinem provisorischen Krankenbett ab. Sie wusch ihn mit einem Einwegwaschlappen Stück für Stück, von Kopf bis Fuß und trocknete ihn gründlich ab. Nun musste nur noch die Windel gewechselt werden.

„Mögen Sie klassische Musik?", fragte sie ihn, während der Inhalt seiner Windelhose in ihrer Nase stach.

Er bejahte per Fingerzeichen.

„Das trifft sich gut. Ich habe nämlich auch noch einige klassische Stücke für Sie vorbereitet: Mozart als Einstieg und dann wird es zunehmend etwas anspruchsvoller." Sie fuhr den Rollwagen neben das Waschbecken und entleerte die Schüssel.

„Fast fertig!" Sie umkreiste ihn wie die Schlange, die sich um den Äskulapstab windet, und flüsterte: „Und nun kommt unser Propofol." Sie injizierte ihm das Kurzzeitnarkosemittel durch die Braunüle. "Wenn Sie wieder aufwachen, genießen Sie jeden Ton, jede Sekunde – bevor die Stille kommt!"

Das Mittel gelangte in seinen Blutstrom und versetzte ihn bereits nach dreißig Sekunden in einen tiefen Schlaf. Ihr Ekel wurde nur stellenweise von dem Mundschutz verborgen, als sie die Riemen löste, ihm die Windelhose öffnete und ihn von seinen Ausscheidungen befreite. Sie verarztete seine Wunde sowie die Gewebeschäden, die sich durch den anhaltenden Druck auf einigen Hautstellen am Rücken und am Gesäß abzeichneten. Abschließend streifte sie ihm eine frische Windel über und fixierte ihn mit den Bändern an dem Seziertisch. Sie verstaute die beanspruchte Hose in einem Windelbeutel, verließ damit leise den Raum, schloss die Tür hinter sich und stellte die Musik an. Der iPod würde ihn, verbunden mit den Lautsprechern in dem Operationssaal, den ganzen Tag unterhalten, sodass sie Zeit hatte, den Ablauf der nächsten Tage nochmals in Ruhe vorzubereiten.

Kapitel 32

Dienstagmorgen

„Du siehst ja völlig ramponiert aus. War wohl eine lange Nacht?“ Ruby pfiff anerkennend durch die Zahnlücke, als Spike mit einer Stunde Verspätung zum Dienst erschien. Sie warf einen Seitenblick auf Mona, die gewohnheitsgemäß ungeschminkt und mit Knüddeldutt, aber unüblicherweise mit Ringen unter den Augen auf dem Drehstuhl saß und Spike kühl taxierte.

„Mein Vater hatte gestern Abend einen Schlaganfall.“

Ruby ersparte sich einen Kommentar. Stattdessen klopfte sie ihm kameradschaftlich auf die Schulter.

„Oh weh! Das tut mir leid.“

Mona schob die Brille mit dem Zeigefinger hoch. Ihre Strenge verebbte und schlug in Form besorgter Wellen an den Strand zurück. „Ich schaue mal nach der Adresse der Beckers“, sagte sie an Ruby gewandt und verließ das Zimmer.

„Irgendwelche Neuigkeiten?“, fragte Spike.

„Jede Menge“, schnaufte Ruby. „Der Raum bei der Morgenbesprechung quoll fast über vor Teilnehmern. Tanja Winter war offensichtlich enttäuscht, dich nicht selbst anzutreffen.“

Spike zeigte keinerlei Gemütsbewegung bei der Erwähnung einer seiner zahlreichen Liebschaften. Die Polizeipsychologin hatte ihn mit ihrem klaren Verstand, dem hübschen Gesicht und dem durchtrainierten Körper mehrmals um den Finger gewickelt. Schnell wurde Spike jedoch die Umgarnung zu eng, und er nutzte die aufgebaute Spannung, um sich wie ein Stein von einer gespannten Steinschleuder von ihr zu entfernen.

„Gibt's noch Kaffee?" Spike pickte sich eine Tasse vom Tablett und schüttelte die Thermoskanne in der Hoffnung auf einen letzten Tropfen. Er öffnete die Kanne, füllte seine Tasse und nippte an der abgestandenen Brühe. „Und? Was meint sie?"

„Ihrer Meinung nach sind die Seiten, die Schwarz aufgesucht hat – Kinderunterwäsche, Ferien mit Kindern und Ähnliches – normalerweise harmlos, können allerdings die krankhafte Fantasie eines Pädophilen inspirieren." Ruby postierte sich hinter ihrem Schreibtisch und flippte durch ihre Notizen.

„Inspirieren!" Spike schnaubte verächtlich. „Das heißt, Schwarz ist immer noch krank. Was ist mit seinen E-Mail-Kontakten und den Telefonverbindungen?"

„Jan Grünberg und sein Team haben sich dahintergeklemmt. Die Kontakte konnten alle zugeordnet werden – sind ja auch nicht gerade viele: Fassbinder, Doktor Sommer, Arbeitsamt, Bank und Ähnliches. Nichts Besonderes. Mit seiner Schwester hatte er keinen E-Mail-Kontakt und ebenfalls keinen telefonischen, wie die Aufstellung der Telefonverbindungen eindeutig belegt."

„Kümmert Grünberg sich um den Verbleib der Schwester?" Spike starrte auf den Boden der leeren Kaffeetasse.

„Klar. Er hat sogar zugestimmt, seinen besten Computer-Freak, Tom Fröhlich, an ihre Fersen zu klemmen." Ruby strich sich eine Haarsträhne hinters Ohr. „Sie stellen Europa auf den Kopf. Diese verflixten Reisebestimmungen." Sie piekste mit einem Bleistift mehrmals auf das Blatt ein. „Aber er tut, was er kann. Kreditkartenabrechnungen, Hotelregistrierungen, halt das Übliche. Kann natürlich dauern. Wahrscheinlich hat sie eh nichts mit dem Verschwinden ihres Bruders zu tun und hält sich nur zufällig in Europa auf. Immerhin hatten sie bereits Jahre vor dem Mord an Emma den Kontakt abgebrochen. Das hat Schwarz damals zu Protokoll gegeben. Während seiner Zeit im Gefängnis bestand ebenfalls keine Verbindung – weder schriftlich noch persönlich. Das haben die Kollegen auch überprüft."

„Mmh", Spike schlug die Beine übereinander, „würde mich mal interessieren, was der Grund hierfür ist."

Ruby schaute ihn nachdenklich an. „Stimmt. Bekanntlich hat unser Verhalten eine Ursache." Sie angelte sich ein Post-it. „Gestern Abend habe ich noch eine Inpol-Prüfung veranlasst. Es wird glücklicherweise seit Freitag kein neues Kind vermisst. Aber deine nächtliche SMS hat mich auf eine Idee gebracht. Familie Becker. Mal sehen, ob Mona schnell fündig wird. Wäre ja zu schön, wenn mal etwas auf Anhieb klappen würde."

„Becker?" Spike reckte sich. „Die Familie der vermissten Lisa? Der Vater, der während der Verhandlung ausgerastet ist? Du willst da hin?"

Ruby nickte.

„Oh Mann." Spike malträtierte seine Augenpartie mit der Hand.

„Um die Überprüfung der gestrigen Angaben von Doktor Hofmann kümmert sich übrigens Sabine Krüger." Ruby spitzte die Lippen.

„Sabine? Dann wird es ewig dauern. Hat sich niemand anderes gefunden?", stöhnte Spike.

„Leider nicht." Ruby zuckte mit den Achseln. „Es ist auch noch ein anderer Fall reingekommen."

Mona kam schnellen Schrittes zurück und klebte eine Haftnotiz vor Ruby auf den Tisch.

„Das ging ja flott. Danke!" Ruby las die Adresse.

„War ja auch leicht. Sie sind nicht umgezogen. Ich habe bereits angerufen. Frau Becker ist zu Hause und erwartet euch. Und", auf ihrem Gesicht zeigte sich ein triumphierendes Strahlen, „draußen im Korridor sitzt ein Ehepaar, das am Freitag eine interessante Beobachtung gemacht hat."

Rubys Brauen hüpften in die Höhe. „Echt? Schicke sie bitte sofort rein."

Spike rückte in eine aufrechte Position. Eine Minute später klopfte Mona an der Tür und ließ ein älteres Ehepaar eintreten. Ruby stand auf und hechtete dem Duo entgegen.

Die rundliche Frau hatte das lange graue Haar am Hinterkopf eingeschlagen. An ihren Ohrläppchen funkelten Diamanten. Ihre blauen Augen sprühten vor Temperament, als sie Ruby die Hand drückte und sich vorstellte. „Guten Tag, mein Name ist Annabell Fürst, und dies ist mein Mann Heinrich."

Ruby erwiderte den Händedruck. „Guten Tag, Frau Fürst, guten Tag, Herr Fürst, vielen Dank für Ihr Kommen."

„Guten Tag, Frau Hiller." Herr Fürst lüpfte ein Barrett, das eine Halbglatze freigab, die exakt der Größe der Kopfbedeckung entsprach.

Spike stand auf, reichte den beiden ebenfalls die Hand und stellte sich vor. Dann dirigierte er den Stuhl, den er soeben noch in Beschlag genommen hatte, zu der Besucherin. „Bitte nehmen Sie doch Platz." Er schenkte ihr ein einnehmendes Lächeln.

„Gern, junger Mann." Frau Fürst strahlte. Ihre Augen blitzten unternehmungslustig.

„Bitte." Spike signalisierte ihrem Mann mit einer galanten Handbewegung, neben seiner Frau Platz zu nehmen.

Bevor Ruby sich auf der gegenüberliegenden Seite des Schreibtischs eingerichtet hatte, platzten die Worte schon aus der Besucherin hervor.

„Entschuldigen Sie bitte, dass wir erst jetzt kommen, aber wir haben die gestrige Tageszeitung erst am Abend gelesen. Rentner haben ja bekanntlich nie Zeit.“ Sie kicherte.

Spike zog sich einen Hocker heran. „Wir wissen es zu schätzen, dass Sie sich überhaupt die Mühe gemacht haben, zu kommen.“

„Das ist doch keine Mühe.“ Frau Fürst wedelte bescheiden mit ihrer pummeligen Hand ab.

„Was haben Sie denn beobachtet?“ Ruby studierte die lebhafte Frau. Trotz ihres Alters sprudelte sie vor Lebensfreude, Unternehmenslust und Tatendrang. Ihre intelligenten Augen saugten Ruby, Spike und das Büro auf. Ihr Mann bildete den ruhigen Gegenpol. Durch seine Nickelbrille zoomte er die Szenerie zwar aufmerksam, aber mit Zurückhaltung heran.

„Also.“ Frau Fürst blinzelte von Ruby zu Spike, dann zu ihrem Mann. Mit einem Nicken erteilte er ihr das Wort, bettete seine Hände in den Schoß und hörte seiner Frau aufmerksam zu.

„Normalerweise gehen wir immer samstags im Nordwald spazieren. Schließlich muss man sich auch im Alter fit halten“, schmückte sie ihre Erklärung aus. „Aber weil wir am Samstag zu der Geburtstagfeier meiner besten Freundin Else eingeladen waren, haben wir den Waldspaziergang auf den Freitag verschoben. Es war ja auch herrliches Wetter.“ Sie wibbelte auf dem Stuhl hin und her.

Spike erwürgte ein aufkommendes Grinsen.

„Wir sind von unserem Haus zu Fuß zum Nordwald gegangen – strammen Schrittes! Das sind nur zwei Kilometer und jeder Meter tut uns gut.“ Sie gestikulierte ausladend, während sie sprach.

Ruby hatte die Finger ineinander verschränkt und auf der Tischplatte platziert. Sie beugte sich vor und verinnerlichte die Aussage der Zeugin.

„Um den Wald zu betreten, muss man den Parkplatz passieren. Deshalb kamen wir folglich dort vorbei und haben natürlich den Wagen bemerkt, der dort parkte.“ Sie linste zu ihrem Mann, der ihre Aussage durch ein Kopfnicken bestätigte. „Wenn das Fahrzeug nicht so ungewöhnlich gewesen wäre, wäre er uns vermutlich gar nicht aufgefallen“, sprudelte es aus der Dame hervor.

„Der Wagen war ungewöhnlich?“, hakte Ruby nach.

„Ich finde schon.“ Frau Fürst wippte mit dem Schopf, was ihr Doppelkinn zum Wackeln brachte.

„Es war ein Lieferwagen mit dem Aufkleber der Hertz-Autovermietung. Das hat mich verwundert. Wer mietet denn einen Lieferwagen, um damit in den Wald zu fahren? Finden Sie das nicht auch merkwürdig? Den verwendet man doch für Umzüge und größere Transporte, nicht wahr?“

„Allerdings!“, ermunterte Spike sie. „Können Sie sich genauer an den Wagentyp erinnern?“

„Nein. Mit Autos kenne ich mich überhaupt nicht aus.“ Sie fasste die Hand ihres Mannes und drückte sie. „Aber mein Heinrich weiß das.“

Die Kommissare fixierten Herrn Fürst.

„Es war ein Mercedes-Benz Sprinter.“ Er schob die Brille mit einem geübten Stups auf die Nasenwurzel.

„Mit einem Hertz-Aufkleber und Dürener Kennzeichen.“ Frau Fürsts Augen blitzten Spike an. „Das habe ich mir nämlich auch angesehen, weil ich fand, ein Transporter gehöre nicht auf einen Waldparkplatz.“

„Das ist wirklich beachtlich, Frau Fürst.“ Spike neigte sich nach vorne. „Haben Sie sich auch den Rest des Nummernschilds gemerkt?“

„Absolut!“ Sie unterstrich ihre Überzeugung mit einem energischen Nicken. „DN – AG 2123. Das entspricht dem Alter meiner Enkeltöchter. Ist das nicht ein Zufall?“

„In der Tat! Fantastisch!“ Spike notierte sich das Kennzeichen.

„Wie spät war es da in etwa?“

„Kurz vor halb drei“, erwiderte die Dame prompt.

„Und parkte das Fahrzeug dort immer noch, als Sie von Ihrem Waldspaziergang zurückkehrten?“ Spike lauschte gespannt.

„Da war es circa vier Uhr, und der Transporter war fort.“ Sie sah ihren Mann an. „Nicht wahr, Heinrich?“

Er nickte.

„Haben Sie sonst noch etwas bemerkt?“, hoffte Spike.

Frau Fürst kippte den Kopf schief und blinkerte einige Male.

„Hat zum Beispiel jemand am Steuer des Fahrzeuges gesessen“, half er ihr auf die Sprünge.

„Ganz sicher nicht. Die Fahrerkabine war leer.“

„Oder ein anderes Fahrzeug?“, warf Ruby ein.

„Kein Auto. Nur ein Fahrrad.“ Frau Fürsts Zeigefinger schnellte empor. „Es stand an dem Fahrradständer. Das fanden wir aber nicht ungewöhnlich. Der Waldweg ist an manchen Stellen von Wurzeln durchtrieben. Da kann das Fahrradfahren sehr gefährlich sein.“

Ruby und Spike kommunizierten via Augenkontakt. Schwarz’ Fahrrad hatte in der Vermisstenanzeige keinerlei Erwähnung gefunden.

„Ihre Beobachtung ist vollkommen korrekt.“ Spikes Mundwinkel zuckten. „Der Vermisste fuhr mit dem Fahrrad in den Wald und sicherte es an dem Ständer.“

Frau Fürsts Augen glitzerten. Ihr Gesicht leuchtete wie eine Martinslaterne. „Wir konnten Ihnen also helfen!“

„Sehr sogar“, tirilierte Spike. Ihre Fröhlichkeit und der Hinweis wirkten ansteckend wie Windpocken.

„Wir werden Ihre Angaben überprüfen.“ Ruby stand auf und kam um den Tisch herum. „Wären Sie bitte noch so freundlich, unserer Mitarbeiterin Ihre Personalien zu hinterlassen?"

„Sicherlich, Frau Hiller." Frau Fürst drückte ihre Hand.

Ihr Mann bedeckte sein Haupt wieder mit dem Barrett, das ihm das Image eines französischen Künstlers verlieh.

„Ach, junger Mann", Frau Fürst hielt Spikes Hand mit der einen und bedeckte sie mit der anderen Hand, „jetzt fällt mir doch noch etwas ein. Auf dem Beifahrersitz lag ein Buch. Meine geniale Freundin. Eine sehr schöne Geschichte. Ich habe sie ebenfalls gelesen."

Als sie Spikes Überraschung realisierte, setzte sie hinzu: „Ich konnte es mir nicht verkneifen, ein wenig zu spionieren." Sie kicherte. „Aber eher ein Frauenroman, nicht wahr? Komm, Heinrich", zwitscherte sie vergnügt und stürmte aus dem Zimmer.

Kapitel 33

Dienstagnachmittag

„Sie haben sie gefunden." Die Frau erbleichte, nachdem sie Ruby und Spike die Tür geöffnet und den Namen Schwarz gehört hatte. Hoffnung und Verzweiflung schwangen gleichermaßen in ihrer Stimme. Anscheinend hatte Mona den Grund ihres Besuches nicht erwähnt. Die höchstens 1,60 m große Frau schien in sich zusammenzufallen und noch kleiner zu werden. Spike fasste spontan ihren Oberarm, als sie schwankte und abzuknicken drohte wie ein Halm mit einer zu schweren Ähre. Sie atmete einige Male durch, bevor sie die Kommissare bat, ihr ins Wohnzimmer zu folgen.

„Haben Sie meine Lisa endlich gefunden?" Ihre Gestalt wurde von dem Polstersofa fast verschluckt. Sie klammerte sich an das dünne Goldkettchen an ihrem Hals. Die dunklen Augen in dem ausgemergelten Gesicht zuckten zwischen den Besuchern hin und her. „Wo hat er sie versteckt?"

„Wir haben Lisa nicht gefunden, Frau Becker." Ruby bemühte sich, ihre sonst eher ruppige und direkte Art abzustreifen.

Frau Becker begann zu schluchzen. Erst leise, dann lauter, lauter und lauter. Spike warf Ruby einen vorwurfsvollen Blick zu. Die Schluchzer verwandelten sich in ein hektisches Nach-Luft-Schnappen.

„Mist", entfuhr es Spike. „Sie hyperventiliert gleich", flüsterte er Ruby zu. Bevor diese etwas entgegnen konnte, sprang er auf und setzte sich neben Frau Becker auf das

Sofa. „Ganz ruhig atmen. Gleich geht es besser." Seine Hand streichelte beruhigend über ihren Rücken. „So ist es gut. Prima." Allmählich regulierte sich die Atmung. „Einatmen und ausatmen." Spikes Stimme plätscherte wie beruhigende Meditationsmusik.

Schließlich konnte sie wieder ohne Spikes Hilfe ruhiger atmen. Erschöpft schloss sie die Augen und ließ das Kinn auf die Brust sinken. Ihren gesenkten Schopf durchzog ein Scheitel wie ein Trampelpfad eine Bergwiese. Das schwarz gefärbte Haar war augenscheinlich vollständig ergraut, wie der Haaransatz verriet. Eine Farbauffrischung war dringend erforderlich.

„Uns fällt dieses Gespräch ebenfalls nicht leicht, Frau Becker", flüsterte Spike, „aber wir benötigen dringend Ihre Hilfe. Bitte versuchen Sie, mit uns zu sprechen."

Frau Becker hob das Gesicht und sah ihn an. Ihre Augen waren matt trotz der Tränen, die daraus flossen. Sie nickte.

„Danke." Spike drückte ihre knochige Schulter. „Bestimmt haben Sie aus der Zeitung erfahren, dass Schwarz entlassen wurde."

Sie nickte erneut.

„Sie wissen auch", er richtete seine Sensoren auf ihre Reaktion aus, „dass er seit Freitag vermisst wird."

Ein weiteres ruhiges Nicken. „Sie müssen ihn finden, damit er nicht noch ein Kind quält und umbringt", formulierte sie die Befürchtung, die seit Tagen über ihnen schwebte. „Er hat auch meine Lisa getötet. Ich weiß es. Eine Mutter spürt so etwas. Glauben Sie nicht?" Sie wandte den Kopf zu Ruby. Ihre Gestik war frei von Provokation, frei von jeglichem Zweifel.

Ruby schluckte beklommen.

„Es ist unerträglich für eine Mutter, nicht zu wissen, was aus ihrem Kind geworden ist, wie es ihm geht", fuhr sie fort, bevor Ruby die richtigen Worte finden konnte. „Ich habe diesen Mann zuvor mehrmals in unserem Viertel gesehen. Das galt vor Gericht nicht als Beweis seiner Schuld. Aber ich spüre es.“ Sie japste nach Luft. „Ich brauche mein Asthmaspray.“ Sie wuchtete sich aus dem Polsterstück und schlich durch das Wohnzimmer zur Tür.

„Die Frau ist ein Wrack“, ergriff Spike das Wort, nachdem Frau Becker das Zimmer verlassen hatte. „Wir sollten Sie in Ruhe lassen, bis wir wissen, was es mit dem Transporter auf sich hat.“

„Wir dürfen keine Zeit verlieren und müssen alle Optionen parallel prüfen.“ Rubys Miene glich einem Gewitterhimmel, an dem schwarze Wolken ihre Fäuste ballten, um einen erbitterten Kampf auszutragen.

„Quatsch“, Spike biss sich auf die Unterlippe. „Sie hat kaum Kraft zum Leben. Woher sollte sie die Energie aufbringen, Schwarz etwas anzutun?“

Frau Becker betrat, bewaffnet mit dem Spray, das sie offenbar bereits verwendet hatte, den Raum. „Was wollen Sie eigentlich von mir?“ Sie sah Spike an.

„Wir haben den Bericht von damals gelesen“, Spike entschied sich für die halbe Wahrheit, „und müssen alle Personen kontaktieren, die damals mit dem Fall zu tun hatten. Die Psychiater und Psychologen haben Schwarz attestiert, von ihm gehe keine weitere Gefährdung aus. Wir sind jedoch Polizisten und müssen in alle Richtungen denken.“

Die Frau zeigte keinerlei Reaktion.

„Sie sind Lehrerin, habe ich der Akte entnommen“, tastete sich Spike heran.

„Ich war Grundschullehrerin“, ihre Unterlippe bebte, „und habe die Kraft zum Unterrichten nach Lisas Verschwinden mehr und mehr verloren.“

„Und Ihr Mann? Hat er noch genügend Energie für diesen Beruf?“

„Er ist, Gott sei Dank, stärker als ich. Sonst hätte es unsere Familie nicht geschafft." Sie rieb die Handflächen aneinander, als wolle sie ihre Resignation zermalmen.

„Sie haben noch weitere Kinder?" Spike lächelte.

„Max wurde zwei Jahre vor Lisa geboren und Sebastian zwei Jahre nach Lisa." Sie wischte sich mit dem Handrücken über die Augen.

„Was unterrichtet Ihr Mann?", lenkte Spike sie ab.

„Sport und Mathe." Sie schnäuzte sich.

„Sport war mein Lieblingsfach", grinste er und schaffte es tatsächlich, ihr ein winziges Lächeln zu entlocken. „Vor allem mochte ich die frei wählbaren Sportkurse am Nachmittag. Gibt es so was heute noch?"

„Das gibt es. Montags und donnerstags trainiert mein Mann das Basketballteam, dienstags und freitags ist Fußball." Sie zerknüllte das Taschentuch in der Hand.

„Fußball war auch mein Steckenpferd. Ist das immer noch direkt nach der Schule?" Spike juckte sich am Ohrläppchen.

„Quasi." Sie tupfte sich die Nase ab. „Der reguläre Unterricht hört um 13 Uhr auf. Die Schüler haben dann eine Mittagspause, und die meisten Sportaktivitäten und Arbeitsgemeinschaften liegen in der Zeit von halb zwei bis vier Uhr."

Spike wandte den Kopf zu Ruby und bedachte sie mit einem Ich-habe-es-doch-gewusst-Blick. Sie knabberte auf der Unterlippe und visierte die Fotogalerie, die auf der gegenüberliegenden Wand wohnte. Einige Ausschnitte aus dem Leben der Familie waren in chronologischer Reihenfolge von rechts nach links an die Wand genagelt.

Es begann mit den Porträts von drei Babys, die einander in verblüffender Weise ähnelten. Im Gegensatz zu ihrer Mutter waren sie alle hellblond. Die Kinder wurden von Bild zu Bild älter. Mal war ihr Lachen auf Einzelfotos, mal gemeinsam mit anderen Familienmitgliedern verewigt worden. Das Mädchen verschwand plötzlich, als hätte es jemand wie eine Anziehpuppe aus der Familiengalerie herausgeschnitten, während seine Brüder zu Teenagern und schließlich jungen Männern heranreiften.

„An welcher Schule unterrichtet Ihr Mann?" Rubys Interesse wanderte von den Fotos zurück zu Frau Becker.

„Am Albert-Einstein-Gymnasium." Sie schnaubte in das Taschentuch.

„Vielen Dank, Frau Becker", verabschiedete sich die Polizistin. „Sie haben uns sehr geholfen."

„Habe ich das?", entgegnete sie auf die typische Floskel.

„Wir werden recherchieren, in welcher Form damals nach Lisa gesucht wurde. Falls darüber hinaus irgendetwas möglich sein sollte, werden wir dies veranlassen." Spike umfing ihre Hand vorsichtig, aus Angst, diese zu zerbrechen. „Versprochen!"

Sie nickte und wischte sich mit den Handrücken über die Augen.

„Zufrieden?", fragte Spike, als die Tür sich hinter ihren Rücken geschlossen hatte. „Wir hätten die Frau fast umgebracht."

„Ich habe nur meinen Job gemacht!" Ruby entriegelte die Wagentüren.

„Ist schon gut", brummte ihr Kollege, „Mona kann checken, ob Becker letzten Freitag das Training geleitet hat." Er stieg auf der Beifahrerseite ein, fläzte sich in den Sitz und schloss die Augen.

„Danke, Partner!" Ruby startete den Motor. Er heulte erzürnt auf, beruhigte sich aber dann schnurrend.

„Wofür?", stellte er sich dumm.

„Dafür, dass du alle Informationen so einfühlsam aus ihr herausgekitzelt hast." Sie kutschierte das Gefährt durch das ruhige Wohngebiet, in dem alles normal schien.

„Vergiss es", wehrte er ab. „Aber tue mir einen Gefallen."

„Und der wäre?" Sie setzte den Blinker.

„Das Gespräch mit Sophie Kaiser auf einen späteren Termin verschieben. Lass uns sehen, was die Überprüfung des Hertz-Sprinters bringt."

Ruby schwieg und überlegte.

In einer Garageneinfahrt verwandelten zwei Mädchen die Steine in ein buntes Mosaik. Hinter der nächsten Gartenhecke kickten einige Jungen einen Fußball hin und her. Ein Hund, der von einem alten Herrn an der Leine spazieren geführt wurde, hob sein Bein an einer Straßenlaterne und markierte sein Revier. Nach getaner Arbeit erspähte er auf der gegenüberliegenden Seite eine Katze, zerrte an der Leine und kläffte. Die Katze strafte ihn mit einem arroganten Blick und fädelte sich wie ein Faden durch ein Nadelöhr durch die nächste Hecke. Dahinter vergnügten sich Kinder mit einer Schaukel.

„Unter jedem Dach ein Ach", grummelte Ruby.

„Was?", murmelte Spike schläfrig.

„Ich meine nur", sagte Ruby, „es sieht alles so friedlich aus, und wenn man eine Tür öffnet, stolpert man über Probleme."

„Wie bist du denn drauf? Hast du was genommen?" Spike setzte sich auf.

„Ist nur ein früherer Spruch meiner Mutter. Einer der wenigen, die was taugen."

Die Ampel sprang auf Grün, und sie kamen auf die Hauptverkehrsstraße, die sie zurück zur Autobahn führte. Rubys Handy, das in einer Halterung am Armaturenbrett klemmte, klingelte. Sie klickte auf den grünen Hörer. Dank Bluetooth flutschte Monas Stimme durch den Lautsprecher.

„Hallo, Mona." Ruby kurbelte das Lenkrad nach rechts und folgte der Autobahnauffahrt.

„Hi, seid ihr schon auf dem Weg zu Sophie Kaiser?"

„Mehr oder weniger." Ruby warf einen Seitenblick auf Spike.

„Gut. Könnt ihr euch nämlich sparen." Ein Scheppern hangelte sich durch die Leitung.

„Mona?", rief Ruby durch den Innenraum.

„Alles in Ordnung. Hatte den Hörer zwischen Kopf und Schulter eingeklemmt, weil ich die Hände voll hatte. Sophie Kaiser ist nicht da. Sie hat sich kurzfristig freigenommen, weil im Krankenhaus relativ wenig zu tun war. Sie ist letzten Donnerstag nach Mallorca geflogen – Yoga-Treatment."

„Mist", schimpfte Ruby.

Spike grunzte zufrieden.

„Finde mal raus, wo genau sie steckt, und überprüfe es bitte." Ruby überholte einen Lastkraftwagen.

„Aye, aye", kommentierte Mona. „Sonst noch was?"

„Check mal, ob Becker am Freitagnachmittag wie üblich seine Sport-AG am Albert-Einstein-Gymnasium gehalten hat.

„Kein Problem." Eine Pause. „Ist Spike auch da?"

„Zu meiner Rechten", bestätigte Ruby.

„Ähm", Mona räusperte sich.

„Soll ich weghören", flachste Ruby.

„Nein. Es ist nur", Mona siebte die richtigen Worte auf ihre Zunge, „er soll sich im Krankenhaus melden. Wegen seines Vaters."

Spike schlug die Augen auf.

„Kommt ihr noch mal rein?" Monas Stimme krabbelte durch die Lautsprecher.

„Unter diesen Umständen nicht. Ich liefere Spike jetzt am Krankenhaus ab und verfasse meinen Bericht zu Hause." Sie schüttelte ihren Kopf über einen Idioten, der mit mindestens einhundertfünfzig an ihnen vorbeizog, obwohl die Geschwindigkeitsbegrenzung bei einhundert lag.

„Okidoki. Dann bis morgen."

„Bis morgen." Ruby beendete das Gespräch.

Kapitel 34

Dienstag spätnachmittags

Ruby lauschte. In der Wohnung war es ungewöhnlich still. Allerdings kam sie selten so früh nach Hause und anscheinend hatte sie fälschlicherweise angenommen, es tobe dort immer so ein laut-fröhliches Chaos wie am Abend.

Sie streifte Jacke, Tasche und Schuhe ab und schritt auf Socken durch den langen Flur zu ihrem Zimmer. Es roch angenehm nach Vanille.

Durch Neles offene Zimmertür sah sie das Mädchen am Schreibtisch sitzen. Ihre Tochter hatte den Kopf über ein Heft gebeugt und schrieb konzentriert. Ruby klopfte an den Türrahmen, woraufhin das Mädchen wie von der Tarantel gestochen auffuhr.

„Mama! Hast du mich erschreckt!" Nele schaute ihre Mutter vorwurfsvoll an.

„Das tut mir leid." Ruby ging zu ihr und liebkoste ihre Wange mit dem Daumen. „Es war so leise in der Wohnung. Ich dachte, ihr wärt alle ausgeflogen. Sonst hätte ich beim Reinkommen gerufen."

„Anna ist mit Leonie zum Zahnarzt gefahren." Nele setzte sich wieder an den Schreibtisch. „Hast du den Mörder gefangen?"

„Du meinst, weil ich so früh daheim bin?" Rubys Schultern sackten nach unten. „Nein. Wir suchen einen Mann, der seit einigen Tagen vermisst wird. Aber leider haben wir nicht die geringste Ahnung, wo er steckt."

„Schade", murmelte Nele. „Ich dachte, du hättest am Wochenende Zeit."

„Hast du etwas Bestimmtes vor?“ Rubys schlechtes Gewissen kletterte an die Oberfläche und machte es sich in ihren Gesichtszügen bequem, während sie ihre Tochter betrachtete. Sie hatte die Augen ihres Großvaters sowie Rubys kleine Nase und geschwungene Lippen geerbt. Wahrscheinlich würde sich auch die Lücke zwischen ihren Schneidezähnen nicht ohne kieferorthopädische Korrektur schließen. Allerdings war sie, im Gegensatz zu Ruby, in keiner Weise nachtragend.

„Nö.“ Nele war schon immer schlecht im Lügen gewesen.

„Darf ich mich setzen?“ Ruby wies auf das Bett. Ein Überwurf mit vielen Kissen unter einem Himmel mit Sternen lud zum Kuscheln und Träumen ein.

„Klar.“ Sie kreiselte auf dem Drehstuhl und musterte ihre Mutter, die es sich auf der Bettkante bequem machte.

Ruby knautschte eins der Kuschelkissen, legte es auf ihren Oberschenkeln ab und stützte die Unterarme darauf. „Was schreibst du denn?“

„Einen Aufsatz.“ Nele klappte das Heft demonstrativ zu.

„Ach nee“, grinste Ruby. „Das habe ich mir fast gedacht. Und worüber?“

„Nichts Besonderes. Hausaufgaben. Über mein spannendstes Erlebnis.“ Nele muffelte vor sich hin und verknotete die Arme ineinander.

„Und das wäre? Erzählst du es mir?“ Ruby suchte ihren Blick.

Nele betrachtete den bunten Teppich vor dem Bett, auf dem Ruby ihre Füße geparkt hatte. „Lieber nicht.“

„Darf ich es denn später lesen?“, wunderte sich Ruby. Bis dato hatte ihre Tochter gern ihre Ideen mit ihr geteilt.

Nele schüttelte den Haarschopf.

„Gibt es dafür einen speziellen Grund?“, interessierte sich Ruby.

„Es würde dir nicht gefallen.“

„Das bezweifle ich. Bisher hat mir alles gefallen, was du geschrieben hast. Du bist echt talentiert und kannst enorm stolz auf dich sein. Bin ich übrigens auch. Vielleicht liest du es mir ja irgendwann später einmal vor.“ Sie verzichtete darauf, weiter in ihrer Tochter zu bohren. „Setz dich bitte mal zu mir“, forderte sie stattdessen und klopfte mit der Hand auf die Decke neben sich. „Ich würde gern etwas mit dir besprechen.“

Neles Gesicht verfinsterte sich. Schließlich schlurfte sie vom Schreibtisch zum Bett und setzte sich zögerlich neben sie. Dabei verschränkte sie die Arme weiterhin vor der Brust und starrte wie hypnotisiert auf den Teppichläufer.

„Du hast doch schon öfter den Wunsch geäußert, Voltigieren zu lernen“, setzte Ruby an.

Neles Augen weiteten sich. Sie drehte den Kopf zu ihrer Mutter und horchte gespannt.

„Ich denke, jetzt wäre der richtige Zeitpunkt für eine Probestunde.“ Rubys Augen fingen an zu leuchten, als die Freude sich langsam auf Neles Gesicht ausbreitete.

„Echt?“, stutzte ihre Tochter.Sie hatte schon tausendmal gedrängt, endlich akrobatische Übungen auf dem Rücken eines Pferdes erlernen zu dürfen. Zuvor hatte Ruby ihr diesen Wunsch stets ausgeschlagen, vor allem mit der Begründung, dieser Sport sei nur eine der vielen Zirkusflausen, die ihr ihre Oma in den Kopf gesetzt hätte.

„Echt!“, bestätigte Ruby. „Durch deine Reitstunden hast du schon einen verantwortungsbewussten Umgang mit Pferden gelernt, und die Akrobatik liegt dir im Blut.“ Sie stupste ihre Tochter mit der Schulter an und fügte hinzu: „Leider!“

„Danke, Mama!“ Nele entknotete ihre Arme, schlang sie um Rubys Hals und presste sich fest an sie.

„Einen Moment“, Ruby hob die Hand, „ich bin noch nicht fertig.“

Neles Stimmung verdüsterte sich von Neuem. „Eine Bedingung?“

„Nein“, Ruby schüttelte den Kopf, „keine Bedingung.“ Sie räusperte sich. „Du hast doch gesagt, Oma gastiere zurzeit in der Nähe.“

Nele nickte andächtig.

„Nun, was würdest du davon halten, sie zu diesem Probetraining einzuladen?“ Das Echo ihrer Worte elektrisierte die Luft. Ihre Nerven knisterten; einige Haare flogen. Der schmerzhafte Stromschlag würde nicht lange auf sich warten lassen.

Neles Gesicht erhellte sich wie der Himmel nach einem Gewitterregen. „Ernsthaft?“

„Absolut!“, bekräftigte Ruby, als wollte sie sich selbst davon überzeugen, dass die Umsetzung dieser Idee das reinste Kinderspiel sei. „Ich habe einiges mit Oma zu besprechen, und ich denke, ein gemeinsamer Ausflug und ein neutraler Boden wären dafür genau das Richtige. Wir könnten dir zunächst beim Training zuschauen und anschließend, während du hilfst, die Tiere zu versorgen, und die Anlage erkundest, hätten wir Gelegenheit zu einem gemeinsamen Spaziergang mit einem klärenden Gespräch.“

„Das ist so toll“, quietschte Nele und herzte Ruby abermals. „Wann denn? Dieses Wochenende?“ Ihre überschwängliche Freude wurde durch die Zweifel, die sich in Rubys Mienenspiel abzeichneten, gedämpft.

„Sobald ich den Fall gelöst habe“, gestand Ruby. „Das kann bereits dieses Wochenende sein, vielleicht aber auch erst nächstes oder übernächstes Wochenende.“ Sie zuckte mit den Achseln. „Aber was hältst du davon, wenn du Oma nach dem Abendessen anrufst und ihr von dem Plan erzählst? So, wie sie an dir hängt, wird sie sich sicherlich gleich alle Wochenenden rot markieren.“

Neles Mundwinkel klebten fast an ihren Ohrläppchen. „Das macht sie bestimmt."

„Dann wäre das ja geklärt. Wie wäre es mit folgendem Vorschlag: Ich lasse dich in Ruhe deinen Aufsatz zu Ende schreiben und dusche währenddessen. Anschließend mache ich uns allen einen Nudelauflauf mit Salat." Sie schnaufte. „Ich glaube, ich habe meinen Kochdienst in den letzten Tagen allzu oft versäumt. Trotzdem würde ich mich freuen, wenn du mir beim Schnippeln Gesellschaft leisten würdest. Dann könnte ich dir schon etwas über das Voltigierzentrum erzählen." Rubys Brauen hoben sich fragend.

„Okay." Nele hopste zurück zu ihrem Stuhl und rotierte eine Runde. „Und ich erzähle dir dann vielleicht meine Geschichte."

„Da bin ich gespannt!" Ruby stützte die Hände in die Hüften.

„Sie handelt davon, wie ich mit dem Zirkus eine Woche lang durch die Toskana gereist bin und dort einen Taschenspieler, der eigentlich ein gesuchter Taschendieb war, entlarvt habe."

„Das hört sich gut an." Ruby grinste über das frei erfundene Erlebnis und verkniff sich ein Lachen. „Ich kann es kaum erwarten, jedes Detail zu hören."

Kapitel 35

Dienstagabend

„Du siehst fürchterlich aus, Cowboy. Setz dich erst mal." Louiza wartete nicht auf Spikes Bestellung, sondern füllte ein Glas mit Ramazzotti und stellte es vor seine Nase. „Mein Opa hat immer gesagt, der enthält so viele Kräuter, davon wirkt auch eins gegen Kummer." Louizas Optimismus glühte wie die Sonne über Sizilien. „Spätestens nach dem zwanzigsten."

„Willst du mich umbringen?" Spike stürzte den Schnaps runter.

„Im Gegenteil!" Louiza zwinkerte ihm zu und füllte das Glas auf. „Warum sollte ich das tun? Ich liebe dich fast so sehr wie einen guten Rotwein oder gute Pasta!"

„Nicht mehr!" Spike hob abwehrend die Hand. „Ich muss morgen arbeiten."

„Und das geht besonders gut, wenn du mit den Gedanken ganz woanders bist. Da kommst du dem Täter sofort auf die Spur. Wo brennt's denn?", fragte sie anscheinend beiläufig, tauchte hinter der Theke ab und fischte Spikes Lieblingsbier aus dem Kühlschrank.Da sie heute einen Minirock trug, ging sie dabei in die Hocke. Ihre schwarzen Locken wurden von einem rot-weiß getupften Haarband aus der Stirn gehalten und fielen korkenziehermäßig über den Rücken. Mit einem Lächeln auf den passend zum Tuch geschminkten Lippen schnellte sie mit dem Getränk empor. Ihre rotlackierten Fingernägel entfernten schließlich den Kronkorken und servierten das Getränk, während sie Spike nicht aus den Augen ließ.

„Der Typ scheint wie vom Erdboden verschluckt." Spike drehte die Flasche in der Hand.

„Schon gut", Louiza tätschelte seinen Unterarm. „Du brauchst nicht darüber zu reden. Es ist nicht der Fall, der dir auf den Magen geschlagen ist."

Seine Fassade bröckelte wie morscher Putz von den Wänden. In Windeseile gelang es ihm jedoch, den Mörtel notdürftig zu erneuern.

„Glaube mir", sie verbog den Kopf, „diese Theke hat schon mehr gehört als jede Therapeutencouch und mindestens genauso viel wie die besten Friseuse der Stadt."

Obwohl ihm nicht zum Lachen zumute war, erhellte sich sein Gesicht.

„Ich habe eine Überraschung für dich. Einen Moment!" Sie verschwand durch die Tür, über der ein Schild mit der Aufschrift Cucina hing. Sie hatte es von dem letzten Besuch in Sizilien mitgebracht und voller Stolz über den Türbalken genagelt.

Kurz darauf öffnete sich die Tür, aber statt Louiza umrahmte der Türrahmen Giuseppe, der seit der Öffnung des Blue Lou den Kochlöffel fest in der Hand hielt. Dank T-Shirt und Haube in Weiß, rotem Halstuch und schwarzem Schnäuzer erfüllte er das landläufige Klischee eines italienischen Kochs. Mit einem sicheren Schritt trat er aus dem Gemälde heraus und drapierte seinen durchtrainierten Körper hinter der Bar.

„Bene!" Sein Schnauzbart wackelte, als er die Bestellung einer hübschen Studentin entgegennahm und zwei Sektgläser füllte. „Prego!" Mit leichtem Silberblick schielte er ihr hinterher und ließ das Geld auf der Theke liegen. „Bella ...", schwärmte er grinsend, wobei seine Hände die Körperkonturen in der Luft nachzeichneten. „Noch einen Ramazzotti?", bot er Spike an, sobald die Kontur vervollständigt war.

„Nein, danke“, lehnte Spike entschieden ab und luchste zu der Tür, hinter der Louiza verschwunden war. „Ist alles okay mit ihr?“

„Überraschung …“ Das Lächeln der Mona Lisa deutete sich auf Giuseppes Miene an, breitete sich langsam aus und hatte sich in ein Zahnpastalächeln verwandelt, als er der nächsten Bestellung nachkam. „Subito!“ Er starrte das Mädchen an und machte keine Anstalten, den Highball zu mischen.

„Cola mit Whiskey“, soufflierte Spike.

Giuseppe füllte einen Tumbler mit viel Whiskey, wenig Cola und etwas Eis, ließ seine Muskeln beim Mischen spielen und füllte alles in ein Glas. „Mama mia!“ Er pfiff durch die Zähne, als die junge Frau mit ihrem Glas zu ihrem Tisch zurückstöckelte. „Ich sollte von der Küche an die Bar wechseln.“

Die Tür flog auf. Louiza strahlte mit dem Glitzergehänge an ihren Ohrläppchen um die Wette. Zwischen ihren Händen balancierte sie einen mit Pasta gefüllten Teller. Zarter Dampf stieg von ihm auf und parfümierte die Luft mit einem Gemisch aus Garnelen, Knoblauch und Limonen. Sie platzierte ihr Werk samt einer Serviette, die das Besteck umhüllte, vor Spike, fasste ihren Cousin an den Schultern und bugsierte ihn zurück in die Küche.

„Guten Appetit“, säuselte sie.

„Das riecht köstlich.“ Spike kräuselte die Nase.

„Das ist ein Geheimrezept meiner Oma.“ Louiza beobachtete, wie er mithilfe von Gabel und Löffel einige Bandnudeln aufdrehte und eine Garnele aufpikste. „Und?“

„Mmmh“, schnurrte Spike. „Hast du das gemacht?“

Sie grinste. „Pasta enthält Glückshormone. Dachte, die könntest du brauchen.“

„Ist echt lecker.“

Spike füllte seinen Mund erneut. Löffel für Löffel erhellte sich seine Miene wie eine ergraute Faser nach einer Bleichmittelbehandlung.

Louiza nahm die Bestellung der Bedienung entgegen, füllte ein Tablett mit Biergläsern und verfolgte Spikes Gemütsregung verstohlen aus den Augenwinkeln. Je leerer der Teller wurde, umso mehr entspannte er sich.

„Geht's besser?", interessierte sie sich, als sie alle Bestellungen erfüllt und er den Teller geleert hatte.

„Viel!" Er ließ das Bier durch seine Kehle rinnen.

„Hast du heute noch nichts gegessen?" Eine kleine Sorgenfalte zeigte sich zwischen den dichten Augenbrauen.

Spike überlegte kurz. Dann schüttelte er den Kopf.

„Ich dachte immer, alle Bullen essen Pommes und Currywurst, während sie im Auto hocken und einen Verdächtigen observieren."

Sie bemächtigte sich des Tellers und räumte ihn neben das Waschbecken.

„Heute Morgen war ich spät dran. Das Frühstück fiel deshalb aus. Während der Mittagszeit waren wir unterwegs. Nachmittags haben wir früher abgebrochen, und Ruby hat mich gleich am Krankenhaus abgesetzt." Die Sahnesauce oder der Ramazzotti hatten offensichtlich seine Zunge gelockert.

„Am Krankenhaus?", stutzte Louiza.

„Mein Vater hatte gestern Abend einen Schlaganfall. Den Umständen entsprechend geht es ihm gut." Er zuckte mit den Schultern. „Aber heute Nachmittag hat er geschrien und gerufen und ließ sich kaum beruhigen."

Louiza verharrte reglos. Ihr italienischer Familiensinn läutete alle Alarmglocken.

„Wegen der Demenz – nicht wegen des Schlaganfalls", erklärte er knapp. Dann zuckte er mit den Schultern und studierte die Aufschrift des Bieretiketts, wie immer, wenn er sich vor einer Erklärung drücken wollte. Somit kannte er es längst auswendig.

Am Billardtisch mischten sich aufgeregte Stimmen mit dem Klackern der Kugeln. Spike drehte seinen Kopf in die Richtung der Geräuschkulisse, um Louizas weiteren Nachforschungen zu entgehen.

„Du bräuchtest eine Jukebox“, meinte er unvermittelt.

„Damit du dich dorthin verdrücken kannst, wenn es heikel wird?“ Ihre Brauen huschten in die Höhe. „Wie geht es ihm jetzt?“

Er antwortete mit einem resignierten Schulterzucken.

„Hat ihm dein Besuch geholfen?“

Die Schultern rutschten nach unten, und er trank einen Schluck Bier.

„Er hat dich nicht erkannt?“, flüsterte Louiza.

„Du hast anscheinend wirklich schon alle Stories gehört.“

„Nein.“ Louiza schüttelte entschieden den Kopf. „Jede Geschichte ist anders, alles Erlebte ist individuell, da wir alle einzigartig sind und einzigartige Gefühle haben.“

„Du überraschst mich immer wieder.“ Spike betrachtete sie ernst. „An dir ist echt ein Seelenklempner verloren gegangen.“

„Dafür überraschst du mich überhaupt nicht.“ Louizas Mundwinkel zuckten, bis sie breit lächelte. „Mascarponecreme mit Erdbeeren?“

Spike legte den Kopf schief, als hätte er nicht richtig gehört.

„Das ist der reinste Balsam für die Seele.“ Sie zwinkerte ihm zu. „Und wenn du doch reden möchtest … Ich habe den ganzen Abend und auch die ganze Nacht für dich Zeit.“

Kapitel 36

Mittwochfrüh

Die Sorge hatte sich in ihr Gesicht gegraben wie ein Krebs in den Sand. Die morgendliche Messung der Körpertemperatur hatte gezeigt, dass ihr Patient fieberte. Dies konnte zum einen postoperativ bedingt sein. Häufig stieg die Temperatur bei Patienten nach einer Operation an, und zwar in der Regel nach zwei bis vierzehn Tagen. Andererseits bestand die Möglichkeit eines Infekts. So oder so wollte sie ihm unter diesen Umständen keine Vollnarkose geben, was ihren Terminplan aus dem Gleichgewicht brachte. Es war nur eine Frage der Zeit, bis die Polizei auf ihre Spur traf.

„39,8", murmelte sie ihm zu.

Seine Zähne klapperten.

„Hören Sie mich?" Sie warf ihr Augenmerk auf seine Hand. Ein Fingerzeichen blieb aus.

„Gut." Sie nickte. „Ich weiß, Sie vernehmen jedes einzelne meiner Worte. Also hören Sie genau zu." Sie straffte die Schultern und beobachtete sein Mienenspiel.

Seine Nasenflügel zuckten.

Ihre Atemschutzmaske näherte sich seinem Ohr. „Ich hoffe, Sie konnten gestern entspannen und die Musik genießen. Hoffentlich haben Sie diese gut in Ihrer Erinnerung eingeschlossen. Es war das letzte Mal, dass Sie Musik gehört haben."

An seinem Kiefer zuckte ein Muskel.

„Ich werde mich heute Ihrem Gehörgang widmen." Sie ließ eine Pause durch den steril riechenden Raum wandern.

Er riss die Lider auf. Die Augäpfel zuckten hektisch hin und her. Sie waren gerötet, als hätte er die ganze Nacht geflennt.

„Das Gehör ist ein sehr komplexes Sinnesorgan und dementsprechend ist es möglich, es auf zahlreiche Arten zu verletzen."

Er bäumte sich auf, soweit dies in den Lederriemen möglich war. Sein tauber Mund verkrümmte sich zu einem hysterischen Schrei, die Adern an seinem Hals traten hervor, und doch durchschritt eine erholsame Stille den Raum.

„Es geht überraschenderweise recht einfach. Wir werden sogar ohne Operation auskommen und dabei mehrere Fliegen mit einer Klappe schlagen: Ich werde eine ototoxische Ausschaltung des Vestibulocochlearis, das ist der achte Hirnnerv, vornehmen."

Er starrte sie mit seinen leblosen Augen an.

„Im Innenohr befinden sich die Gehörschnecke und das Gleichgewichtsorgan. Ich werde Ihr Innenohr mit dem Antibiotikum Gentamicin medikamentös ausschalten. Dies führt zu völliger Taubheit sowie zur Funktionsuntüchtigkeit des Gleichgewichtsorgans. Das Verfahren ist irreversibel, kann also nicht mehr rückgängig gemacht werden", erörterte sie sachlich, als würde sie einen Morbus Menière-Patienten mit Schwindelanfällen und Phantomgeräuschen über die Therapiemöglichkeit aufklären. „Konnten Sie meinen Überlegungen bis hierher folgen?"

Zögernd lüftete er den Zeigefinger.

„Gentamicin ist ein starkes Antibiotikum, das normalerweise zum Einsatz kommt, wenn andere Antibiotika nicht wirken. Ich werde Ihnen das Medikament hochdosiert verabreichen, und zwar zunächst intravenös. Zusätzlich werde ich es direkt ins Mittelohr injizieren. Dieses Antibiotikum zählt übrigens zu den ototoxischen Medikamenten, das bedeutet, es hat eine direkt giftige und zerstörerische

Wirkung auf die Sinneszellen des Hör- und Gleichgewichtorgans und den zugehörigen achten Hirnnerv. Da es sich um Nervenzellen handelt, ist die Zerstörung endgültig. Der Vorteil ist", spendete sie dem Patienten nüchtern Trost, „dass das Präparat gegen ein breites Spektrum bakterieller Infektionen hilft und somit gleichzeitig Ihre Augeninfektion bekämpfen wird. Wenn das erledigt ist", sie atmete tief ein und aus, „werden wir keine Möglichkeit mehr haben, miteinander zu kommunizieren."

Seine Physiognomie verunstaltete sich zu einer skurrilen Grimasse. Die Ähnlichkeit mit einem Schrumpfkopf war frappierend: Die Augen waren weit aufgerissen, der Mund offen und verzerrt, als würde er den Schrei eines Wahnsinnigen transportieren.

Das Ticken der Wanduhr ersetzte die erstickten Laute in seiner Kehle.

„Während der nächsten Tage", sie überlegte kurz, „sofern mir die Polizei noch etwas Zeit gibt, werde ich weitere Operationen durchführen. Mal sehen, wie weit wir kommen."

Er hob zwei Finger.

„Nein?", staunte sie. „Wollen Sie jetzt schon wissen, was ich vorhabe?"

Die Finger rührten sich abermals.

„Sie wollen es also nicht wissen. Was wollen Sie denn?" Sie spielte mit seiner Angst wie eine Katze mit der Maus. „Darauf können Sie mir natürlich keine Antwort erteilen. Soll ich es in eine geschlossene Frage umformulieren, die Sie mit einem einfachen Ja oder Nein beantworten können?"

Der Zeigefinger bewegte sich.

„Ich kann mir schon denken, was Sie möchten." Ihre Sprechweise suggerierte warmes Verständnis. „Sie möchten das Gehör behalten, nicht wahr?"

Ja, signalisierte er ihr.

„Das kann ich verstehen." Sie nickte dem Blinden zu. „Eine schreckliche Vorstellung, mit seinen düsteren Fantasien im eigenen Körper eingesperrt zu sein und nicht mit der Außenwelt kommunizieren zu können." Sie blinzelte ein paar Mal. „Es führt früher oder später sicher in den Wahnsinn. Eine fürchterliche Fiktion." Die Muskulatur in ihrem Schwanenhals kontraktierte, als bemühte sie sich, ein heißes Stück Brot oder ein aufkeimendes Mitgefühl hinunterzuwürgen. „Anderseits haben Sie Ihrerseits Menschen gequält, getötet und in den Wahnsinn getrieben und, was das Schlimmste ist, ich bin sicher, Sie würden es wieder tun." Die Worte zischten wie Wasser auf glühenden Kohlen.

Seine Hand flatterte wie ein kleiner Vogel und erlangte ihre Aufmerksamkeit.

„Sie möchten mir etwas mitteilen?" Ihr Zorn glättete sich wie aufgewühltes Wasser nach einem Tsunami.

Ein Finger erhob sich.

„Das ist schwierig. Ich werde es wohl erraten müssen, da ich nicht gewillt bin, Ihren Arm zum Schreiben loszubinden." Sie tänzelte um ihn herum und analysierte ihn eingehend. „Ihnen fehlt jegliches Vermögen, sich in eine andere Person hineinzuversetzen. Es geht also um Ihr Befinden, nicht wahr?"

Er bejahte.

„Haben Sie Schmerzen?"

Das Zweifingersignal verneinte.

„Ist Ihnen kalt?"

Das Ja-Zeichen folgte zögerlich.

Sie überlegte kurz. Dann durchquerte sie den Raum, fingerte eine Decke aus dem Schrank, entfernte die Schutzfolie und deckte ihn zu. Sie tauschte die Kappe des Thermometers aus und überprüfte nochmals seine Temperatur im Ohr. Sie war auf 39,9 gestiegen. Sie kniff die Lippen hinter dem Mundschutz zusammen.

Seine Hand flatterte. Anscheinend hatte sie den Hauptgrund, den er ihr vermitteln wollte, nicht erkannt. Sie gab jedoch ihre Bemühungen, diesen zu erraten, auf. Stattdessen löste sie die Elektrolytlösung, die in seinen Körper tropfte, von dem Venenverweilkatheter und nutzte den venösen Zugang, um das Gentamicin in seinen Körper zu schleusen. Sie versorgte ihn wieder mit der Infusionslösung und betrachtete die vorbereiteten Injektionen. Einige Male schritt sie unschlüssig neben dem Seziertisch auf und ab. Dann wurden ihre Hände wie von einem unsichtbaren Puppenspieler geführt und injizierten das Gift in sein Mittelohr. Sie löschte das Licht. Es machte für ihn keinen Unterschied, ob es brannte oder nicht.

Kapitel 37

Mittwochmorgen

„Irgendwelche Neuigkeiten bezüglich des Verbleibs von Vera Cooper?“ Ruby schaute durch das bis zum Anschlag gefüllte Besprechungszimmer. Einige der Mitarbeiter rutschten auf ihren Stühlen hin und her, als wollten sie die Meldungen daran hindern, unaufgefordert aus ihnen herauszuquellen wie Füllwolle aus einem abgegriffenen Stofftier.

Spike füllte seine Kaffeetasse mit einer lauwarmen Brühe, schaufelte Zucker hinzu und ließ die letzten drei Tropfen Milch aus der Tüte in das Gebräu tröpfeln. Er rührte mit einem benutzten Teelöffel um und legte ihn achtlos auf das Tablett zurück. Nachdem er es gekostet hatte, verzerrte er das Gesicht und pflanzte sich neben Ruby.

„Allerdings!“ Tom Fröhlich kutschierte seinen Kaugummi von der rechten in die linke Backentasche. Seine roten, ungekämmten Haare wackelten, als er seine Aussage mit heftigem Nicken untermauerte. „Ich weiß zwar nicht genau, wo sie steckt …“ Ein enttäuschtes Raunen rutschte durch den Raum. „… aber“, fuhr er fort, „ich habe eine Vermutung und …“, seine Sommersprossen, die dicht an dicht hausten, sprangen erfreut auf und ab, „die komplette Familiengeschichte.“ Er kaute auf dem Kaugummi und grinste Ruby an.

„Mach's nicht ganz so spannend, Tom!“ Ruby sah ihn herausfordernd an.

„Also“, er verstaute den Bubblegum wieder in der Backentasche, „Peter Schwarz, der Vater von Georg

Schwarz, war in zweiter Ehe mit Rosa Brandenburg liiert. Er brachte den damals neunjährigen Georg, dessen Mutter unmittelbar nach der Geburt gestorben war, mit in die Ehe. Ein Jahr später wurde Veronika geboren. Sie ist somit die Halbschwester." Er kaute einige Male auf dem Kaugummi, während er seine Kollegen musterte.

Ruby beugte sich ungeduldig nach vorne. Fröhlich war zwar ein begnadeter Ermittler und dazu ein ausgezeichneter Hacker, jedoch mit der Tendenz zur Drama-Queen. Gleich einem Magier, der unvermittelt ein Kaninchen aus dem Zylinder zaubert, gelang es ihm immer wieder, überraschende Informationen zutage zu fördern.

„Und die Pointe?", stieß sie hervor.

„Mit sechzehn vergriff sich Georg erstmals an seiner kleinen Schwester. Der Missbrauch wiederholte sich einige Male, bevor das Mädchen sich seiner Mutter anvertraute." Fröhlich sonnte sich in der Reaktion seiner Teamkollegen.

Ruby saugte scharf die Luft ein. Spike richtete sich auf und stellte die Kaffeetasse beiseite. Sabine und Mona gafften sich an und suchten beieinander die Bestätigung, sich nicht verhört zu haben. Grünberg nickte seinem Teammitglied anerkennend zu. Krause kratzte ausgiebig seine Glatze.

„Ist ja ganz prima", entfuhr es der Polizeipsychologin Tanja Winter. Hinter ihrer hübschen Stirn knisterte es fast hörbar. „Das kam bei der Verhandlung wegen des Mordes an Emma Hofmann nie zur Sprache."

„Nö." Fröhlich juckte sich am Hinterkopf. „Seine Schwester lebte damals schon seit Jahren in Amerika und wurde nicht verhört. Und anscheinend hat sich niemand die Mühe gemacht, tief genug in der Vergangenheit zu wühlen."

„Wie bist du denn darauf gestoßen?", wunderte sich Ruby. „Irgendeine illegale Nummer?"

„Nein." Fröhlich riss die Augen auf und wedelte abwehrend mit den Händen. „Total antiquiert. Nichts gehackt. Durch Zufall. Bei einem Schwätzchen mit einem längst pensionierten Nachbarn meiner Großmutter. Der kannte die Familie Schwarz noch persönlich. Er hat einige Bemerkungen fallen lassen, und danach habe ich Wühlmaus gespielt." Er griente. „Fast legal ..."

Rubys Miene warf Spike ein Fragezeichen zu. Er schüttelte kaum merklich den Kopf, und sie verzichtete darauf, tiefer nach den Informationsquellen zu bohren. „Und weiter? Was passierte dann?", fragte sie stattdessen.

„Veronikas Mutter zeigte Georg an und trennte sich unverzüglich von ihrem Ehemann. In der Ehe hatte es ohnehin seit längerer Zeit gekriselt." Fröhlich kippelte auf seinem Stuhl, kaute einige Male auf dem Gummi und griente in die Runde.

„Mann, Tom!" Ruby konnte ihre Ungeduld nicht zügeln.

Er gab ihr ein Daumen-hoch-Zeichen, bevor er fortfuhr. „Nach dem Abitur verschlug es Nicki ..."

„Wer ist Nicki?", unterbrach sie ihn.

„Veronika wurde früher Nicki genannt", antwortete Fröhlich perplex. „Hatte ich das noch nicht erwähnt?"

Ein kollektives Kopfschütteln kurvte durch den Raum.

„Also", setzte er wiederum an, „nach dem Abitur ging Nicki für ein Jahr als Au-Pair-Mädchen in die USA. Dort verliebte sie sich in die gleichaltrige Kathreen Cooper. Sie kehrte allerdings trotzdem nach Deutschland zurück, wo sie Medizin studierte." Fröhlich brach abrupt ab. Seine Zähne malträtierten den Kaugummi, während er sich seinen Fingerknöcheln widmete und sie lautstark knacken ließ.

„Ja, und?", wunderte sich Spike. „Was ist daran so ungewöhnlich?"

„Vielleicht war ihr das Studium in den USA zu teuer.“ Fröhlich heischte nach Bestätigung. Einige der Anwesenden nickten. „Zumindest legte sie justament eine Zusatzprüfung für die USA ab und wanderte aus. 2015 heiratete sie dann ihre langjährige Freundin Kathreen Cooper. Und es kommt noch besser.“ Er nahm sich die Zeit, eine Blase mit dem Kaugummi zu formen.

Rubys Finger ballten sich zu Fäusten.

„Einundzwanzig, zweiundzwanzig, dreiundzwanzig, ruhig durchatmen“, flüsterte Spike ihr zu. „Wenn du ihn jetzt erwürgst, erfahren wir das dicke Ende nie.“

„Vera Cooper hat von ihrem Großvater mütterlicherseits eine Villa in Köln geerbt und macht dort seit Jahren immer wieder Urlaub. In Marienburg. Hier ist die Adresse.“ Er pfriemelte einen Zettel aus der Hosentasche, positionierte ihn auf seinem Oberschenkel und versuchte, ihn mit den Händen zu glätten. Schließlich reichte er die zerknitterte Notiz an Spike weiter.

„Du bist genial!“ Spike las die Adresse.

„Ich weiß“, kaute Fröhlich, „das habe ich schon häufig gehört. Das erste Mal, als ich im Alter von zwei Jahren etliche Telefonnummern auswendig konnte.“

„Saubere Arbeit“, rühmte Ruby.

„Gerne.“ Er kaute eine Runde. „Immer“, fügte er dann hinzu.

Tanja Winter nahm ihre Tasche auf. „Ich möchte die Fachkollegen, die das Gutachten für Schwarz’ Prognose erstellt haben, kontaktieren. Oder gibt es sonst etwas, das mich betrifft?“ Sie schaute von Ruby zu ihrem Partner. Dank ihrer Professionalität vermochte sie, ihre Miene von allen Gefühlsregungen freizuhalten. Weder die neuen Erkenntnisse über Schwarz’ frühe Vergehen noch die nicht allzu lang zurückliegende Affäre mit Spike schienen ihr etwas anhaben zu können.

„Danke, Tanja", verabschiedete Ruby sie.

Spike gaffte ihr automatisch hinterher.

Um ihre Figur schmiegte sich ein Etuirock. Ihre schmalen Fesseln und schlanken Waden kamen in den hohen Pumps erst richtig zur Geltung.

„Vera Cooper alias Veronika Schwarz, früher Nicki, hätte also einen triftigen Grund, ihren Halbbruder verschwinden zu lassen", resümierte Ruby.

Spikes Handflächen fächelten einige Male auf und ab und fingen das Motiv ein. „Rache", formulierte er knapp. „Besser spät als niemals." Seine Hände hielten in der Bewegung inne und kämmten stattdessen einige Strähnen nach hinten. „Tom", wandte er sich an Fröhlich, „könntest du bitte checken, ob Vera Cooper sich derzeit in der Villa aufhält und wozu sie während ihrer Abwesenheit genutzt wird?"

„Klar", jubilierte Fröhlich. „Das ist eine meiner leichtesten Übungen."

„Hattest du Zeit, Beckers Alibi zu überprüfen?" Ruby sah Mona an.

Sie nickte. „Ich habe das Sekretariat des Gymnasiums kontaktiert. Laut Aussage der Sekretärin fanden am Freitagnachmittag weder Sportkurse noch sonstige Arbeitsgemeinschaften statt."

Spike beobachtete Ruby aus den Augenwinkeln. Sie schnappte nach Monas Antwort wie ein Fisch nach einem Köder. „Wir müssen sofort überprüfen, wo er stattdessen war", forderte sie.

„Er war trotzdem in der Schule", stellte Mona klar. „Dort fand nach der Mittagspause eine Lehrerkonferenz statt, an der Becker bis um 17 Uhr teilgenommen hat."

„Somit kann Becker zumindest nicht mit dem Hertz-Sprinter in Verbindung gebracht werden." Spike klang erleichtert.

„Bingo!“, verlautete Mona und zog die Aufmerksamkeit der Anwesenden auf sich. Sie lutschte jedes Wort wie ein süßes Bonbon: „Ich habe den Mieter des Hertz-Transporters ermittelt.“

„Und der wäre?“, fragten Ruby und Spike zeitgleich.

Ruby hielt die Luft an. In Spikes Wange zuckte ein Muskel. Fröhlich hörte auf, seinen Kaugummi zu quälen. Sabine kurbelte eine Haarsträhne um den Zeigefinger. Krause grunzte.

„Doktor Kaiser“, antwortete Mona.

„Was?“, entfuhr es Spike.

„Doktor Maria Kaiser – die Großmutter der ermordeten Emma“, konkretisierte Mona.

„Sie hätte zumindest ein ähnliches Motiv wie Vera Cooper.“ Ruby schnellte in die Höhe.

Da der Besprechungsraum ihr aufgrund von Platzmangel keine Möglichkeit bot, ihrer Aufregung durch Auf- und Ablaufen Erleichterung zu verschaffen, stampfte sie mehrmals im Kreis wie ein Hund, der das Gras platttrampelt, bevor er sich zur Ruhe bettet, und setzte sich wieder auf den Stuhl.

„Das wäre dann wohl ein Fall für die Spurensicherung.“ Spike sah Krause an.

Krause rieb seine Glatze. „Falls Schwarz in dem Wagen war, finden wir irgendetwas, was wir mit seiner DNA im Computersystem vergleichen können.“ Er rieb die runden Hände. „Wir nehmen uns den Transporter gleich vor. Wo steht er?“

„Immer noch bei der Autovermietung. Er wurde anschließend nicht weitervermietet, aber bereits gereinigt. Hier ist die Adresse.“ Mona reichte dem Leiter der Spurensicherung ein Blatt.

„Und wir werden Maria Kaiser aufsuchen.“ Ruby nickte grimmig. „Noch weitere Überraschungen, Mona?“

„Nein." Sie schaute in die Runde. Ihre Aufmerksamkeit klebte einige Sekunden auf Spikes Gesicht, bevor sie fortfuhr. „Wir haben die Angaben von Paul Hoffman überprüft. Sie sind absolut korrekt. Er hatte den ganzen Freitag Dienst und hat die Klinik kurz nach 19 Uhr verlassen. Kollegen, Schwestern und Patienten habe die Aussage bestätigt. Den Abend hat das Ehepaar Hofmann, wie von ihm angegeben, bei Freunden verbracht. Die Petersens haben diese Angabe ebenfalls bestätigt." Mona sah von ihren Unterlagen auf.

Fröhlich marterte grinsend seinen Kaugummi. „Der wäre also aus dem Schneider", kommentierte er.

„Sophie Kaiser auch", ergänzte Mona. „Sie ist am Donnerstagmittag mit Air Berlin nach Mallorca geflogen und hat dort am Nachmittag auf der Finca Florinda eingecheckt. Der Yogakurs läuft die ganze Woche. Der Rückflug ist für den kommenden Samstag gebucht." Mona legte die Notizen auf ihrem Schoß ab. Wie üblich war sie praktisch gekleidet, in Jeans und Sweatshirt, und ähnelte der Mona aus dem Blue Lou in keinerlei Hinsicht. „Die Reiseinformationen habe ich von ihrer Freundin Stefanie Körner, die gemeinsam mit ihr im Krankenhaus arbeitet. Natürlich habe ich die Angaben überprüft."

„Sind sonst noch Meldungen aufgrund der Vermisstenanzeige eingegangen?", fragte Ruby.

„Nichts Brauchbares." Mona spinkste auf ihr Gekrakel. „Frau Goldberg aus der WhatsApp-Nachbarschaftsgruppe hat sich nochmals gemeldet. In ihrer Gegend ist Schwarz nicht mehr gesehen worden. Und die Europol hat bisher keinerlei Hinweise vorzuweisen – weder über den Verbleib von Georg Schwarz noch den seiner Schwester."

„Prima. Danke, Mona. Ich würde folgendes Vorgehen vorschlagen." Ruby stand auf. „Spike und ich fahren zu

Maria Kaiser, Krause und sein Team knüpfen sich den Transporter vor, und Grünberg und seine Leute, vor allem Fröhlich, bleiben Vera Cooper auf den Fersen und überprüfen die Villa. Falls sie sich dort aufhalten sollte, laden Sie sie bitte für morgen Vormittag vor."

„Klar!" Fröhlich schmatzte einige Male. „Kein Problem. Offiziell oder schnell?"

„Was ich nicht weiß, macht mich nicht heiß", konterte Ruby und schlüpfte in ihre Jacke. „Was Sie in Ihrer Freizeit treiben, geht mich im Übrigen nichts an."

„Aber ..." Krause öffnete den Mund und holte tief Luft, um einen längeren Vortrag zu halten.

„Aber was tun wir, wenn wir auf der falschen Fährte sind", vervollständigte Spike die Frage und nahm Krause die Luft aus den Segeln, „und weder Maria Kaiser noch Vera Cooper etwas mit dem Verschwinden von Schwarz zu tun haben?"

Krauses Mund schloss sich abrupt. Seine Kastanienaugen glühten.

Spike fuhr mit einem entschuldigenden Lächeln fort: „Da Schwarz wie vom Erdboden verschluckt zu sein scheint und alle Fahndungen der Polizei sowohl auf bundesweiter als auch europaweiter Ebene bisher keinerlei Hinweise erbracht haben, bleiben die beiden Damen wohl unsere einzige Spur. Oder haben Sie eine bessere Idee?"

Vollkommen überrumpelt schüttelte Krause sein nacktes Haupt.

Kapitel 38

Mittwochmittag

„Ja, bitte?" Die Stimme wehte weich durch die Gegensprechanlage. Sie erinnerte an kuschelige Handtücher auf einer Wäscheleine und den Duft eines blumigen Weichspülers.

„Kriminalhauptkommissarin Rubina Hiller und Kriminalkommissar Simon Peick", antwortete Ruby. „Wir würden Ihnen gern einige Fragen stellen." Sie hielt ihren Ausweis in die Kamera, die in die Eingangstür integriert war. Ungeduld hatte sich auf ihrem Gesicht eingenistet wie ein Holzwurm in einem Balken. Ihre Schuhspitze trommelte einen unhörbaren Rhythmus in den Boden.

Spike lächelte mit stoischer Ruhe in das Objektiv, als ginge es darum, einen Urlaubsmoment auf einem Foto zu konservieren.

Die Tür öffnete sich langsam.

„Guten Tag?" Die Worte erweckten eher den Eindruck einer Frage als den eines Grußes. Sie purzelten aus dem Mund einer Frau, die trotz ihres Alters immer noch schön war. Volles hellblondes Haar bildete einen klassischen Bob. Die sanften Wellen reichten bis zum Kinn. Ihre hellblauen Augen glitten über Ruby und Spike. In ihr Gesicht hatten die Jahre Sorgen- und Lachfalten gewebt. „Worum geht es bitte?" Sie fixierte Ruby.

„Um Georg Schwarz." Ruby lauerte auf eine verräterische Reaktion. Die Muskeln in ihrem drahtigen Körper waren angespannt wie bei einer Wildkatze, die zum Sprung ansetzt.

Maria Kaiser erwiderte Rubys Herausforderung ruhig. Dann streiften ihre Augen für einen Moment Spike.

„Bitte treten Sie ein." Ihre Hand untermalte die Einladung. „Dieses Thema lässt sich garantiert ruhiger bei einer Tasse Kaffee erörtern als zwischen Tür und Angel."

Spike bedankte sich mit einem Kopfnicken und betrat einen hellen Flur – besser gesagt, ein Empfangsfoyer. Fast wäre er über den Hund gestolpert, der es sich auf einem Läufer bequem gemacht hatte und die Besucher aus dunklen Knopfaugen beäugte.

Sonnenlicht strömte durch die Seitenfenster neben der Haustür und durch ein großes Dachfenster, das weit oben über einer offenen Galerie schwebte. Ein antiker Schrank, der als Garderobe diente, wurde von zwei Ghost-Stühlen im Louis-quinze-Stil flankiert, die den Charakter des alten Möbelstücks aufgriffen und modern umsetzten.

Auf der rechten Seite führte eine Treppe zur oberen Etage. Begleitet wurden die Stufen bei ihrem Weg aufwärts von zwei modernen Gemälden, deren hauptsächlich blaue Farbpalette ein Gefühl von Ruhe kreierte und das Rauschen des Meeres heraufbeschwor. Es mischte sich mit der klassischen Musik, die aus dem Wohnzimmer schwappte.

„Kommen Sie bitte." Maria war an ihnen vorbeigegangen, gefolgt von dem vierbeinigen Knäuel, und geleitete sie in ein ebenso helles wie freundliches Wohnzimmer. Die Terrassentüren standen offen und luden das Zwitschern der Vögel und den Duft der Rosen ein.

Sie deutete auf eine weiße Sitzgruppe. „Kaffee oder lieber Tee?"

„Nein, danke", entgegnete Ruby brüsk.

„Und Sie, Herr Peick?" Maria schenkte ihm ein einladendes Lächeln.

„Eigentlich schon." Er nickte. „Kaffee mit Milch und drei Stück Zucker."

„Sehr gerne." Sie verließ das Zimmer auf demselben Wege, auf dem sie es zuvor betreten hatten.

„Was?" Spike wuchtete die Augenbrauen nach oben und erwiderte Rubys Blick, der vorwurfsvoll an ihm haftete.

„Wie kann sie so die Ruhe weghaben?"

„Ich glaube nicht, dass es in ihrer Absicht liegt, dich dadurch zu provozieren", amüsierte sich Spike.

„Vergiss es", grummelte sie, stand auf und schlenderte zu einem Sideboard auf der gegenüberliegenden Seite des Zimmers. Dort reihten sich zahlreiche Silberrahmen mit Fotografien aneinander. Ruby betrachtete die Fotos versonnen.

„Das ist meine Enkelin Emma." Maria war lautlos neben sie getreten und deutete auf ein Foto. Ein blondes Mädchen streckte begeistert ein Osternest in Richtung des Betrachters. Das ist meine Tochter Sophie mit Paul." Sie zeigte auf ein Hochzeitsbild.

„Die Ehe wurde geschieden?", fragte Ruby, obwohl ihr die Antwort bekannt war, und fixierte das junge Paar, dessen Freude das Fotopapier durchwirkte.

„Ja." Wehmut lag in der knappen Antwort.

„Wann?", fragte Ruby beiläufig.

„Fünf Jahre nach Emmas Tod." Maria Kaiser hatte sich wieder gefasst und konstatierte die Tatsache objektiv und neutral wie ein Nachrichtensprecher. „Ich glaube jedoch nicht, dass Sie mich wegen unserer Familiengeschichte aufgesucht haben." Sie stolzierte zu Spike und stellte die Tasse auf dem Tisch neben ihm ab. „Bitteschön", sagte sie nebenbei. „Wie kann ich Ihnen helfen?"

„Georg Schwarz ist verschwunden", eröffnete Spike das Gespräch. „Sicherlich haben Sie davon erfahren."

Maria sah ihn an. „Ich habe die Vermisstenanzeige der Polizei in der Tageszeitung gelesen."

„Können Sie uns bitte sagen, wie Sie den letzten Freitag verbracht haben?", fragte Ruby ohne Umschweife.

„Natürlich. Morgens habe ich eine Freundin abgeholt, um gemeinsam mit ihr einige Einkäufe zu erledigen. Anschließend habe ich einen Spaziergang gemacht und das Auto wieder zurückgebracht. Den Abend habe ich zu Hause verbracht." Sie setzte sich auf einen Sessel. „Warum?" Ihre Mundwinkel verrieten einen Anflug von Spott.

„Weil wir nachweislich wissen, dass Sie am Freitag einen Hertz-Sprinter ausgeliehen haben." Rubys Stimme war kratzig.

„Ja, das stimmt." Maria lächelte. „Da ich größtenteils im Ausland lebe, habe ich kein eigenes Auto. Wenn ich hier bin und eins brauche, leihe ich es mir."

„Und wozu haben Sie am Freitag einen Transporter benötigt?" Ruby rutschte nach vorne. Ihre Augen sondierten Marias Gestik.

„Wie gesagt", Maria lächelte erneut, „ich habe meine Freundin abgeholt." Sie schlug die Beine, die in einer beigen Leinenhose steckten, übereinander. „Gehe ich richtig in der Annahme, dass Sie mich verdächtigen, für das Verschwinden von Schwarz verantwortlich zu sein?" Sie bedachte Ruby mit milder Nachsichtigkeit und schielte zu Spike, der an seinem Kaffee schlürfte.

Er inhalierte das Aroma, bevor er die Tasse abstellte. „Könnten Sie bitte Ihren Tagesablauf etwas ausführlicher darlegen? Es handelt sich um eine reine Routinebefragung", äußerte er diplomatisch.

Eine offensichtliche Belustigung kitzelte ihre Mimik. „Gegen 8 Uhr bin ich mit dem Taxi zu der Autovermietung gefahren, wo ich den Wagen drei Tage zuvor reserviert hatte. Von dort aus begab ich mich zum Haus meiner Freundin. Wir haben dort noch einen Cappuccino getrunken und waren um zehn Uhr im Möbelgeschäft. Dort haben wir sperrige Kleinmöbel gekauft, zwei Schuhregale für meine Freundin und eine Sonnenliege für mich. Daraufhin sind wir in ein Gartencenter gefahren. Ich benötigte einige Säcke Blumenerde und meine Freundin zahlreiche Pflanzen für ihren Garten." Sie unterstrich ihre Ausführung mit einem Handschlenker zur Terrasse.

Spike stand auf und warf einen Blick durch die offene Tür. An einer Seite der Terrasse, die von einem Balkon im höheren Stockwerk geschützt wurde, lagen fünf große Säcke Erde gestapelt. Er kam zurück, setzte sich wieder auf das Sofa und leerte die Kaffeetasse.

„Die Liege habe ich noch nicht aufgebaut", erklärte Maria. „Das Paket steht in der Garage."

„Was haben Sie anschließend gemacht?" Ruby musterte sie skeptisch.

„Zunächst habe ich meine Freundin mit ihren Einkäufen abgeladen, dann bin ich hierhergefahren und habe meine Sachen mithilfe eines Nachbarn ausgeladen. Im Anschluss daran habe ich die Gelegenheit, ein Fahrzeug zu haben, genutzt und habe Bella", sie deutete auf den Hund, „zum Nordwald chauffiert. Dort war ich ungefähr um 13:30 Uhr und habe den Wagen auf dem Parkplatz geparkt." Ihr offener hellblauer Blick haftete auf Ruby.

„Und dann sind Sie im Wald spazieren gegangen?", hakte Ruby nach. Die Angaben des Ehepaars Fürst ratterten zum Abgleich durch ihren Kopf.

„Nein", sie schüttelte kaum merklich den blonden Schopf. „Ich bin mit Bella über das Feld zu dem nur einen Kilometer entfernten Café Verde gegangen, weil ich Lust auf einen Cappuccino verspürte." Sie bemerkte Rubys Gereiztheit und adressierte die Konkretisierung dieses Abstechers an Spike. „Es gehört zu einem Bauernhof, der neben dem Verkauf von Obst und Gemüse neuerdings auch ein kleines Gartenlokal betreibt. Dort habe ich zufällig eine Bekannte getroffen. Wir hatten uns länger nicht gesehen, wodurch es viel zu erzählen gab. Deshalb fiel mein geplanter Waldspaziergang aus."

Ruby klappte ihr Notizbuch auf. „Könnten Sie mir bitte den Namen und die Kontaktdaten Ihrer Bekannten nennen?"

„Hilde Brenner, Hauptstraße 5. Die Telefonnummer müsste ich nachschlagen." Sie beobachtete, wie Ruby die Adresse notierte.

„Das wäre sehr freundlich", erklärte Spike.

„Einen Moment, bitte. Mein Adressbuch ist im Arbeitszimmer." Sie erhob sich und schwebte leichtfüßig aus dem Zimmer.

„Das gibt's doch nicht", zischte Ruby.

„Das wird die Überprüfung zeigen." Spike juckte sich am Nasenrücken. „Die Bekannte wird dieses Alibi mit Freude bestätigen. Da bin ich mir hundertpro sicher."

„Ich leider auch." Rubys Schultern rutschten nach unten. Sie bückte sich und begutachtete die Zeitschriften und Bücher, die auf der Ablage unter dem Kaffeetisch lagen. Bei den Magazinen handelte es sich um medizinische Fachzeitschriften. Ruby zog einen Bücherstapel heraus, legte ihn auf dem Tisch ab, nahm ein Buch nach dem anderen auf und studierte die Titel. Sie stellten ein buntes Gemisch aus historischen Romanen, Krimis und Frauenliteratur dar. Zwischen einigen Seiten klemmten Lesezeichen. Anscheinend las die Ärztin mehrere Titel gleichzeitig.

„Falls Sie sich für Literatur interessieren", Maria legte einen Zettel, auf dem die Telefonnummer von Hilde Brenner in säuberlichen Zahlen flanierte, neben einem der Bücherhaufen ab, „ich habe nebenan eine kleine Bibliothek. Sie können gern einen Blick hineinwerfen."

Ruby legte die Bücher aus der Hand, prüfte den Zettel und verstaute ihn in ihrem Notizkalender. Nebenbei fragte sie: „Haben Sie auch Meine geniale Freundin gelesen? Das Buch wurde mir empfohlen."

„Allerdings", strahlte Maria. „Der Roman ist ebenso genial wie sein Titel. Sie sollten der Empfehlung folgen."

Ruby betrachtete Maria ernst. „Wie lange waren Sie in dem Café?"

Maria überlegte kurz. „Bis circa 18 Uhr."

„Sie haben über vier Stunden mit Ihrer Bekannten in diesem Café verbracht?", rechnete Ruby nach.

„Das ist in der Tat sehr lange."

Maria strich eine Strähne hinter das Ohr. Eine dezente Perle zierte das Ohrläppchen. Sie passte zu dem Perlenring, der hinter ihrem Ehering an einem schlanken Finger glänzte. Obwohl sich auf dem Handrücken blaue Venen abzeichneten, wirkte die Hand anmutig und gepflegt. Die Nägel erfreuten sich einer dezenten französischen Maniküre, wobei die weiß gestalteten Nagelspitzen kurz gefeilt waren.

„Und was haben Sie danach gemacht?" Ruby überflog die notierten Uhrzeiten und Orte.

„Vom Parkplatz aus habe ich den Mercedes zu der Autovermietung zurückgefahren und ein Taxi nach Hause genommen. Den Abend habe ich, wie bereits gesagt, daheim verbracht." Maria folgte den Bewegungen von Rubys Stift, der ihre Angaben zu den vorherigen Informationen hinzufügte.

„Um wie viel Uhr haben Sie das Fahrzeug abgegeben?" Ruby kniff die Augen zusammen.

„Gegen halb sieben. Das werden Sie sicherlich wissen." Maria schmunzelte nachsichtig.

„Wer hat Ihnen zu Hause beim Entladen des Wagens geholfen?", forschte Spike nach.

„Das war mein Nachbar Eduard Klein." Maria belächelte die Frage und bemerkte, wie der Name des Nachbarn ebenfalls einen Platz in Rubys Buch erhielt. „Ich kann es Ihnen gern detaillierter beschreiben." Ihre gute Laune streifte Spike. „Ich hatte Eduard schon am Vortag gebeten, mir beim Entladen behilflich zu sein. Also habe ich den Wagen in die Garage gefahren. Von dort aus gibt es nämlich einen direkten Zugang zum Garten durch die Hintertür. Dadurch ist der Weg zur Terrasse, um die Blumenerde abzulegen, erheblich kürzer, und die Säcke müssen nicht durch das ganze Haus geschleppt werden." Sie räumte eine Pause ein, als wolle sie den Beamten genügend Zeit geben, um diesen einfachen Tatbestand zu verinnerlichen. „Nachdem ich den Wagen in der Garage abgestellt hatte, habe ich Eduard angerufen. Er traf etwa zehn Minuten später ein. In der Garage finden Sie auch die Sackkarre, die wir benutzt haben."

Ruby richtete sich auf. „Wir werden Ihre Angaben überprüfen."

„Selbstverständlich." Die Offenheit ihrer Augen war betörend. „Darf ich Ihnen noch einen Kaffee anbieten?" Sie schaute zu Spike. „Oder Ihnen?" Trotz der offensichtlichen Verdächtigung, mit dem Verschwinden von Schwarz in Verbindung zu stehen, schien sie keinerlei Groll gegen Ruby zu hegen.

„Nein, danke", antworteten die Polizisten wie aus einem Munde.

„Eine Frage noch, bevor wir gehen." Ruby stand auf. „Wo befindet sich Ihre Tochter zurzeit?"

„Meine Tochter?" Maria wirkte erstmals überrascht. „Sie ist auf Mallorca. Sie nimmt dort eine Woche an einem Yoga-Workshop teil."

„Sie haben nicht zufällig ihre Adresse?" Spike nickte ihr aufmunternd zu.

„Nein. Tut mir leid." Ein Schatten huschte über ihre Miene. „Sie hat mir zwar Abbildungen der Finca gezeigt, als sie mir Bella gebracht hat, aber die genaue Adresse habe ich nicht. Vielleicht hat Stefanie sie. Stefanie Körner", setzte sie hinzu, als sie Spikes fragenden Blick aufschnappte. „Sie ist Sophies beste Freundin und arbeitet gemeinsam mit ihr in der Geriatrie."

„Bella ist also der Hund Ihrer Tochter?" Spike kraulte das flauschige Etwas hinter den Ohren.

„Sie hat ihn von einer verstorbenen Patientin übernommen", erklärte Maria. „Gestern Abend hat Sophie mich angerufen, um sich zu vergewissern, dass es Bella gut geht."

„Wie geht es Ihrer Tochter?" Spike rubbelte den Bauch des Tieres, das sich auf den Rücken gerollt hatte.

„Yoga tut Körper und Seele gut", verallgemeinerte Maria, „aber sie hat Muskelkater und vermisst Bella."

Spike bohrte nicht tiefer.

„Bitte halten Sie sich für weitere Fragen zur Verfügung." Ruby unterließ es, ihr zum Abschied die Hand anzubieten.

„Mit Vergnügen. Ich fliege erst in vier Wochen zurück nach Afrika. Bis dahin werden Sie ihn hoffentlich gefunden haben. Auf Wiedersehen." Ein zufriedenes Lächeln hatte sich in ihrem Gesicht verwebt. Sie brachte die Ermittler zum Eingang und schloss die Tür hinter ihnen.

Kapitel 39

Mittwochnachmittag

„Gibt's was Neues?" Ruby fischte ein belegtes Brötchen aus der Tüte, die Mona in ihrer Mittagspause besorgt hatte. Sie klappte die Hälften auseinander und beäugte den Belag, bestehend aus Käse, Salat, Gurke, Tomate und Ei, kritisch. Dann biss sie seufzend in die Mischung.

„Jein." Monas Schultern zuckten. Sie schob Spike die Papiertüte hin.

Er spinkste hinein und griff sich die Schinkenvariante. „Wie?", fragte er.

„Fröhlich hat einiges über die Villa herausgefunden. Aber es hilft uns nicht wirklich weiter." Mona fixierte Spike, der sich etwas Butter mit dem Finger aus dem Mundwinkel wischte und ihn anschließend ableckte.

Sie rüttelte an ihrer Schreibtischschublade, die wie üblich klemmte, und beförderte ein Paket mit Papiertaschentüchern hervor. Sie pfriemelte eins aus der Packung und legte es vor Spike. „Vera Cooper hat einen Verwalter eingesetzt, der sich um das Objekt kümmert. Er ist einmal pro Monat im Haus, bucht Gärtner zur Pflege des Gartens und ist auch befugt, das Objekt zu vermieten. Diesen Monat wurde es von einem Ehepaar Wagner gebucht."

„Wer mietet denn eine Villa in Köln für einen Monat?" Ruby sah Mona über den Imbiss hinweg an.

„Keine Ahnung", erwiderte Mona. „Urlauber? Messebesucher?"

„Von Vera Cooper hat er aktuell nichts gehört?" Ruby steckte sich den letzten Rest in den Mund.

„Nein." Mona prüfte ihre Notizen. „Seit Monatsbeginn war er auch nicht mehr in der Villa. Vor Mietbeginn hat er sich nochmals vergewissert, dass alles in Ordnung ist. Danach hat er den Mietern den Schlüssel übergeben."

„Warum habe ich das Gefühl, mich in einem Hamsterrad zu bewegen?"

Ruby stand auf und ging zur Kaffeemaschine, die auf der Fensterbank zwischen Monas Zimmerpflanzen einen Platz gefunden hatte. Spike und Mona blieben ihr eine Antwort schuldig.

„Und Krause? Hat er was gefunden?" Spike langte erneut nach der Tüte und umfasste ein Salami-Exemplar.

„Der tobt. Ich habe ihn bereits zweimal angerufen. Sein Team hat noch nichts gefunden außer Blumenerde und irgendeiner Plastikfaser. Er meinte, falls ich ihn nochmals bei der Arbeit stören würde, würde er mich umbringen." Mona verschränkte die Arme vor der Brust. „So ein ruppiger Kerl. Ich mache ja auch bloß meinen Job."

„Und das sehr gut." Spike griente sie mit vollem Mund an. „Schmeckt echt lecker", schnurrte er kauend.

Monas Gesicht hellte sich im Handumdrehen auf. Sie löste die gekreuzten Arme und beugte den Kopf zur Seite. „Wenigsten einer, der meine Arbeit zu würdigen weiß."

„Und wie." Spike zwinkerte ihr zu.

Ruby verdrehte die Augen.

„Und wie war's bei Maria Kaiser? Hat sie zugegeben, am Wald gewesen zu sein?"

„Sofort und unumwunden. Inklusive Gründen, warum sie an diesem Tag einen Transporter benötigte. Shopping-Tour mit ihrer Freundin", schimpfte Ruby.

Monas Schopf rotierte von Spike zu Ruby. „Shopping-Tour?", echote sie.

„Keine Klamotten, sondern Möbel, Blumenerde und Kleinpflanzen", erläuterte Ruby.

„Was bisher zu Krauses Funden passt“, stellte Spike zwischen zwei Bissen fest. Er kaute den letzten Brocken und wischte sich Mund und Finger an dem Taschentuch ab. Anschließend stand er auf. Sein Blick fiel nachdenklich aus dem Fenster.

Mona stierte auf seine breiten Schultern. Ihre Gedanken zeichneten sich in einer zarten Röte auf ihren Wangen ab.

Ruby grinste sie an. Mona erteilte ihrer Brille einen Stups und ergriff die Flucht nach vorne. „Was haltet ihr von Maria Kaiser?“, versuchte sie, Ruby abzulenken.

„Freundlich, gefasst, gelassen.“ Spike drehte sich zu ihnen um. „Und für meinen Geschmack etwas zu entspannt.“ Er fingerte an der Thermoskanne. Der Deckel klappte hoch. Auf dem Boden zeigte sich eine dünne Pfütze. Er seufzte. „Warten wir auf das Ergebnis der SpuSi.“

„Anscheinend hat Kaiser ein wasserdichtes Alibi für die Zeit von 14 bis 18 Uhr und nichts mit dem Verschwinden von Schwarz zu tun.“ Ruby zog das Notizheft aus der Tasche und klappte es auf.

„Also auch ein Schuss nach hinten“, bemerkte Mona.

„Wahrscheinlich. Du könntest ihre Angaben bitte überprüfen.“ Ruby betrachtete ihr Gekrakel. „Eduard Klein, ein Nachbar, hat ihr beim Ausladen des Transporters geholfen. Anschließend hat sie sich mit einer Bekannten, Hilde Brenner, im Café Verde getroffen.“ Sie diktierte Mona die Telefonnummern und trommelte mit den Fingerspitzen auf die Tischplatte.

„Und wenn wir auf dem total falschen Dampfer wären und Schwarz sich einfach aus dem Staub gemacht hätte? Mit einem neuen Pass?“

„Könnte rein theoretisch sein.“ Spike zippelte an einem Ohrläppchen. „Mehr als wir getan haben, können wir in diesem Fall nicht unternehmen; nur hoffen, dass die

Kollegen der Europol ihn zufällig erwischen. Solange er sich von Flughäfen fernhält, kann er sich innerhalb Europas frei bewegen."

„Genauso wie Vera Cooper." Zwischen Rubys Augenbrauen bildete sich eine Furche. „Das ist doch wirklich wie verhext." Sie stützte die Hände in die Hüften und stapfte im Zimmer auf und ab.

„Das scheint mir nicht verhext, sondern zu glatt." Spike wippte mit dem Stuhl.

Ruby stoppte ihren Lauf und runzelte die Stirn. „Zumindest, wenn wir von einem Rachemotiv ausgehen."

„In diesem Fall kämen in erster Instanz Paul Hofmann, Maria Kaiser, Sophie Kaiser und – mit etwas Abstand – die Beckers in Betracht. Mal angenommen, Maria Kaisers Angaben werden bestätigt und die SpuSi findet keine DNA-Spuren im Sprinter, dann haben alle ein wasserdichtes Alibi." Spike zählte die Verdächtigen an den Fingern ab.

„Somit bleibt uns in Bezug auf dieses Motiv nur eine Person", bestätigte Ruby.

„Veronika Schwarz alias Vera Cooper." Spike nickte. „Es sei denn ..."

„... Schwarz hat noch weitere Verbrechen begannen, die nicht aktenkundig geworden sind", führte Ruby den Gedanken fort.

Kapitel 40

Mittwochabend

„Der Typ ist für mich gestorben. Endgültig!" Anna schnaubte. Ihre Enttäuschung hatte sich in gepanzerte Aggression verwandelt. „Führt mich in ein schickes Restaurant aus, bettelt um Verzeihung, schwört mir ewige Treue und hat im Handumdrehen alles vergessen, sobald seine Marion zufällig aufkreuzt und ihn anspricht. Sofort fing er an zu sabbeln und zu faseln, er träfe sich nur mit mir, um die Scheidung zu besprechen. Aber eins schwöre ich dir", sie gestikulierte kühn mit dem Brieföffner wie ein angriffslustiger Ritter mit seiner Lanze, „genau das haben wir anschließend getan. Ich bin ein für alle Male kuriert."

„Cheers!" Ruby schwenkte ihr Weinglas. „Endlich!"

„Ja, endlich!" Anna hob das Kinn. „Du hattest vollkommen recht. Bis dato habe ich ihm immer noch hinterhergetrauert und im Stillen gehofft, wir kämen wieder zusammen, und alles würde gut." Sie boxte sich mit der freien Hand auf die Stirn. „Was war ich für ein Idiot. Aus – Schluss – vorbei!" Sie prostete ihrer Freundin zu. „Und weißt du was?"

Ruby schüttelte den Kopf.

„Ich fühle mich unendlich erleichtert. Als wäre mir der sprichwörtliche Stein vom Herzen gefallen. Ich lasse mich nie wieder auf einen Mann ein." Anna sprach mit der Inbrunst, die zwei Gläser Wein hin und wieder mit sich führen. „Nie, nie wieder! Nur noch auf gelegentliche Abenteuer."

Ruby genehmigte sich einen Lachanfall. „Das halte ich für eine wortwörtliche Schnapsidee." Sie japste nach Luft. „Dazu bist du nicht der Typ."

„Was soll das denn heißen?" Anna starrte auf den Boden des leeren Glases. Der Brieföffner schepperte über den Tisch. „Du hältst mich für bieder!" Sie schmollte gekünstelt.

„Quatsch!" Ruby tupfte sich die Lachtränen aus den Augenwinkeln und fläzte sich in einem der Le Corbusier-Sessel, die in Annas Zimmer Platz gefunden hatten.

Nach der Trennung von Wolfgang hatte sie ihm zwar das gemeinsame Loft überlassen, jedoch ihre Lieblingsmöbelstücke mitgenommen. Hierzu gehörten die Designersessel, der Esstisch mit den Eames-Stühlen, der die Küche der Wohngemeinschaft aufwertete, und zahlreiche Küchenmaschinen und Accessoires, von deren Existenz Ruby zuvor noch nie gehört hatte.

„Wolfgang wird sich noch wundern, wozu ich in der Lage bin." Zielstrebig zerrte sie einige Fotoalben aus dem Regal, klemmte sie vor ihre Brust und stürmte aus dem Zimmer.

Ein Klappern aus der Küche kroch zu Ruby. Kurz darauf erschien Anna und rupfte die nächsten Alben aus dem Regal.

„Brauchst du Hilfe?" Ruby richtete sich auf.

„Das war's schon", schnaufte Anna.

Eins der Alben rutschte aus ihrer Umarmung und beschwerte sich mit einem empörten Knall. Ruby sprang auf, sammelte es ein und folgte ihrer Freundin in die Küche.

„Du bist verrückt", lachte Ruby.

Anna entriss ihr die fotografischen Erinnerungen und stopfte sie zu den anderen in die Spülmaschine. Dann gab sie eine Reinigungstablette in das hierfür vorgesehene Fach und wählte das Kochtopfprogramm.

„Das sind die Fotos der gemeinsamen Reisen vor unserer Ehe und die Hochzeitsfotos. Ich wollte nur sichergehen, dass ich nie wieder einen Blick darauf werfe."

„Wie ich dich kenne, hütest du aber noch die Negative oder die Fotodateien auf USB-Sticks." Ruby schmunzelte.

„Ha!", stieß Anna aus, rannte zurück in ihr Zimmer, beförderte einen Karteikasten vom Regal und entfernte den Deckel.

Ruby beäugte die Karteireiter, die säuberlich geschriebene Jahreszahlen transportierten.

Anna griff sich entschieden die Negative der Jahre 2000 bis 2005, stülpte den Deckel wieder auf die Schachtel und reihte sie zwischen den feinsäuberlich beschrifteten Aktenordner ein. Danach kramte sie einen UBS-Stick aus einer Schreibtischschublade. Mit der Beute in der Hand stürmte sie zurück in die Küche, kämpfte mit der Spülmaschinentür und pfefferte die Negative und den Stick in die Seifenlauge. Die Maschine beschwerte sich mit einem lauten Gluckern.

„Nie wieder!" Anna ballte die Hände zu Fäusten. „Und morgen lösche ich alle Fotos vom Laptop!"

„Was macht ihr?" Nele und Leonie polterten durch die Küchentür.

Anna fuhr herum und öffnete perplex den Mund.

„Großabwasch!", erklärte Ruby. „Wollt ihr helfen?"

„Leider ist schon Schlafenszeit. Echt schade!" Nele demonstrierte ihr Sieben-Tage-Regenwetter-Gesicht. „Sagst du mir gute Nacht?"

„Klar", versprach Ruby. „Mit dem Gröbsten sind wir eh fertig." Sie folgte Nele, die durch den Flur flog und unter die Bettdecke tauchte.

„Gibt es Ärger?" Das Mädchen forschte in den Gesichtszügen ihrer Mutter nach der Wahrheit.

„Wie meinst du das?", entgegnete Ruby.

„Ich meine zwischen dir und Anna." Sie drückte sich tiefer in das Kissen. „Anna war den ganzen Tag so komisch."

Ruby zog die Decke mit dem Pferdeaufdruck über ihr glatt. „Große Güte – nein! Sie hatte Streit mit Wolfgang. Das belastet sie natürlich. Anna und ich verstehen uns blendend."

„Leonie und ich auch." Neles Augen leuchteten. „Ich hoffe, wir können ewig zusammenwohnen."

„Das könnt ihr. Keine Bange. Ich finde unsere Wohngemeinschaft auch richtig klasse." Ruby strich ihr Haar zurück und hauchte ihr einen Kuss auf die Stirn.

„Ich freue mich schon so auf das Voltigieren." Neles Freude kringelte sich in jeder Silbe, breitete sich im Raum aus und schlüpfte unter Rubys Haut.

„Ich mich auch." Ihr Gesicht jubilierte.

„Meinst du, es klappt schon dieses Wochenende? Ich kann es kaum erwarten." Neles Wangen glühten.

„Hoffentlich." Sie nickte.

„Aber du hast den Mann noch nicht gefunden." Ihr Blick verdüsterte sich.

„Leider nicht." Ruby seufzte. Aber bis zum Wochenende bleiben uns ja noch ein paar Tage."

„Oma hat heute noch einmal angerufen." Nele beobachtete die Reaktion ihrer Mutter.

„Hat sie am Wochenende keine Zeit?", argwöhnte Ruby.

„Doch. Sie hält sich alle Wochenenden frei, aber ..." Nele verstummte.

„Was denn, aber?", wiederholte Ruby.

„Aber sie meinte, du sollst dir keine Sorgen machen."

„Worüber?" Rubys Augenbrauen bäumten sich auf.

„Über den Mörder natürlich."

„Na, sie muss es ja wissen", meinte Ruby. Sie würgte ein paar Mal und schluckte eine giftige Bemerkung runter.

„Oma sagt, du findest ihn."

„Ja", sagte Ruby genervt, „ich weiß. Das haben ihr die Karten gezeigt."

„Nein." Nele bewegte den Kopf auf dem Kissen. „Das hat nichts mit Kartenlegen zu tun, hat sie gesagt."

„Womit denn?" Ruby gelang es nicht, ihre Neugier zu zügeln.

„Sie hat gesagt, weil die Welt klein ist und niemand herunterfallen kann."

„Dann kann ich ja jetzt auch beruhigt schlafen", schmunzelte Ruby.

„Genau. Gute Nacht."

„Gute Nacht, Nele. Schlaf schön." Sie stand auf, knipste das Licht aus und schloss die Tür bis auf einen schmalen Spalt, durch den das Licht des Flures auf den Boden fiel.

„Die Welt ist klein", murmelte sie, als sie zurück in die Küche bummelte. Sie hielt abrupt inne, schlug sich mit der flachen Hand an die Stirn und wiederholte die Worte: „Die Welt ist klein."

Kapitel 41

Donnerstagfrüh

„Dies wird leider unser letztes Zusammentreffen sein", gestand sie ihm mit ihrer weichen Sahnebonbonstimme. „Eigentlich hatte ich noch so viel mit Ihnen vor, aber uns rennt die Zeit ein wenig davon."

Ein irres Röcheln streifte ihre Ohren.

Er sah sie nicht.

Er hörte sie nicht.

Sie wusste nicht, ob er ihre Anwesenheit spürte. Deshalb trat sie näher an ihn heran und berührte seinen Oberarm. Er fuhr zusammen. Dann schnappte er hektisch nach Luft. Seine Augen wälzten sich in den Höhlen. Speichel lief aus den Mundwinkeln über sein Kinn und sammelte sich in einer Halsfalte. Die Körpermuskulatur spannte sich an und presste ihn gegen die Lederriemen.

Sein Schädel erinnerte an ein Haupt aus dem Gruselkabinett, das einem im Dunklen – an einer Gliederkette hängend – entgegengeschleudert wird: Die fettigen Haarsträhnen hafteten an seinem Kopf wie Algen an einem Fels. Die Visage war grotesk verzerrt und verlor mehr und mehr an Menschlichkeit.

„Sie brauchen keine Angst zu haben", gurrte sie. Ihre gummierte Hand tätschelte seinen Arm. „Uns bleibt keine Zeit für weitere chirurgische Eingriffe."

Sie versorgte ihn mit einer neuen Ration Nährstofflösung, die über eine Ernährungssonde durch seine Nase bis in den Magen vordrang, und deponierte die Patientenakte gut sichtbar auf dem Instrumententisch. „Da ich leider heute abreisen muss, wird Ihnen der Tastsinn erhalten bleiben", offenbarte sie dem tauben Patienten. Sie verfolgte, wie sich seine Gesichtsmuskulatur verrenkte, als wäre die Aussage zu ihm vorgedrungen.

„Unterschätzen Sie diese Gnade nicht", erklärte sie unbeirrt. „Sie könnten somit zum Beispiel die Blindenschrift erlernen. Immerhin sind Ihnen die Finger geblieben."

Er fletschte die Zähne.

„Außerdem sind Sie immer noch in der Lage, einen guten Wein und ihre Lieblingsgerichte zu genießen, da ich Ihnen die Zunge erhalten habe. Sonst wären Sie für den Rest Ihrer Tage auf eine künstliche Ernährung angewiesen gewesen. Ich hätte Ihnen viel, viel Schlimmeres zufügen können, zum Beispiel bleibende Schmerzen." Nachdenklich kehrte sie ihm den Rücken zu. „Schmerzen, die einen Tag und Nacht plagen, die kaum erträglich sind und die einen trotzdem nicht töten."

Sie löschte das Licht.

Das Türschloss klackte zum Abschied.

Kapitel 42

Donnerstagmorgen

„Das kann doch gar nicht sein!“, schimpfte Ruby. „Haben Sie auch alles gründlich untersucht?“

„Passen Sie mal auf!“ Krauses Doppelkinn zitterte erbost. Seine Kastanienaugen funkelten überhitzt. „Wir machen unseren Job ordentlich. Wenn Sie Ihren nicht auf die Reihe kriegen, ist das nicht das Problem unserer Abteilung.“

„Sie meint es nicht so“, versuchte Spike den Leiter der Spurensicherung zu beschwichtigen. „Uns ist bewusst, dass Sie in kürzester Zeit eine fantastische Analyse vorgenommen haben. Das Ergebnis ist für uns leider enttäuschend.“

„Wahrscheinlich ermitteln Sie in eine vollkommen falsche Richtung, und wir mussten Tag und Nacht den Sprinter auf imaginäre Spuren absuchen“, grummelte Krause.

„Damit könnten Sie sogar recht haben.“ Spike nickte. „Trotzdem würde es uns sehr helfen, wenn wir weiterhin auf Ihren kriminalistischen Instinkt bauen könnten. Welches weitere Vorgehen würden Sie aufgrund der gefundenen Spuren vorschlagen?“

Der Honig, den Spike ihm um den Bart schmierte, zeigte seine Wirkung. Krauses Unterkiefermuskulatur entspannte sich, die rote Glut in seinen Augäpfeln versiegte. Er verbuddelte seinen beleidigten Blick in den Unterlagen.

„Kommen Sie, Krause“, ließ Spike sich auf das Spiel ein. „Sie können uns doch nicht hängen lassen. Wer weiß, was der Typ anstellt, wenn wir ihn nicht finden.“

Krause brummte und adressierte einen Giftblick an Ruby. Dann befeuchtete er seinen Zeigefinger mit Spucke und blätterte in seiner Mappe.

„Also", hob er an, „im Laderaum haben wir Blumenerde, Papierfasern und eine Kunststofffaser sichergestellt. Keine Hautpartikel, Haare oder Ähnliches, die wir mit Schwarz' DNA in unserer Datei hätten vergleichen können. Im Fußraum der Beifahrerseite befanden sich zahlreiche Hundehaare, und auf dem Fahrersitz haben wir menschliches Haar sichergestellt, das von drei unterschiedlichen Personen stammt." Er massierte seine Glatze und betrachtete die Runde. Seine Unterlippe schmollte, wodurch einige Falten sein Kinn durchwebten. Augenscheinlich erwartete er einen weiteren Kniefall vor seiner Genialität.

Ruby trommelte mit den Fingern auf ihren Oberschenkel. Diese Ergebnisse hatte Krause ihnen bereits zuvor offenbart. Sie warf Spike einen Blick zu, in dem zu lesen war, dass sie den Chef der Spurensicherung am liebsten erwürgt hätte. Sie biss sich auf die Zunge und verhindert somit das Hervorquellen weiterer Worte, die sich nicht würden zurücknehmen lassen.

„Und inwiefern könnte uns dies helfen?", bat Spike höflich.

Krauses Gesicht erhellte sich. „Mit den gefundenen Proben ließe sich natürlich die Aussage von Maria Kaiser überprüfen." Krause fummelte an seinem Ehering, der es sich in einer Speckfalte bequem machte.

„Toll!", entfuhr es Ruby. „Wir müssen davon ausgehen, dass ihre Angaben stimmen. Schließlich wurde ihre Aussage sowohl von Hilde Brenner – die Bekannte, die sie zufällig im Café Verde getroffen hat – als auch von ihrem Nachbarn Eduard Klein, der mit ihr den Transporter entladen hat, bestätigt. Aber wir brauchen natürlich weder

Zeit noch Kosten zu scheuen, um diese Aussagen mittels Ihrer Funde zu verifizieren."

„Dann machen Sie doch, was Sie wollen", kläffte Krause.

„Ich würde gern weitere Möglichkeiten erörtern", klemmte sich Spike zwischen die Kampfhähne.

Krause knickte den Kopf in den stämmigen Nacken, giftete Ruby über die Spitze seiner Knollennase hinweg an und wandte sich an Spike. „Außerdem könnte dank der gefundenen Haare ein Verwandtschaftstest durchgeführt werden. Das ist zwar sehr aufwendig, aber durchaus machbar."

„Sie meinen, die DNA-Profile der Haare könnten mit denen von Schwarz im Computer abgeglichen werden." Über Rubys Stirn flossen zwei Falten. „Selbst wenn ein Haar von Vera Cooper dorthin gekommen sein sollte, könnten wir dadurch noch nicht beweisen, dass Schwarz sich ebenfalls in dem Wagen befand und möglichenfalls mit diesem entführt wurde."

Krause funkelte Ruby an. Seine Lippen kniffen sich zusammen.

„Das wäre zumindest eine Möglichkeit, das Material zu nutzen", lenkte Spike ein. „Was könnte man sonst noch mit den Ergebnissen anfangen?"

„Interessant ist die Gewebefaser." Krause blätterte in dem Schnellhefter.

„Sie meinen die Plastikfaser?", unterbrach Ruby.

„Plastik", schnaubte Krause verächtlich. „Bei Polypropylen handelt es sich um einen durch Kettenpolymerisation von Propen hergestellten thermoplastischen Kunststoff. Die hauptsächlichen Einsatzbereiche für diesen Stoff sind Verpackung von Lebensmitteln, Textilien, medizinischen Artikeln oder als Laminierungsschicht in Mehrschichtfolien."

Er las seine Notizen abermals. „Genau!"

„Und das wäre?" Spike sah ihn an.

„Wir könnten die Verpackung der Blumenerde mit unserer PP-Probe abgleichen. Falls sie nicht identisch sind, können wir Analysen einleiten, um die Probe zu spezifizieren. Mutmaßlich handelt es sich um eine Abdeckfolie."

„Das ist doch schon mal ein Ansatzpunkt." Spike schenkte Krause ein Daumen-hoch-Zeichen und Ruby einen verzweifelten Blick.

„Wir sind also genauso schlau wie gestern", resümierte Ruby flüsternd.

„Dank der schlampigen Reinigung haben wir außerdem zahlreiche Fingerabdrücke gefunden, die wir bisher noch nicht zuordnen konnten, da sie nicht in der Polizeikartei vorhanden sind."

Krause klappte die Mappe zu.

„Das bringt uns jetzt so richtig weiter", frotzelte Ruby.

„Das vielleicht nicht", stichelte Krause, „aber vielleicht die Tatsache, dass es in dem Auto von Fingerabdrücken wimmelte, jedoch nicht auf dem Lenkrad und auf der Schaltung. Hier hat anscheinend jemand außerordentlich gründlich sauber gemacht. Gegebenenfalls sollten Sie mal überlegen, wer dies war und warum."

„Dieses Detail hatten Sie bisher nicht erwähnt." Ruby hielt ihren Ärger im Zaum.

„Ich tue dies soeben", schnappte Krause und stand auf. „Bitte entschuldigen Sie, aber, ob Sie es glauben oder nicht, auf meinem Tisch liegen noch andere Fälle."

„Danke", rief Spike seinem Rücken hinterher. „Das sollten wir wirklich mit der Autovermietung klären", sagte er zu Ruby.

„Kannst du das übernehmen, Mona?" Ruby heischte nach der Zustimmung ihrer Mitarbeiterin.

„Klar. Ich hör sofort nach, wer die Reinigung des Sprinters übernommen hat und wie diese genau erfolgte."

„Danke.“ Ruby erhob sich. „Und wir fahren nochmals zu Maria Kaiser. Die Welt ist manchmal verdammt klein.“ Sie stürmte aus dem Zimmer.

„Okidoki.“ Spike schleuderte seine Jacke über die Schulter.

Ein Fragezeichen loderte in Monas Miene.

„Wo sie recht hat, hat sie recht“, orakelte er. „Bis später!“

Perplex klappte sie den Mund zu.

Kapitel 43

Donnerstagvormittag

„Wir hätten noch einige Fragen."

Ruby sparte sich den Gruß, als Maria Kaiser ihnen die Tür öffnete.

Die Temperatur war auf achtundzwanzig Grad geklettert. Am Himmel bildeten sich Wattebauschwolken, zwischen denen die Sonnenstrahlen niederprasselten. Trotzdem hatten sich die Härchen an Rubys Unterarmen aufgestellt, als würde sie frieren.

„Gerne." Marias Gesicht verriet keinerlei Überraschung, sondern eher fröhliche Gelassenheit, geradeso als hätte sie mit dem Kommen der Kommissare gerechnet. Ihr Blick huschte über die goldene Armbanduhr an ihrem Handgelenk.

„Kommen wir ungelegen?", fragte Spike.

„Nein. Ganz und gar nicht. Kommen Sie bitte herein. Den Weg kennen Sie ja." Sie schloss die Eingangstür.

Bella schmiss sich auf den Rücken vor Spikes Füße. Er bückte sich und kraulte dem Tier den Bauch, bevor er den Frauen ins Wohnzimmer folgte. Die Hündin heftete sich an seine Fersen. Sobald Spike sich auf dem Sofa niedergelassen hatte, rollte sie sich erneut auf den Rücken in der Hoffnung auf eine zusätzliche Streicheleinheit. Spike liebkoste das Tier, ohne dabei Maria aus den Augen zu lassen, die es sich in einem Sessel gegenüber den Beamten bequem gemacht hatte.

„Wie kann ich Ihnen helfen?" Maria eröffnete das Gespräch mit einer direkten Frage und betonte diese durch eine offene Körperhaltung, die einladend und vertrauenserweckend wirkte.

„Kennen Sie Veronika Schwarz?“, entgegnete Ruby ebenso unumwunden.

„Sie meinen die Halbschwester von Schwarz?“ Die Gegenfrage klang eher wie eine Feststellung als eine Frage.

„Exakt“, bestätigte Ruby.

„Kennen ist übertrieben“, äußerte Maria. „Ich habe sie allerdings einmal persönlich getroffen. Dabei hat sie sich mir als Vera Schwarz vorgestellt.“

Rubys Herzschlag erhöhte sich. Sie fixierte Maria aus zusammengekniffenen Lidern und schluckte schwer.

Spike ließ von Bella ab und konzentrierte sich auf Marias Worte. „Könnten Sie uns bitte sagen, wo das war?“

„Natürlich.“ Maria zeigte keinerlei Scheu. „Wir sind uns vor etlichen Jahren auf einem Ärztekongress in Boston begegnet.“

„Könnten Sie den Zeitpunkt bitte konkretisieren?“ Spikes Augenbraue segelte hoch auf seiner Stirn wie ein Boot am Horizont.

„Das muss ungefähr zwei Jahre nach Emmas Tod gewesen sein, also ...“ Maria verstummte und überlegte kurz. „Ja“, sie nickte, „das stimmt. Emma ist im Juni 2001 gestorben. Der Kongress fand im August 2003 statt.“

„Wie haben Sie Vera Schwarz kennengelernt?“, fragte Ruby.

Marias Augen wanderten erneut über das Ziffernblatt an ihrem Arm. „Hätten Sie etwas dagegen, wenn ich uns etwas Wasser hole?“ Sie lächelte die Kommissare an. „Heute ist es wirklich schrecklich heiß, und in meinem Alter dehydriert man leider allzu leicht.“

„Kein Problem“, Spike stand auf, „ich helfe Ihnen.“

„Das ist nicht nötig“, wehrte Maria ab.

„Ich denke doch“, befand Ruby.

„Sie glauben doch nicht ernsthaft, ich würde Ihnen weglaufen?“ Marias belustigtes Gelächter klang echt. „Warum sollte ich das tun?“

Rubys Handy klingelte. Sie prüfte das Display und erkannte Mona in dem Anrufer. Sie wies auf die offene Terrassentür, während sie die Taste betätigte und das Gespräch akzeptierte.

„Natürlich können Sie im Garten telefonieren.“ Marias Hand deutete elegant in Richtung der Tür.

„Warte mal, Mona.“ Ruby trat auf die Terrasse.

Die Säcke mit der Blumenerde waren verschwunden. Offensichtlich waren sie zur Bepflanzung zahlreicher Kübel, die sich um die Terrasse gruppierten, sowie in einem Blumenbeet verwendet worden.

„Was gibt es?“ Ruby starrte ins Wohnzimmer, konnte aber Spike und Maria nicht sehen, die in die Küche gegangen waren.

„Halt dich fest oder setz dich hin!“, verlangte Mona.

„Mach's nicht ganz so dramatisch. Hier knistert es bereits genug.“ Ruby spreizte die Finger der freien Hand und kämmte damit ihr Haar aus der Stirn.

„Wir haben Vera Cooper!“

„Was?“, rief Ruby erstaunt.

„Die Kollegen haben sie und Kathreen Cooper auf dem Charles de Gaulle Flughafen in Paris aufgehalten. Die beiden wollten nach London fliegen.“ Mona lehnte sich über den Tisch und angelte nach einem Merkzettel mit der Telefonnummer des zuständigen französischen Kollegen. „Angeblich hat Vera Cooper nicht gewusst, dass sie gesucht wird, und zeigte sich gegenüber den Beamten ausgesprochen kooperativ. Sie hat angeboten, umgehend nach Köln statt nach London zu fliegen. Am besten rufst du den Kollegen an und besprichst alles mit ihm.“ Mona diktierte ihr die Telefonnummer.

„Mache ich sofort." Ruby betätigte den roten Hörer.

Spike steckte seinen Kopf durch die Tür. Ruby winkte ihn zu sich.

„Sie haben Vera Cooper! Am Flughafen in Paris! Sie hat angeboten, sofort nach Köln zu fliegen!", fasste sie zusammen.

„Geht doch!" Spike grinste erleichtert. „Die Kollegen können sie in den Flieger setzen, und wir holen sie ab. Aussteigen kann sie unterwegs wohl kaum."

„Gut." Ruby nickte. „Das erspart uns jede Menge Zeit. Bis dahin können wir uns mit Maria Kaiser unterhalten." Sie tippte die französische Nummer ein.

Maria patrouillierte vor der offenen Tür und spitzte die Ohren. Eine Mischung aus Neugier und Nervosität kauerte in ihren Zügen. Spike trat zu ihr und bat sie, Platz zu nehmen, um Ruby ein privates Gespräch zu ermöglichen.

„Neuigkeiten?", fragte Maria, während sie seiner Aufforderung Folge leistete. „Haben Sie Schwarz gefunden?" Ihre Daumen streichelten die ineinander verschränkten Hände.

„Noch nicht." Spike registrierte ihre Stressgeste.

Bella hatte sich unter dem Sofatisch zusammengerollt und schnarchte leise. Maria umfasste den Wasserkrug, in dem einige Limonenscheiben wie Seerosen auf einem Teich schwammen, und füllte die Gläser mit dem kühlen Wasser.

„Danke." Spike erfrischte seine Kehle und stellte das Glas auf einem Untersetzer, der mit weißen Rosen bepflanzt war, ab.

„Sie haben Schwarz' Schwester also auf einem Ärztekongress in Boston kennengelernt", nahm Ruby den Gesprächsfaden wieder auf, nachdem sie die Details der Überführung mit dem Franzosen geklärt hatte.

„Das ist richtig." Maria rutschte auf dem Sessel nach vorne und stellte ihr Glas ab. „Sie hat mich angesprochen und ..." Der Gedanke verebbte, während sie eine

Handfläche mit dem Daumen der anderen Hand massierte. „Das war für mich natürlich zunächst ein ziemlicher Schock", vollendete sie ihn nach reiflicher Überlegung.

„Woher kannte sie Sie?", bohrte Ruby nach.

„Sie hatte den Prozess verfolgt. In der Presse wurden zwar unsere Familiennamen nicht ausgeschrieben, aber sie hat sich an mehreren Verhandlungstagen im Gericht aufgehalten, mich in Boston wiedererkannt und angesprochen. Das hat viel Mut gekostet." Maria legte eine Hand an den Brustkorb. „Sie hat mir in Boston ihr Herz geöffnet und mir von den frühen Vergehen ihres Bruders berichtet."

„Sie meinen von dem Missbrauch an ihr", präzisierte Ruby.

„Ja." Maria nickte.

„Warum hat sie nicht vor Gericht ausgesagt? Das hätte das Strafmaß erhöhen können", stellte Spike fest.

„Vielleicht." Maria nickte abermals. „Dazu fehlte ihr die Kraft. Darüber hinaus spekulierte sie auf eine lebenslange Haftstrafe, und zwar in der Form, dass er sein Lebtag nicht mehr auf freien Fuß gesetzt würde. Sie wusste ja, was er für ein Monster ist." Maria knetete ihre Hände. „Sie hat mich für diesen Fehler um Verzeihung gebeten."

„Und, haben Sie ihr verziehen?" Ruby fixierte die Frau.

„Vera ist eine kluge, einfühlsame Frau und eine begnadete Ärztin." Sie faltete ihre Hände. „Stellen Sie sich vor, eine Kinderseele sei ein Porzellankrug. Wenn er zerbricht, kann er zwar zusammengeklebt werden, aber die Risse bleiben. Er wird niemals dazu geeignet sein, Wasser vom Brunnen nach Hause zu tragen."

Ruby zog die Brauen zusammen. Spike betrachtete sein Wasserglas.

„Wie sollte ich ihr nicht verzeihen können?" Die Frage erfüllte den Raum und ritt auf den Sonnenstrahlen, die den Raum durchquerten, langsam davon.

Spike umschloss das Glas mit seinen Händen.

„Haben Sie Vera Schwarz beziehungsweise Vera Cooper anschließend nochmals getroffen?" Ruby räusperte sich.

„Nein", sie schüttelte den Kopf, „das wäre für uns beide zu schmerzvoll gewesen. Es ist kein schöner Umstand, der uns verbindet."

„Die Welt ist klein", murmelte Ruby.

„Das ist sie", bestätigte Maria, die ihr Selbstgespräch gehört hatte. „Ist das Ihr Lebensmotto?" Sie kniff die Lippen aufeinander, um ein Lächeln zu unterdrücken.

„Nein", wehrte Ruby ab. Ihre Aufmerksamkeit hing an Marias Lippen. „Ihres?"

„Nein." Maria schüttelte ihren Bob.

„Sondern?", bohrte Ruby.

„Ich glaube nicht, dass das eine Rolle spielt", bekannte Maria. Sie schielte auf ihre Armbanduhr und tippte gedankenverloren auf das Uhrenglas.

„Haben Sie heute noch etwas vor?" Spike beobachtete die Geste.

„Nein." Maria atmete tief ein und aus. „Ganz und gar nicht. Ich werde es mir draußen im Schatten gemütlich machen, lesen und entspannen. Falls Sie noch Fragen haben, werden Sie mich hier jederzeit antreffen."

Kapitel 44

Donnerstagnachmittag

„Ich bin Vera." Sie streckte Spike ihre Hand entgegen. Die langen, zierlichen Finger mit den kurz gefeilten Klarlacknägeln weckten sofort Vertrauen in chirurgische Fähigkeiten. Ihr schlanker Körper war durchtrainiert. Die Haare trug sie zu einem Dutt aufgesteckt am Hinterkopf. Sie war bereits fünfzig Jahre alt, sah jedoch aus wie Ende dreißig oder Anfang vierzig. Selbst ihre Hände verrieten ihr Alter nicht. Ihre äußere Erscheinung kreierte zweifelsohne den ultimativen Werbeauftritt für eine Schönheitschirurgin.

„Bitte setzen Sie sich." Ruby deutete auf einen Stuhl in dem Verhörraum. Trotz des offiziellen, bedrohlichen Ambientes zeigte Vera Cooper sich weder eingeschüchtert noch verhalten. Im Gegenteil. Sie betonte mehrmals, sie sei froh, dass die Kommissare sie gefunden hätten, und sie würde gern alles Mögliche tun, um sie bei ihren Ermittlungsarbeiten zu unterstützen.

„Wir zeichnen das Gespräch auf. Oder haben Sie etwas dagegen?" Ruby schaltete das Gerät ein, ohne auf die Antwort zu warten.

„Selbstverständlich nicht." Vera peilte zunächst Ruby und dann Spike an. Eine gelassene Heiterkeit kitzelte an ihren Mundwinkeln.

Ruby nannte Ort und Uhrzeit und bat Vera um die Angabe ihrer persönlichen Daten. Sie waren mit denen in der Ermittlungsakte identisch.

„Könnten Sie uns bitte darlegen, wo Sie sich seit letztem Freitag aufgehalten haben?", verlangte Ruby.

„Gern. Dürfte ich wissen warum?“, bat Vera höflich. Sie drehte den Kopf zur Seite und gab den Ausblick auf ihr klassisches Profil frei. Ihre Miene erhellte sich, als ihr Augenmerk die Uhr streifte. Der große Zeiger stand drei Striche vor der Vier.

„Wo waren Sie?“, wiederholte Ruby barsch.

Der herrische Ton änderte nichts an Veras Freundlichkeit und Gelassenheit. „Am Donnerstagabend sind Kathreen und ich in Paris gelandet“, setzte sie an. „Dort hatte ich bis Sonntagabend ein Zimmer im Hilton gebucht.“

„Was haben Sie während der Tage in Paris unternommen?“ Ruby wirkte ruhig. An ihren Wangenmuskeln erkannte Spike jedoch, dass sie vor Anspannung fast explodierte.

„Natürlich das, was man im Allgemeinen in Paris tut.“ Vera strahlte.

„Und das wäre?“ Ungeduld brodelte in Rubys Pupillen.

„Wir haben in kleinen Bistros gefrühstückt, also Croissants und Baguettes in den wundervollen Milchkaffee getunkt und die Passanten beobachtet. Wir sind durch das Quartier de Montparnasse gebummelt, haben Bücher und Postkarten bei den Bouquinisten an der Seine gekauft, einige Stunden im Louvre verbracht und in einzigartigen Restaurants zu Abend gegessen.“

„Und natürlich kann Kathreen Cooper Ihre Aussage bezeugen“, erklärte Ruby. Ihre Stimme triefte vor Süffisanz.

„Wir haben die ganze Zeit zusammen verbracht. Immerhin ist es unser gemeinsamer Urlaub. Eine ziemlich verspätete Hochzeitsreise.“ Vera ließ sich von Ruby nicht provozieren. Sie lächelte stoisch, antwortete langsam und ließ sich die Informationen Stück für Stück entlocken. „Ist es hier tatsächlich genauso spät wie in Paris?“ Sie verglich die Zeit auf ihrer Damenuhr mit der Zeit auf der Wanduhr.

„Natürlich." Ruby ballte die Hände auf dem Schoß zu Fäusten.

Spike bemerkte, wie ihre Knöchel weiß hervortraten. „Ich müsste dich kurz draußen sprechen", flüsterte er Ruby zu.

Sie stoppte die Aufnahme, schmetterte einen genervten Blick auf Vera, die mit Belustigung konterte, und schritt aus dem Zimmer.

„Entschuldigen Sie uns kurz." Spikes Kopf untermauerte die Bitte.

„Gerne", entgegnete Vera strahlend.

„Was ist?", schnauzte Ruby. „Wir kommen mit ihr nicht von der Stelle, müssen ihr alles aus der Nase ziehen und vertrödeln kostbare Zeit."

„Genau das ist es", konstatierte Spike. „Sie will Zeit schinden, warum auch immer. Die Frau ist hochintelligent und plappert wie ein sechzehnjähriger Teenager. Sie weiß, wo Schwarz steckt und sie braucht Zeit. Wofür auch immer." Er massierte seinen Nacken. „Damit er verschwinden kann. Damit sie ihn verschwinden lassen kann – was es auch sei."

„Da spricht der Frauenkenner!", höhnte Ruby.

„Ja. Ähm, ich meine, nein."

Ruby atmete tief durch, riss die Tür auf und steuerte energisch auf ihren Stuhl zu.

Vera lächelte Spike zu, der ebenfalls Platz genommen hatte. „Könnten Sie Ihre letzte Frage bitte nochmals wiederholen? Ich habe leider den Faden verloren."

Ruby knurrte lautlos und zischte durch die Zahnlücke zwischen ihren Schneidezähnen: „Und meiner ist leider gerissen. Hören Sie auf mit dem Dummgetue. Sie wissen genau, wo Ihr Bruder ist."

„Ich weiß nicht, wovon Sie sprechen", behauptete Vera. „Ich habe keinen Bruder. Ich war mit Kathreen in Paris. Wir hatten eine wundervolle Zeit." Sie schaute unbeeindruckt in Rubys Pupillen, die auf die Größe von Stecknadelköpfen geschrumpft waren und sie erbarmungslos stachen.

„Was Sie aber nicht hieb- und stichfest belegen können", keifte Ruby. „Nur behaupten."

„Natürlich kann ich alles belegen. Ich bereite doch eine Überraschung für Kathreen vor." Vera zeigte ihr Bühnenlächeln abwechselnd Spike und Ruby. „Ich habe zwar alles bar bezahlt, aber die Quittungen und Visitenkarten der Restaurants aufgehoben. Da wir reichlich Trinkgeld gegeben haben, werden sich die Kellner mit hoher Wahrscheinlichkeit an uns erinnern. Außerdem habe ich unsere Eintrittskarten gesammelt." Ihr Enthusiasmus tanzte durch den Raum.

Spike wischte sich mit der Hand über das Gesicht.

„Ich plane nämlich, Kathreen zum Geburtstag ein Scrapbook zu machen. Scrapbooking ist ein Hobby von mir", gestand sie Spike über beide Ohren strahlend. „Wissen Sie, dabei werden Fotos mit passenden Dingen verziert, beispielsweise Texten und Eintrittskarten. Deshalb habe ich jeden Platz, an dem wir waren, fotografiert, das Datum und die Uhrzeit notiert, Eintrittskarten, Bierdeckel und Ähnliches der Plätze gesammelt. Ich denke, Kathreen wird sich sehr darüber freuen, meinen Sie nicht?"

Rubys schloss die Augen.

„Sie präsentieren uns hier ein perfektes Alibi." Spike stand auf. „Aber, Lady", er zwinkerte ihr zu, „Sie haben dessen Wirkung falsch eingeschätzt."

„Alibi?", flötete Vera. „Eingeschätzt?" Sie lehnte sich zurück. „Weil ich Kathreen ein Fotobuch basteln möchte?"

Rubys Blick ohrfeigte sie. „Wann waren Sie zuletzt in der Villa in Köln?", fragte sie unvermittelt.

„Oh." Vera riss die Augen auf. „Im Dezember – nach Weihnachten. Wie üblich."

Ruby horchte auf. „Gibt es dafür einen speziellen Grund?"

„Natürlich." Veras Mundwinkel tanzten fröhlich. „Ich habe in Deutschland einen festen Kundenstamm."

„Könnten Sie das bitte erläutern." Rubys Nasenflügel bebten.

„Nach Weihnachten biete ich meinen deutschen Patientinnen vor Ort Schönheitsbehandlungen an. Einige scheuen zwar nicht den weiten Weg in die USA, um sich von mir behandeln zu lassen, für andere sprengt dies allerdings den Kostenrahmen."

„Um welche Art von Therapien handelt es sich hierbei?" Ruby kontrollierte das Aufnahmegerät. Es funktionierte tadellos.

„Das Spektrum ist sehr weit – von einfachen Botox- und Hyaluroninjektionen über Laserbehandlungen bis hin zu Lidfalten-, Tränensäcken- und Nasenkorrekturen." Sie beäugte ihre Hände. „Daneben verjünge ich auch Hände, Ohren und Hälse, um nur einen kleinen Bereich meiner Tätigkeit zu nennen."

„In welchem Krankenhaus sind Sie normalerweise tätig?" Ruby betrachtete sie gespannt.

„In keinem. Es läuft alles privat. In meiner Villa." Ihre ebenmäßigen Zähne funkelten zustimmend.

„Das bedeutet, Sie haben alle medizinischen Instrumente in der Villa verfügbar", schloss Ruby.

„Nur vom Besten sogar." Sie nickte. „Natürlich vollkommen legal. Ich habe eine Zulassung für Deutschland, rechne alle Operationen ordentlich ab und zahle meine Steuern." Sie saß vollkommen entspannt auf ihrem Stuhl und wartete geduldig die nächste Frage ab.

„Und Sie kommen nur im Dezember nach Köln?", fragte Spike.

„Das ist korrekt."

„Warum?", interessierte er sich.

„Nach den meisten Behandlungen ist ein Aufenthalt in der Sonne nicht ratsam. Die Wintermonate bieten sich somit für kleine Korrekturen an. Zudem nutzen einige Arbeitnehmer die Ferien, um eventuell auftretende Beschwerden, zum Beispiel kleine Blutergüsse, auszukurieren, um danach frisch und erholt im neuen Jahr an ihrem Arbeitsplatz zu erscheinen."

„Sie haben diese Woche die Villa also nicht aufgesucht?", versicherte sich Ruby.

Vera sortierte ihre Worte. „Nein, leider nicht. Ich hatte eigentlich vor, Kathreen meine Räumlichkeiten zu zeigen und einige Tage mit ihr in der Villa zu verbringen, aber mein Verwalter hat das Haus in diesem Sommer vermietet, ohne vorher mit mir Rücksprache zu nehmen." Sie plinkerte einige Male mit den Wimpern. „Sie war noch niemals in Deutschland, wissen Sie."

„Wo waren Sie von Montag bis heute?" Ruby presste die Kiefer aufeinander.

„Also nach Paris, meinen Sie?"

„Nach Paris", bestätigte Spike.

„Wir sind mit dem Zug an die Cote d'Azur gefahren. Es war herrlich", trällerte Vera. „Wir waren in Cannes, Nizza und Saint Tropez."

„Und natürlich haben Sie die Zugtickets sowie sonstige Abrechnungen, Quittungen und Souvenirs, um Ihre Reise zu dokumentieren."

Spike grinste amüsiert.

„Selbstverständlich." Das Amüsement schien ganz ihrerseits zu sein.

„Für das Scrapbook!" Spike imitierte ihr Nicken.

„Genau!" Veras Antlitz leuchtete.

„Wann haben Sie Maria Kaiser zum letzten Mal gesehen?", wechselte Ruby das Thema.

Vera gelang es nicht, ihre Unruhe zu verbergen. Sie kratzte sich am Hals, bevor sie antwortete. „Maria Kaiser? Wie kommen Sie denn jetzt auf sie?", schob sie ein.

„Bitte beantworten Sie die Frage", bellte Ruby.

„Ich habe Maria Kaiser nur ein einziges Mal getroffen, und zwar während eines Ärztekongresses in Boston. Das muss ungefähr zwölf oder dreizehn Jahre her sein." Sie betrachtete Spike, als würde sie um die Bestätigung der Richtigkeit ihrer Aussage bitten.

„Und Sie haben keine Idee, wo Ihr Bruder stecken könnte?", wechselte Ruby von Neuem das Thema.

Vera drehte den Kopf in Zeitlupe von Spike zu Ruby. Erstmals hatte sie die zur Schau gestellte Einfalt und Leichtigkeit abgelegt wie einen verschlissenen Mantel. „Nein. Ich habe diesen Menschen seit über vierzig Jahren nicht gesprochen, und ich hoffe, dass ich ihm niemals wieder begegnen werde. Es tut mir leid, Ihnen diesbezüglich nicht helfen zu können." Sie schaute auf die Wanduhr. Der große Zeiger hatte eine Runde absolviert und die nächste angebrochen. Diese Tatsache schien ihre Stimmung wieder aufzumuntern. „Haben Sie sonst noch Fragen?", flötete sie.

„Warum werfen Sie ständig einen Blick auf die Uhr?", fragte Spike beiläufig.

„Weil ich für heute Abend spontan Karten für ein Musical gebucht habe und Kathreen sich schon darauf freut. Wir wohnen übrigens im Hyatt."

„Dann wissen wir ja, wo wir Sie finden können." Spike erhob sich und begleitete sie zur Tür. „Vielen Dank für Ihr Kommen, und vergessen Sie nicht, die Musicaltickets für das Scrapbook aufzuheben", spöttelte er.

„Das werde ich ganz sicher nicht." Sie reichte ihm die Hand. Sie war kühl und trocken.

Ruby stellte das Gerät aus und knallte die Faust auf den Tisch. „Was für eine Schauspielerin! Ich pack es nicht. Die präsentiert hier ein perfektes Alibi." Sie rieb ihre schmerzenden Knöchel.

„Nachdem sie den Verdacht zuvor bewusst auf sich gelenkt hat. Mann, was haben wir uns verarschen lassen." Spike hämmerte sich mit der Faust gegen die Stirn. „Irgendetwas haben wir übersehen. Fragt sich nur was."

Kapitel 45

Donnerstag spätnachmittags

„Ihr müsst sofort los!“ Mona stolperte in Spike, als er mit Ruby aus dem Verhörraum trat. „Schwarz wurde gefunden.“

„Was?“, stieß Ruby hervor und umklammerte Monas Arm.

„Bauer hat eben angerufen. Er hat Schwarz im Keller gefunden.“

„Wer?“ Ein Fragezeichen hatte sich in Spikes Blick gebrannt.

Mona hielt sich die Seite. „Der Verwalter der Kölner Villa.“ Sie stöhnte. „Ich glaube, ich habe eine Blinddarmentzündung. Die Schmerzen kommen und gehen seit Tagen.“ Sie krümmte sich.

Ruby lotste Mona zu einem Stuhl, der vor dem Raum stand, und zückte ihr Telefon. „Sabine? Komm bitte sofort zum Raum 101 und kümmere dich um Mona. Sie muss ins Krankenhaus. Ruf einen Krankenwagen.“

„Schaffst du es noch, uns aufzuklären?“, hoffte Spike.

Mona ringelte sich auf dem Stuhl. „Ich dachte, das wärst du gründlichst“, spöttelte sie trotz der Schmerzen. „Bauer bekam einen Anruf der derzeitigen Mieterin. Sie teilte ihm mit, dass sie aufgrund beruflicher Verpflichtungen ihres Mannes verfrüht abreisen mussten. Angeblich hatte sie im Haus ihr Portemonnaie inklusive der Kreditkarten liegen lassen. Er sollte es auf der Stelle holen und per Kurier zum Flughafen schicken.“ Mona legte den Oberkörper auf die Knie. „Tut das weh.“

„Und?“ Ruby strich ihr beruhigend über den Rücken.

„Als er den Eingangsbereich betrat, lag dort die Nachricht, unverzüglich in den Keller zu gehen und den sonst verriegelten Raum aufzusuchen. Dort hat er Schwarz gefunden samt der Vermisstenanzeige mit unserer Telefonnummer.“

„Wann war das?“ Ruby strich Mona das schweißnasse Haar aus der Stirn.

„Weiß der Kuckuck“, zischte Mona zwischen zusammengebissenen Zähnen. „Bauer klang total aufgeregt. Ich habe ihn kaum verstanden. Sicherheitshalber habe ich einen Krankenwagen alarmiert.“

„Super, dass du daran noch gedacht hast“, lobte Ruby.

Sabines Absätze klackerten durch den Flur. „Oh weh, was ist denn, Mona?“

„Vielleicht der Blinddarm?“, rätselte Ruby. „Was ist mit dem Krankenwagen?“

„Ist schon unterwegs.“ Sabine sackte in die Knie und legte den Arm um Monas Schultern.

„Fahrt schon“, knöterte Mona. „Wir kommen hier klar.“

„Wir brauchen einen Haftbefehl für Vera Cooper, bevor sie sich in die Vereinigten Staaten absetzt.“ Ruby klemmte die Haare hinters Ohr.

„Ja, und weshalb?“ Sabines Augen wurden rund hinter der eckigen Hornbrille.

„Verdunklungsgefahr, Beamtenbeleidigung, illegaler Drogenbesitz – sei kreativ, und denk dir was aus.“

Kapitel 46

Donnerstagabend

„Da muss es sein – inklusive Festbeleuchtung.“ Ruby deutete auf den parkenden Notarztwagen. Der Fahrer hantierte mit seinem Handy. „Der Arzt ist anscheinend drinnen“, überlegte sie laut, bevor die Stimme aus dem Lautsprecher sich meldete. Sie haben Ihr Ziel erreicht.

„Hoffentlich“, antwortete Spike dem GPS. „Das wäre zu schön!“ Er parkte das Auto neben dem Krankenwagen in der geräumigen Auffahrt der Villa, würgte den Motor ab, sprang hinaus und pfefferte die Tür ins Schloss. „Warum habe ich so ein beschissenes Gefühl?“, fragte er, als er neben Ruby dem offenen Portal entgegenschritt.

Der Kies knirschte unter ihren Schuhen, während über ihnen ein großer Kastanienbaum mit seinen Blättern fuchtelte und bunte Blumenbeete der Szenerie eine fröhliche Farbigkeit verliehen. Das Eingangsportal stand offen. Niemand hatte sich bemüht, die Tür hinter dem Notarzt zu schließen. Spike ließ Ruby den Vortritt, legte die Hand um den goldenen Knauf und schloss die Tür hinter ihnen. Das herrschaftliche Entree begrüßte sie schweigsam. Sechs weiß lackierte Holztüren mit goldfarbenen Klinken verbargen die dahinter liegenden Räume. Die Kommissare verharrten und spitzten die Ohren. Eine friedliche Ruhe bedeckte den offenen Eingangsbereich.

„Hallo?“, rief Ruby.

Stille.

Spike schritt an den Türen vorbei. „Die hier ist nur angelehnt!“ Er erteilte der Tür einen Fußtritt. Mit einem

Quietschen schwang sie in den Angeln und offenbarte das Innenleben des Wohnzimmers.

Auf dem mit einem Tuch abgedeckten Sofa ruhte ein Mann. Neben ihm hatte der Notarzt in einem ebenso geschützten Sessel sein Lager aufgeschlagen.

„Doktor Vogt. Notarzt." Der Mann erhob sich und reichte ihnen die Hand. Ruby und Spike stellten sich vor. „Der Krankenwagen bringt den Mann, den wir im Keller gefunden haben, bereits in die Uniklinik. Es wäre verantwortungslos gewesen, auf Ihr Eintreffen zu warten. Das hier ist Herr Bauer, der Hausverwalter. Er hat den Mann entdeckt. Anscheinend handelt es sich bei diesem um den von Ihnen gesuchten Schwarz. Ich habe Herrn Bauer ein leichtes Kreislaufmittel gegeben. Ihm geht es wieder recht gut."

Wie auf Knopfdruck richtete sich Herr Bauer auf. „Ich fühlte mich die ganze Zeit hervorragend. Der Arzt wurde etwas hysterisch beim Anblick im Keller", beschwerte er sich.

„Ruhen Sie sich besser noch ein wenig aus", riet der Arzt dem Verwalter.

„Ich bin ausgeruht", protestierte dieser. „Ich habe Schwarz gefunden. Also will ich auch den Kommissaren den Tatort zeigen." Er sprang auf die Füße und durchquerte den Raum mit Siebenmeilenstiefeln. Der Notarzt hob entschuldigend die Hände.

Ruby und Spike eilten hinter Bauer her, gefolgt von Vogt. Der Verwalter durchquerte das Entree, riss eine Tür auf und nahm voller Elan eine weiß geflieste Treppe, die anscheinend in den Keller führte.

„Hier war es", schleuderte er den Kommissaren über die Schulter zu. Er verschwand durch eine Tür.

Ruby, die an seinen Fersen pappte, tauchte in den Raum ein und registrierte die Details. Statt in einem Keller befand sie sich in einem hellen, freundlichen Operationssaal.

Er war zwar klein, schien aber äußerst professionell ausgestattet zu sein.

„Das ist bestimmt der OP, den Vera Cooper erwähnt hat."

„Genau!" Bauer nickte heftig. „Hier operiert die Frau Doktor immer, wenn sie nach Weihnachten kommt. Wenn das Haus vermietet ist, ist der Raum selbstverständlich verriegelt und verrammelt. Wie ich den Mann gefunden habe, habe ich Ihrer Kollegin ja bereits am Telefon erklärt." Stolz blitzte in seinen Augen.

Ruby betrat den Raum. Eine Gänsehaut legte sich auf ihre Arme. Ihre Nackenhaare sträubten sich. „Das ist doch kein OP-, sondern ein Seziertisch", bemerkte sie. „Die werden bei uns in der Pathologie genutzt."

„Das stimmt." Vogt schnürte die Lippen zusammen. Sie bildeten einen schmalen Strich über einer markanten Kieferpartie. „Schwarz, sofern die Identität bestätigt wird, war mit den Riemen, die Sie hier sehen, an den Tisch fixiert. Er konnte sich nicht rühren", fuhr er fort.

„Wurde irgendeine Operation an ihm durchgeführt?" Spike umrundete den Tisch und studierte die Lederbefestigungen.

Vogt knetete sein Kinn. „Ich bin mir sicher, dass mehrere chirurgische Eingriffe erfolgten. Das geht auch aus der Patientenakte hervor, die hier auf dem Tisch lag. Dies muss natürlich von den Kollegen in der Uniklinik bestätigt werden."

„Sie haben die Akte angefasst?", murrte Ruby. Sie holte tief Luft, um nicht zu explodieren.

„Was für Eingriffe?" Spikes Adamsapfel hüpfte auf und ab.

„Offensichtlich wurde er kastriert." Vogt starrte auf den Seziertisch. „Ferner ist er vermutlich blind, stumm und taub. Ich hatte weder die Zeit noch die medizinischen

Möglichkeiten, um die Aufzeichnungen in der Akte zu überprüfen. Die Kollegen im Krankenhaus werden Ihnen unter Garantie schnellstmöglich eine endgültige Diagnose zur Verfügung stellen."

„Taub, stumm und blind?", ächzte Ruby. Ihre Fagottstimme hatte sich hörbar verstimmt.

„Davon gehe ich aus. Als ich ihn berührte, zuckte er zunächst zusammen und bäumte sich gegen die Riemen. Er verzerrte den Mund, doch die von mir erwarteten Schreie blieben aus."

Ruby legte die Hand vor den Mund.

„Ansonsten – bitte verstehen Sie mich nicht falsch – ging es ihm gut. Herz-Kreislauf-System stabil, ausreichend Flüssigkeit et cetera. Er hat eine hervorragende medizinische Versorgung erhalten."

Spike massierte Stirn und Augen mit den Händen, betrachtete den Seziertisch und rieb erneut mit einer Hand über das Gesicht. Er blickte zu Ruby. Erstmals seit ihrer dreijährigen Zusammenarbeit zeigte sie sich sprachlos.

„Ich musste ihm ein Schlafmittel geben, um ihn vom Tisch losschnallen zu können und ins Krankenhaus transportieren zu lassen. Er muss völlig traumatisiert sein." Der Notarzt klappte den Notfallkoffer zusammen. „Wenn Sie mich jetzt entschuldigen würden. Herr Bauer ist wohlauf, und wir sind knapp besetzt. Falls Sie noch weitere Fragen haben", er reichte ihnen eine Visitenkarte, „rufen Sie mich bitte jederzeit an."

„Danke." Ruby nahm die Karte entgegen und schaute dem Arzt hinterher.

„Na ja", meldete sich Bauer, dessen Anwesenheit anscheinend alle vergessen hatten. „Verdient hat er's ja. Ich habe selber drei Töchter, und wenn irgendein Kerl sie begrapscht hätte, hätte ich ihm auch persönlich die Eier abgeschnitten."

„Hört, hört, der Volksmund", murmelte Spike.

„Und?", polterte Ruby, froh einen Dampfablasser gefunden zu haben. „Waren Sie's?"

„Bestimmt nicht. Dann hätten Sie mit Sicherheit eine blutige Sauerei vorgefunden", Bauer gestikulierte lebhaft, „mit Blutspritzern an den Wänden, so wie im Fernsehen."

„Schon gut." Spike klopfte ihm auf die Schulter. „Könnten Sie uns nun bitte allein lassen? Wir müssen den Tatort absichern."

„Klar!" Bauers Miene spiegelte den sonntäglichen Tatortexperten wider.

Spike überreichte ihm seine Visitenkarte. „Bitte kommen Sie morgen früh um zehn ins Präsidium. Ich bin mir sicher, Sie können uns bei der Aufklärung des Falles behilflich sein."

„Gern!" Bauer strahlte über alle vier Backen. In einer Backentasche blitzte ein Goldzahn. „Ich finde allein raus. Kenne das Haus wie meine Westentasche. Machen Sie in Ruhe Ihre Arbeit. Bis morgen."

Kapitel 47

Donnerstagabend

Spike postierte sich an dem Tresen und versuchte, die Bilder aus dem Krankenhaus zu verdrängen. Schwarz schien den Verstand verloren zu haben. Unfähig, mit seiner Umgebung in der herkömmlichen Form zu kommunizieren, hatte er getobt und wild um sich geschlagen, bis es den Ärzten gelungen war, ihm ein Beruhigungsmittel zu injizieren. Nun befand er sich in einem Dämmerzustand. Auch wenn er denjenigen, der ihm dies angetan hatte, mit hoher Wahrscheinlichkeit gesehen hatte und identifizieren könnte, kam eine klassische Befragung nicht in Betracht. Eventuell wäre er in einigen Tagen in der Lage, ihnen einige Informationen aufzuschreiben, wenn sie ihm Papier und Stift in die Hand drückten, und könnte später lernen, sich mittels eines Elektrolarynx, einer kleinen elektronischen Sprechhilfe, die auf den Hals aufgesetzt wird, zu artikulieren.

„Du siehst ganz schön fertig aus, Cowboy. Immer noch dem Täter auf der Spur?" Louiza wickelte die Lockenpracht um die Hand und türmte sie zu einem avantgardistischen Gebilde. Mithilfe zweier Bananenspangen montierte sie es am Oberkopf.

An ihren Ohrläppchen baumelten riesengroße Kirschohrringe, die zu den roten Punkten auf dem weißen Top passten. Ihre weiße Jeans war etwas in Mitleidenschaft gezogen worden. Offensichtlich hatte sie in der Küche einige Spritzer abbekommen.

„Nein", Spike seufzte, „wir haben ihn gefunden."

„Wenn das kein Grund zum Feiern ist!“ Louiza angelte eine Flasche Prosecco aus dem Kühlschrank und füllte zwei Gläser. Sie schob eines zu Spike über die Theke. „Salute“, ihre Augen prickelten mit dem Sekt um die Wette, „auf den besten Cop der Welt.“

„Zum Wohl!“ Spike nippte nachdenklich an dem Glas.

„Was ist denn los?“ Louiza stellte ihr Glas ab. Das Flackern in ihren Augen erlosch. „Hier stimmt doch was nicht.“

Spike atmete schwer aus. „Du wirst es morgen eh aus der Presse erfahren.“ Er schwenkte das Glas. Prickelnde Perlen flohen über den Rand und seilten sich in die Freiheit ab.

„Was denn? Raus mit der Sprache!“

„Wir haben ihn zu spät gefunden.“ Er schaute sie ernst an.

„Du meinst …“ Louiza legte die Hand auf die Lippen. Ihre Nägel leuchteten in hellem Rot. „Er hat wieder …“, sie wühlte nach den richtigen Worten, „etwas angestellt.“

„Nein.“ Spike schmierte die Prickelperlen an seinem Hosenbein ab. „Mit ihm wurde etwas angestellt.“

„Wie meinst du das?“ Louiza beugte sich vor.

„Ähm, anscheinend wurde er operiert.“

„Operiert?“, echote sie. „Könntest du dich bitte mal klar ausdrücken?“

Das Bimmeln einer Glocke verkündete die Fertigstellung einer Bestellung. Louiza gab der Bedienung durch Fingerzeichen zu verstehen, die Aufgabe zu übernehmen.

„Ich bin aus Sizilien und kann einiges ab. Spuck’s aus. Dann geht’s dir garantiert besser.“

„Er wurde kastriert. Außerdem ist er blind, taub und stumm.“ Er fuhr sich mit der Hand durchs Haar. „Behalt’s für dich.“

„Mama mia!“ Louiza stürzte die Hälfte des Proseccos hinunter. „Da hat sie’s ihm aber ganz schön heimgezahlt!“

„Wie meinst du das?“ Spike glotzte sie mit offenem Mund an, als hätte sie ihm soeben offenbart, nicht in ihn, sondern in Fröhlich verliebt zu sein.

„Wenn ich ein Kind hätte und irgendein Kranker würde ihm etwas antun, würde ich auch nach Giuseppes Messerset greifen und ihn verstümmeln.“ Louiza dichte Brauen näherten sich einander und bildeten einen schwarzen Balken auf ihrer Stirn.

„Es war aber nicht die Mutter. Sie ist zurzeit auf Mallorca.“ Spike nippte an dem Glas.

„Nicht?“ Der Balken auf Louizas Stirn schwang sich in die Höhe. „Ich vergaß! Nix da Cosa Nostra und Blutrache. Immerhin sind wir nicht in Sizilien. Bene! Dann kann sie sich ja doppelt freuen. Und du auch. Du hast den Fall gelöst und niemand ist zu Schaden gekommen. Salute!“ Sie stieß mit ihrem Glas an Spikes an. Ein fröhliches Klirren erklang. „Auf dich, Cowboy!“ Ihr Frohsinn kletterte von ihren Lippen über die Nase mit dem Glitzerstein-Piercing bis in die Augen. Schließlich sprang er auf Spike über.

„Wie simpel du die Welt siehst.“ Spike schmunzelte.

„Falsch“, hauchte Louiza. „Sie ist simpel! Ich Frau – du Mann!“ Sie zwinkerte ihm zu.

Spike lachte. „Wie schaffst du es eigentlich immer, mich aufzumuntern?“

„Notfalls mit guter Pasta und Ramazzotti.“ Sie legte den Kopf schief und wiegte die Hüften. „Aber nur notfalls.“

„Und wenn es sich nicht um einen Notfall handelt?“ Spike leerte sein Glas.

„Dann reichen Giuseppes Pizza speciale und ein weiteres Glas Prosecco. So oder so solltest du dir auf keinen Fall die neue Dessertkomposition entgehen lassen.“ Sie saugte die Unterlippe ein, hielt sie zwischen den Zähnen gefangen und verkniff sich ein Lachen.

„Die da wäre?" Spike schnippte mit Daumen und Zeigefinger gegen das Glas. Das freche Pling mischte sich unter die Geräuschkulisse, bestehend aus wirbelnden Stimmen, klackernden Billardkugeln, klirrendem Glas und vibrierenden Lautsprechern, in denen die Band One Republic ihr Unwesen trieb.

„Tirami-Louiza!" Sie küsste ihre Fingerspitze und wischte den Kuss auf Spikes Lippen ab.

„Oh, Mann!" Er schüttelte lachend den Kopf. „Das klingt verführerisch. Das kann ich mir wohl kaum entgehen lassen."

„Unter gar keinen Umständen." Louiza flitzte zur Küche. „Fangen wir mit der Pizza an", schmiss sie ihm über die Schulter zu.

Kapitel 48

Donnerstagnacht

Asklepios schloss die Augen.

Die Boeing 747 schnurrte leise in zwölf Kilometern Höhe. Das Bordlicht war längst gedämmt worden. Zwischen die Schlummerlampen mischten sich leise Schnarchlaute einiger Fluggäste. In etwa drei Stunden würden die Stewardessen mit der nie versiegenden Freundlichkeit auf den Lippen das Frühstück servieren. Die letzte Henkersmalzeit vor einem neuen Leben – in Montevideo, der Hauptstadt Uruguays.

„Ich habe es mir anders vorgestellt", murmelte sie gedankenverloren.

„Was haben Sie sich anders vorgestellt?" Die ältere Dame neben ihr schob die Schlafmaske in die Stirn. Offenbar war sie hellwach und freute sich über die vielversprechende Ablenkung wie ein Theaterliebhaber über eine szenische Darstellung.

„Wie bitte?" Asklepios schreckte hoch.

„Sie meinten, Sie hätten es sich anders vorgestellt", stellte ihre Nachbarin fest. Sie musterte Asklepios aufmerksam. Die Ringe unter den Augen der Frau zeugten von mangelndem Schlaf, und die Tränen, die über die Wangen liefen, sprachen für sich. Das braune Haar war flüchtig zu einem Zopf im Nacken gebunden worden. Einige Strähnen hatten sich gelöst. „Entschuldigen Sie meine Direktheit." Die Dame schmunzelte. „Aber in meinem Alter darf ich mir so einige Frechheiten erlauben. Ich sage immer, mir bleibt nicht mehr genug Zeit zum Drumherumreden."

„Ich weiß gar nicht, woran ich gerade gedacht habe", log sie.

„Ist das Ihre Tochter?" Ihre Sitznachbarin inspizierte das Foto, das zwischen Asklepios Fingern klemmte. „Ein bildhübsches Mädchen. Wie alt ist sie?"

Asklepios fixierte die Fotografie und wischte die Tränen mit dem Handrücken von den Wangen. Ihre Gesprächspartnerin angelte nach einem Paket Papiertaschentücher. Es befand sich in der Tasche, die an der Rücklehne des Vordersitzes befestigt war. Sie knibbelte an der Lasche, pfriemelte ein Tuch aus dem Paket und reichte es ihr.

„Danke." Sie legte das Bild auf den Oberschenkeln ab, tupfte ihr Gesicht trocken und schnäuzte sich.

„Besser?" Ein mitfühlendes Lächeln begleitete die Frage.

Asklepios nickte.

„Ich möchte nicht aufdringlich sein, aber Sie können mir alles erzählen. Dann fühlen Sie sich sicherlich wohler."

„Das nicht", schniefte Asklepios.

„Ach, Kindchen, glauben Sie mir, ich bin mit allen Wassern gewaschen. Mich schockiert so schnell nichts." Die Falten auf ihrer Stirn vertieften sich. „Es gibt kaum einen Fleck auf dieser Erde, den ich nicht gesehen habe, und kaum eine Geschichte, die ich nicht gehört habe."

„Wie kann das sein?", fragte Asklepios. Die Erleichterung darüber, von sich ablenken zu können, hockte in ihrer Mimik.

„Wollen Sie das wirklich wissen?"

„Das möchte ich", das Tuch tupfte abermals über den Kummer, „und nicht nur, um mich ein wenig zu zerstreuen."

„Wenn es Ihnen hilft – gern! Ich heiße übrigens Greta." Sie streckte die Hand aus.

Asklepios ergriff sie sprachlos.

„Meine Weltreise begann 1969. Ich hatte gerade mein Sozialpädagogikstudium abgeschlossen und war ein richtiger Hippie – mit Blumen im Haar und Flausen im Kopf." Sie schmunzelte. „Folglich musste ich zu dem Musikfestival nach Woodstock. Sagt Ihnen dies etwas?"

Asklepios bejaht mit einem Nicken.

„Es war noch viel herrlicher, als man es sich heutzutage vorstellen kann: Flower Power, Peace, offener Drogenkonsum, freie Liebe, Jimi Hendrix und Janis Joplin, Campen, Feiern und Tanzen – ich habe alles in vollen Zügen ausgekostet!", plauderte Greta über ihre Eskapaden wie andere über das Wetter.

Asklepios taxierte ihre neue Bekannte irritiert. Auf den ersten Blick erschien sie vollkommen durchschnittlich, nahezu unscheinbar mit den grauen, kurzen Haaren, der goldgeränderten Brille und dem grauen Twin-Set.

„Sie glauben mir nicht, nicht wahr?", interpretierte Greta ihren ungläubigen Blick.

„Doch, entschuldigen Sie bitte, aber mir ist bisher noch nie jemand begegnet, der tatsächlich in Woodstock war. Bitte erzählen Sie weiter." Die Tränen versiegten. Sie lauschte.

„Dann kam das Leben und hat mir einen gewaltigen Strich durch die Rechnung gemacht", erklärte Greta. Die Erinnerung hob ihre Lachfalten hervor. „Ich habe mich verliebt, und zwar ausgerechnet in einen amerikanischen Soldaten." Sie zwinkerte Asklepios zu. „So kann es gehen: Ich habe gegen das sinnlose Morden in Vietnam protestiert und mein Herz an einen jungen Mann verloren, der dort gekämpft hatte. Bereits einen Monat später haben wir geheiratet, und ich habe es nie bereut."

„Unglaublich", flüsterte Asklepios. „Wirklich? Wie ging es weiter?"

Eine Stewardess tippelte durch den Gang. Zwischen ihren Händen balancierte sie ein Tablett, auf dem Kunststoffbecher mit Orangensaft, Apfelsaft und Sprudelwasser lockten. Die Getränke verloren für einen Moment die Fassung, als das Flugzeug in ein Luftloch fiel. Die Flüssigkeiten schwappten protestierend über, während die Flugbegleiterin sich nicht aus dem Gleichgewicht bringen ließ und fest auf ihren hohen Absätzen stand wie die Freiheitsstatue auf ihrem Sockel.

„Vielen Dank!“ Greta stibitzte zwei Wassergläser von dem Tablett und reichte eins an ihre Sitznachbarin weiter. Sie leerte den Becher mit einem Zug und verstaute ihn in der Tasche des Vordersitzes.

Asklepios kopierte ihre Aktion. „Und was passierte dann?“, forschte sie aufs Neue nach.

„Ich begleitete ihn von Stützpunkt zu Stützpunkt. Meistens lebten wir nur zwei oder drei Jahre an einem Ort, und so hatte ich das Glück, viele Länder dieser Welt kennenlernen zu dürfen. Allerdings habe ich nicht immer die Sehenswürdigkeiten zu Gesicht bekommen. Dafür bin ich aber eine Spezialistin, wenn es um Abrisshäuser, Container, Brücken und Slums geht.“ Greta lachte über den verdutzten Ausdruck ihrer neuen Bekannten. „Ich war nämlich Streetworkerin, müssen Sie wissen.“

„Streetworkerin?“, staunte sie. „Sie haben sich um Straßenkinder gekümmert?“

„Genau. Sehr häufig, aber nicht ausschließlich. Ich habe mich bemüht, einen Zugang zu denjenigen Menschen zu finden, die sonst leider von keinem anderen institutionalisierten psychosozialen Hilfsangebot mehr erreicht werden. Dies sind neben Straßenkindern zum Beispiel auch delinquente Jugendliche, Prostituierte, Drogenabhängige und Obdachlose. So unterschiedlich die Länder auch waren – die Lebensbedingungen dieser Betroffenen ähnelten sich auf eine frappierende Weise. Doch hinter jedem Gesicht verbarg sich eine ureigene Geschichte. Manche glichen sich natürlich, aber jede hatte ihre eigenen Nuancen." Schwermut flatterte über ihr Gesicht. „Ich habe meinen Mann sogar in den Irak und nach Afghanistan begleitet. Leider ist er vor zwei Jahren verstorben. Sonst hätten wir bald unsere Goldene Hochzeit gefeiert."

„Das tut mir sehr leid", entschlüpfte es Asklepios.

„Das braucht es nicht." Ihre Hände rieben wie ferngesteuert über ihre Oberschenkel. „Bitte verstehen Sie mich nicht falsch. Ich vermisse ihn jeden Tag. Aber er hatte einen wundervollen Tod."

„Wie ist er gestorben?", wagte Asklepios sich vor.

„Beim Rasenmähen. Ist das nicht fantastisch!" Obwohl sie ein Lächeln in ihre Miene zwängte, schlichen sich Tränen in die Augenwinkel. „Na so was!" Ihre Hand fuchtelte durch die Luft. „Normalerweise bin ich nicht so nah am Wasser gebaut!" Sie atmete schwer. „Er hat den Rasenmäher geschoben und ist einfach umgefallen. Und ich hegte Jahrzehnte lang die Angst, er würde von einem Einsatz verletzt oder womöglich gar nicht mehr zu mir zurückkehren."

Asklepios betrachtete Greta mit stummer Bewunderung.

„Aber wissen Sie, was die schlimmste Vorstellung für mich war, die mich oft hochschrecken ließ, wenn er im Einsatz war?"

Asklepios schüttelte den aufgelösten Haarschopf.

„Die Möglichkeit, jemand könnte ihn gefangen nehmen, foltern und schließlich töten. Dieses Szenario habe ich immer weit von mir geschoben, doch manchmal hat es mich einfach im Schlaf eiskalt erwischt."

Asklepios zog scharf die Luft ein. Ihr Brustkorb weitete sich. Dann hielt sie den Atem an und biss sich in die geballte Faust, um die Schreie zu unterdrücken, die aus dem Kehlkopf herauszuplatzen drohten. Schließlich krümmte sie sich auf dem Sitz zusammen und heulte hemmungslos.

Anstatt sie mit Fragen zu bombardieren, um ihren Kummer wie einen Fuchs aus dem sicheren Bau zu treiben und zur eigenen Unterhaltung durch den Wald zu hetzen, strich Greta ihr beruhigend über den Rücken.

Schließlich fand Asklepios ihre Contenance wieder und richtete sich auf. „Das Mädchen auf dem Foto …“ Sie erschrak über ihre eigene Courage und verstummte.

Greta haschte nach ihrer Hand und umschloss sie mit ihren eigenen. In den Augen hinter den Brillengläsern schimmerte Anteilnahme ohne jegliches Zeichen von Neugier.

Asklepios öffnete den Mund, und die Worte rutschten von selbst über ihre Zunge und formten ihre Geschichte.

Kapitel 49

Freitagmorgen

„Und? Ist es Schwarz?“ Bauer reichte Ruby die Hand.

„Zweifelsohne.“ Sie deutete auf einen Stuhl.

„Haben Sie ihn gesehen?“ Bauer setzte sich und fixierte die Kommissare.

Spike nickte. „Aber eigentlich wollten wir Ihnen ein paar Fragen stellen.“

„Klar. Deshalb bin ich ja gekommen. Was möchten Sie wissen?“ Er entledigte sich seiner Jacke und hängte sie über die Stuhllehne.

„Könnten Sie uns die Frau beschreiben, der Sie die Villa vermietet haben?“ Ruby schlug eine Mappe auf. Die Porträts von Maria Kaiser und Sophie Kaiser schmunzelten ihr entgegen. Mona hatte Sie heute früh aus dem Internet heruntergeladen.

„Nun ja“, Bauer kratzte sich am Kopf, „ich habe sie nicht lange gesehen. Die Vermietung kam über E-Mail zustande. Eigentlich treffe ich mich mit den Mietern zur Schlüsselübergabe und Raumbegehung immer an der Villa. Dummerweise hatte ich einen Hexenschuss. Deshalb konnte ich auch die Möbel nicht abdecken. Frau Wagner, also die Mieterin, bot an, den Schlüssel bei mir zu Hause abzuholen und die Villa mit ihrer Familie alleine zu beziehen.“ Er starrte verlegen auf seine Hände.

„Aber bei der Schlüsselübergabe haben Sie sie gesehen?“, hakte Ruby nach.

„Ja.“ Seine buschigen Brauen wackelten. „Auf die Schnelle.“

„Könnten Sie sie uns bitte beschreiben?“ Ein Hoffnungsschimmer beschleunigte ihr Sprachtempo.

„Sie war sehr hübsch und trug eine weiße Bluse“, resümierte Bauer.

„Können Sie sich an die Haarfarbe erinnern?“, half Spike ihm auf die Sprünge.

„Hellbond“, erwiderte Bauer. „Ganz hellblond“, intonierte er voller Stolz über sein Erinnerungsvermögen.

„Lang oder kurz?“, hakte Spike nach.

„Ungefähr so.“ Bauer wischte sich mit den Fingern über die Schultern.

Ruby feuerte einen flehenden Blick zur Decke. Dort saß eine Fliege, die das Gespräch anscheinend aufmerksam belauschte.

„Und die Augenfarbe?“ Spikes Geduld erwies sich als grenzenlos.

Bauers Gesicht hellte sich auf. „Sie trug eine riesengroße Sonnenbrille mit sehr dunklen Gläsern. Daher konnte ich ihre Augen nicht sehen.“

„Herr Bauer“, Spike beugte sich zu ihm vor, „wie wir gestern festgestellt haben, verfügen Sie über eine sehr hohe Auffassungsgabe. Wieso können Sie uns die Frau kaum beschreiben?“

„Ähm.“ Er schleuderte einen Blick auf Ruby und raunte Spike vertrauensvoll zu: „Sie trug eine fast durchsichtige Bluse. Mit Spitzen-BH. Verstehen Sie?“

„Allerdings.“ Spike zauberte einen verständnisvollen Ausdruck herbei. „Meinen Sie, Sie könnten sie auf einem Foto wiedererkennen?“

„Bestimmt!“ Bauer plusterte sich auf wie ein Gockel. Sein Goldzahn funkelte.

Ruby fischte das Bild von Maria Kaiser aus der Mappe und legte es vor Bauer auf den Tisch. Er beäugte die Ärztin skeptisch.

„Auf keinen Fall", meinte er entschieden. Die Frau war wesentlich jünger und", er räusperte sich, „hatte eine größere Oberweite", formulierte er vorsichtig.

Ruby tauschte das Foto gegen das von Sophie aus. Bauers Pupillen tasteten es ab wie ein Scanner ein Blatt. Schließlich jonglierte er es zwischen die Fingerspitzen und massierte sein Kinn. „Ich weiß nicht", er schüttelte den Kopf. „Sie war ganz sicher blond und trug eine Sonnenbrille."

Ruby ballte die Finger zu Fäusten.

„Aber die Figur stimmt in etwa. Ich meine, sofern ich es hier auf dem Bild sehen kann. Bei einer Gegenüberstellung würde ich sie bestimmt erkennen", legte er sich ins Zeug.

Spike rieb sich mit der Hand über die Augen.

„Es ist wirklich sehr schwierig, ein Gesicht zu beschreiben, wenn jemand so eine große Sonnenbrille trägt", entschuldigte sich Bauer.

„Das stimmt leider." Spike nickte. „Trotzdem vielen Dank für Ihre Hilfe. Wenn Ihnen noch etwas zu der Frau einfällt, melden Sie sich bitte bei uns." Er stand auf und marschierte zur Tür.

Bauer folgte ihm, drehte sich nochmals zu Ruby um und verbeugte sich. „Auf Wiedersehen, Frau Kommissarin."

„Auf Wiedersehen, Herr Bauer." Die Worte flogen durch den Raum und zerschmetterten an der sich schließenden Tür.

„Mist", fluchte Ruby. „Wäre ja auch zu schön gewesen, wenn er uns Sophie Kaiser auf dem Silbertablett präsentiert hätte."

„Trotz des perfekten Alibis?" Spikes Augenbraue malte ein Fragezeichen. Plötzlich sprang sie nach unten. Sein Gesichtsausdruck verdunkelte sich. „Shit", murmelte er.

„Was?", stöhnte Ruby.

„Das erinnert mich verdammt noch mal an Vera Cooper mit ihrem lückenlosen Zeitplan."

„Was meinst du?"

„Was genau hat Mona überprüft?" Spike rannte vor dem Schreibtisch auf und ab.

„Den gebuchten Flug nach Mallorca und zurück sowie die Hotelbuchung und den Yogakurs", erinnerte sich Ruby.

„Hat sie mit Sophie Kaiser persönlich gesprochen?", stieß er hervor.

Die Worte schwebten durch den Raum, verknoteten sich und landeten mit einem dumpfen Knall auf Rubys Schreibtisch.

„Sofern ich weiß mit der Rezeptionistin."

„Das ist es." Spike knallte die Hand auf den Tisch. „Wo ist die Nummer der Finca?"

„Mona liegt mit einem Blinddarmdurchbruch im Krankenhaus", murmelte Ruby, während sie nach dem Telefon angelte.

„Sabine?" Sie klemmte den Hörer zwischen Ohr und Schulter. „Schau mal, ob du die Nummer der Finca auf Mallorca in Monas Aufzeichnungen findest. Ruf an und lass dich mit Sophie Kaiser verbinden. Stell Sie zu uns durch." Sie legte das Telefon ab und trommelte mit den Fingern einen unsteten Takt.

Spike streifte durch das Zimmer wie ein Tiger durch einen Käfig.

„Mein Gott", fluchte Ruby, „das kann doch nicht so lange dauern."

Das Telefon klingelte. Hektisch langte Ruby nach dem Hörer. Ihr Ellenbogen rammte eine Wasserflasche. Sie schlug hart auf den Boden auf und beschwerte sich mit einem lauten Knall.

„Hiller!", meldete sich Ruby.

„Hola“, schunkelte es fröhlich durch die Leitung. Ruby stellte den Lautsprecher an. Spike bezog vor dem Apparat Stellung.

„Sprechen Sie Deutsch?“, formulierte Ruby langsam.

„Si. Ja. Bisschen Deutsch.“

„Ich würde gern mit Sophie Kaiser sprechen“, forderte Ruby.

Es knackte in der Leitung.

„Ja, Ihre Kollegin schon gesagt, aber die Señora ist nicht im Zimmer.“

„Wann haben Sie sie zuletzt gesehen?“ Rubys Lippen pressten sich aufeinander.

„Oh.“ Eine Pause. „Ich habe die Señora noch nicht gesehen. Aber ich bin nicht jeden Tag hier.“

„Gut“, Ruby sendete einen Seufzer gegen die Decke. „Bitte gehen Sie in ihr Zimmer und schauen Sie sich dort um. Sehen Sie auch in den Schrank und ins Bad.“

„Un momento.“

Minuten verstrichen. Das Knistern in der Leitung mischte sich mit dem Knistern von Rubys und Spikes Gedanken. Eine halbe Ewigkeit später meldete sich die spanische Rezeptionistin endlich.

„Señora?“

„Ja“, entgegnete Ruby.

„Ich habe eben das Zimmermädchen getroffen. Anscheinend hat Señora Sophie woanders übernachtet. Aber ihre Kleidung hängt im Schrank und Kultursachen stehen im Bad.“

„Haben Sie eine Idee, wo Sie übernachtet haben könnte?“ Ruby hoffte auf eine Antwort.

„Nein. Vielleicht hat Sie einen Freund gefunden? Das kommt häufig vor. Wir sind diskret und spionieren unsere Gäste nicht aus.“

„Vielen Dank für die Hilfe.“

„Adiós", hörte Ruby noch, bevor sie das Gespräch beendete.

„Damit hätten wir gefunden, was wir zuvor übersehen hatten", orakelte Spike.

„Sie könnte die ganze Zeit nicht dort gewesen sein." Ruby saugte Luft durch die Lücke ihrer Schneidezähne.

„Dies wäre rein theoretisch möglich. Mona hat nur die Flüge und die Registrierung im Hotel geprüft. Also los." Ruby griff nach ihrer Jacke, die ihre Handtasche ersetzte, und katapultierte sie über die Schulter. „Krause muss die Haare, die sie im Sprinter gefunden haben, mit denen von Maria und Sophie Kaiser abgleichen", warf sie Sabine im Vorbeigehen zu.

„Alles klar", antwortete Sabine. „Und wohin fahrt ihr?"

„Zu Maria Kaiser", verlauteten Ruby und Spike wie aus einem Munde.

Kapitel 50

Freitagmittag

„Sie haben Schwarz' Entführung und Verstümmelung von langer Hand geplant", knallte Ruby Maria gnadenlos an den Kopf.

Auf dem Wohnzimmertisch standen rosafarbene Rosen, die ihren Weg vom Garten in die Vase gefunden hatten und mit ihrer Schönheit prahlten. Ihr Duft erfüllte die Luft und vermengte sich mit den Klängen klassischer Musik. Die friedliche Harmonie spiegelte sich in Marias Zügen wider. Sie wirkte vollkommen entspannt.

„Ich denke, hierzu fehlt mir die kriminelle Fantasie und Energie", erwiderte sie ruhig. „Ich weiß wirklich nicht, wie Sie auf diese Idee kommen."

„Unserer Meinung nach schlummern in Ihnen überdurchschnittlich hohe kriminelle Energien." Spikes Stimme klang nahezu schmeichelnd.

„Ach", Maria lehnte sich im Sessel zurück, „ich bin viel zu müde für so etwas."

„Das bezweifle ich. Deshalb werden wir Ihnen unsere Theorie nun unterbreiten und Ihnen in den folgenden Tagen nachweisen", herrschte Ruby sie an.

„Gerne." Maria nickte. „Aber was erwarten Sie von mir?"

„Nichts", Ruby schürzte die Lippen, „aber Ihre Kooperation würde sich strafmildernd auswirken."

Maria blickte über den Tassenrand. „Ich wüsste nicht, wofür ich bestraft werden sollte." Sie nippte mehrmals an dem Kaffee und stellte die Tasse ab.

Ruby beobachtete ihre Hände, die ohne jegliches Zittern gehorchten.

„Alles begann mit der Begegnung zwischen Vera Cooper und Ihnen vor zwölf Jahren", startete Ruby. „Während des Treffens auf dem Ärztekongress beschlossen Sie und Vera Cooper – falls Schwarz auf Bewährung entlassen werden sollte – sich an ihm zu rächen."

Maria lauschte fasziniert, als würde sie eine Geschichte zu hören bekommen, die nicht die ihre war. Eine Violine hob sich aus den anderen Instrumenten hervor. Die Töne stiegen in die Höhe und flatterten durch die offene Tür in den sommerlichen Mittag.

„Vera Cooper begann, in ihrer Villa einen Operationssaal einzurichten. Wir werden die Zeitpunkte der Käufe für die verschiedenen Instrumente, Geräte und so weiter mit Leichtigkeit zurückverfolgen können", behauptete Spike. „Wahrscheinlich haben Sie ihr sogar hin und wieder geholfen. Auch das werden wir feststellen. Um einen triftigen Grund für die Einrichtung des OPs vorweisen zu können, baute sie ihre Tätigkeit in Köln sukzessive aus."

„Als Schwarz tatsächlich entlassen wurde, übernahmen Sie seine Observierung. Sie wurden des Öfteren in seiner Nachbarschaft beobachtet." Ruby musterte sie. „Wir werden eine Gegenüberstellung mit den Anwohnern veranlassen und Ihre Tätigkeit beweisen."

Maria zuckte mit den Achseln. „Natürlich bin ich jederzeit gern zu einer Gegenüberstellung bereit. Es wird Sie aber nicht weiterbringen, weil ich Schwarz nicht beobachtet habe."

Die Musik verstummte. Ein Schweigen breitete sich aus. Maria erhob sich und tippelte zu dem CD-Spieler. „Sie haben doch nichts dagegen, oder?", fragte sie höflich ohne eigentliches Interesse an der Antwort. Sie nahm einen Stapel CDs in die Hand und blätterte sie durch. Sie blieb an The Best of Chopin hängen.

„Doch, habe ich." Rubys Bemerkung klatschte wie eine Ohrfeige.

Wortlos legte Maria die Scheiben ab und kehrte zu ihrem Platz zurück. Ihr Mienenspiel glich einer weißen Leinwand, auf der ein Künstler mit weißer Farbe seiner Kreativität freien Lauf gelassen hatte: Es gab keine Gefühlsregung zu erkennen.

„Kommen wir zu dem Tag von Schwarz' Entführung", spann Spike den Faden weiter.

Maria heftete ihr Interesse an seine Ausführungen.

„Das war genau heute vor einer Woche", erläuterte er. „Sie haben den Sprinter gemietet, die Einkäufe mit Ihrer Freundin erledigt und sich beim Entladen von Ihrem Nachbarn helfen lassen. Sowohl Ihre Freundin als auch Ihr Nachbar haben dies bestätigt. Im Anschluss daran sind Sie zum Wald gefahren."

Maria nickte kaum merklich.

„Allerdings haben Sie ein kleines Detail übersprungen", fuhr Spike fort. „Der Wagen parkte in der Garage. Ist das richtig?"

„Das ist korrekt", bestätigte Maria ruhig.

„Und genau dort ist Ihre Tochter Sophie in den Laderaum gestiegen, und Sie haben sie so unauffällig aus diesem Wohngebiet chauffieren können." Er wartete auf ihre Reaktion. Sie verharrte reglos und ließ die Behauptung an sich abblitzen. Die Arme lagen entspannt auf den Lehnen des Sessels, doch ihre Pupillen hatten sich zusammengezogen und piksten ihn.

„Vom Wald aus haben Sie sich zum Café Verde begeben und dort – wirklich zufällig – eine Bekannte getroffen. Welch wunderbarer Zufall, dessen Bestätigung wir klipp und klar erhalten haben."

Marias Mundwinkel zuckten.

„Während der vier Stunden, die Sie sich im Café aufgehalten haben, hatte Ihre Tochter die Gelegenheit, den Sprinter zu nutzen. Sie überwältigte Schwarz durch einen Trick. Diesbezüglich werden uns unsere Kollegen höchstwahrscheinlich Aufschluss geben können. Außerdem haben wir im Kofferraum eine spezielle Faser sichergestellt. Die Analyse ist noch nicht vollends abgeschlossen, wird uns aber sicherlich einen Anhaltspunkt über Ihr Vorgehen geben. Des Weiteren haben wir auf dem Fahrersitz verschiedene Haare sichergestellt. Wir werden diese mit Proben von Ihnen und Ihrer Tochter abgleichen und dadurch nachweisen, dass sie ebenfalls den Wagen gefahren hat", bluffte Spike.

„Das wird Ihnen nicht viel weiterhelfen." Maria schenkte sich ein Glas Wasser ein. Sie griff nach einer Schale, in der Limettenscheiben übereinanderpurzelten, und beförderte zwei Scheiben mittels einer kleinen Zange in ihr Glas. Die grünen Fruchtscheiben sanken zunächst, um sich dann Stück für Stück zurück an die Oberfläche zu kämpfen. Nach den kreiselnden Bewegungen fanden sie schließlich Ruhe, nur um von zwei Stückchen Eis, die voller Elan in das Wasser plumpsten, aufs Neue aus dem Gleichgewicht gebracht zu werden.

„Ich hatte mir am Vortag einen Blazer meiner Tochter ausgeliehen. Meine Freundin hat ihn sogar noch bewundert. Sie wird sich unter Garantie daran erinnern. An dem Blazer könnten sich durchaus Haare oder Hautpartikel meiner Tochter befunden haben." Sie ließ das kühle Wasser durch ihre Kehle rinnen. „Außerdem ist meine Tochter am Donnerstag nach Mallorca geflogen."

„Das hat sich bestätigt." Rubys Lider verengten sich. „Sie hat am Donnerstagnachmittag eine Maschine nach Mallorca bestiegen und dort ordnungsgemäß in der Finca eingecheckt. Unmittelbar danach hat sie einen Flug zurück nach Köln genommen. Um ihre Anwesenheit im Zimmer vorzutäuschen, hat sie Garderobe im Kleiderschrank und Toilettenartikel im Bad eingeräumt. Sie wurde jedoch nicht mehr in dem Hotel gesichtet. Die Kollegen checken bereits sämtliche Fluglinien. Wir werden spätestens morgen wissen, welche Maschine Ihre Tochter genommen hat."

Maria bemühte sich nicht, die These zu widerlegen.

„Ihre Tochter kehrte nach Köln zurück, wo sie zuvor die Villa gemietet und die Schlüssel von dem Verwalter übernommen hatte. Sie veränderte ihr Aussehen durch eine Perücke und versuchte, ihre Physiognomie durch eine Sonnenbrille zu verbergen. Auch hier wird eine Gegenüberstellung Klarheit schaffen." Ruby verstummte und erforschte Marias Reaktion.

Ihre Körperhaltung wirkte offen. Die typischen Abwehrhaltungen, wie beispielsweise gekreuzte Arme, fehlten. Sie erweckte den Eindruck einer Frau, die sich ihrer Sache sehr sicher war.

„Während der Tage, an denen wir nach Schwarz suchten, hat Ihre Tochter ihn sukzessive gefoltert und verstümmelt." Rubys Sprechweise legte an Schärfe zu.

Maria richtete sich auf. Erstmals zeigte sie einen Hauch von Anteilnahme. „Er wurde gefoltert und verstümmelt?", wiederholte sie.

„Ja." Ruby nickte. „So würden wir es jedenfalls nennen." Sie verstummte und ließ Maria zappeln. Trotz ihrer sonstigen Beherrschtheit konnte sie ihre Neugier und Besorgnis nicht verbergen.

„Was ist mit ihm geschehen?", formulierte Maria ihre Bedenken.

„Er wurde kastriert", berichtete Ruby.

Marias blaue Augen fixierten sie. Sie zwinkerte.

„Außerdem wurde er bestialisch in seinem Körper eingeschlossen, indem ihm die Möglichkeit genommen wurde, mit der Außenwelt zu kommunizieren. Er ist blind, stumm und taub."

Maria wirkte erleichtert.

„Sie haben nicht damit gerechnet, dass Schwarz so früh vermisst werden würde, nicht wahr?", griff Spike von der anderen Seite an. „Was wäre ihm zugestoßen, wenn sie länger Zeit gehabt hätte? Hätte sie ihm die Hände amputiert?"

Maria strich sich eine Haarsträhne hinter das Ohr, lehnte sich vor und schenkte sich ein weiteres Glas Wasser ein. „Darf ich Ihnen auch noch etwas anbieten?" Sie blieb die Höflichkeit in Person.

„Gestern, als wir bei Ihnen waren, kontrollierten Sie ständig die Uhrzeit." Spike lächelte nachsichtig. „Sie warteten auf einen Anruf, und zwar von Vera Cooper. Sie sollte der Polizei in Paris in die Arme laufen, um unser volles Interesse auf sich zu ziehen. Schließlich war sie unsere Hauptverdächtige. Auch dies haben Sie von langer Hand geplant, und wir haben den Köder leider geschluckt."

„Vera Cooper checkte auch mehrmals die Uhrzeit, während wir uns mit ihr unterhielten. Natürlich präsentierte sie uns ein lückenloses Alibi für die vergangenen Tage." Ruby würgte ihre Wut herunter.

„Und genau diese Zeit nutzte Ihre Tochter, um sich abzusetzen." Spike nickte. „Zuvor informierte sie noch den Verwalter, um Schwarz' Auffinden sicherzustellen." Spike leerte sein Wasserglas. „Und wissen Sie was? Wir werden sie finden. Wir müssen noch den morgigen offiziellen Rückflug aus Mallorca abwarten, mit dem sie nicht landen wird. Anschließend werden Europol und Interpol alles auf den Kopf stellen und sie schnappen." Er lehnte sich zurück.

„Meinen Sie nicht, es ist an der Zeit, zu kooperieren?", fragte Ruby.

Maria spülte die Anschuldigungen seelenruhig mit einigen Wassertropfen runter. „Es ist eine absolut beeindruckende Geschichte, und ich kann nicht behaupten, sie klänge nicht plausibel." Sie nickte andächtig. „Aber leider ist sie falsch."

Kapitel 51

Freitagnachmittag

„Für dich ist ein Brief gekommen. War in der Post, aber mit einem dicken persönlich drauf. Habe ihn auf deinen Schreibtisch gelegt."

„Danke, Sabine." Ruby schlenderte zu ihrem Tisch und analysierte das Kuvert. Es war aus weißem Blütenpapier fabriziert und verströmte den Duft von Veilchen. Dazu gepasst hätte eine verschnörkelte Schrift – am besten mit lila Tinte geschrieben. Stattdessen klebte ein Etikett mit ihrem Namen und der Adresse des Kommissariats auf der Vorderseite. Sie drehte den Umschlag um. Ein Absender fehlte.

„Komisch", murmelte sie und prüfte die Briefmarke. Sie trug den Poststempel des Vortages.

Ruby knibbelte an einer Ecke des Briefumschlags. Der Klebstoff haftete wie Tapetenkleister und schuf ein einwandfreies Siegel der Verschwiegenheit. Sie klappte eine Schere auf, pfriemelte eine Spitze in das gepuhlte Loch, schlitzte den Umschlag auf und entnahm ihm eine weiße Karteikarte. Jemand hatte sich die Mühe gemacht, Worte und Silben aus einer Zeitung auszuschneiden und zu einer Botschaft zu arrangieren. Fein säuberlich reihten sie sich wie Perlen auf einer Schnur aneinander.

Sie überflog die Zeilen und ließ sich mit einem Plumps auf ihren Stuhl fallen.

„Das gibt's doch nicht", stieß sie aus. Ihr Brustkorb bebte. Sie griff nach dem Telefonhörer.

„Was ist denn?" Spike bemächtigte sich der Karte.

Nach AUSSAGE VON SchWARZ FINDEN SIE LISAS LEICHE im KleingärTneRVerein Kletterrose e.V., GrundstüCK D/167

ASklepioS

„Wir brauchen ein Einsatzteam", kommandierte sie und gab die Adresse an. „Auf dem Grundstück befindet sich aller Wahrscheinlichkeit nach eine Leiche."

Kapitel 52

Freitagnacht

„Somit wäre ein alter Fall auch noch geklärt worden.“ Spike klemmte sich hinter das Lenkrad, chauffierte den Wagen aus der Kleingartenanlage und steuerte Rubys Wohnung an. „Sieht nach Wochenende aus.“

„Ja.“ Ruby nickte. „Macht ganz den Anschein. Es wird dauern, bis Lisa anhand der Überreste eindeutig identifiziert werden kann.“

„Hast du was vor?“

„Hmmm.“ Ruby pfriemelte einen Gummi in die Haare. „Habe Nele versprochen, mit ihr zum Voltigieren zu fahren. Und du?“

„Nix Besonderes.“ Spikes breite Schultern zuckten. „Wenn ich dich abgesetzt habe, fahre ich wahrscheinlich ins Blue Lou und läute dort das Wochenende ein.“

Ruby betrachtete sein schönes Profil. Sie konnte sich ein Grinsen nicht verkneifen. „Fährst du ins Blue Lou oder zu Louiza?“

„Ist doch das Gleiche, oder? Sie arbeitet dort.“

„Ach neeh“, neckte Ruby, „welch ein Zufall.“

Sie schwiegen eine Weile.

„Louiza tut dir gut.“ Sie knuffte ihn mit der Faust in den Arm.

„Ja“, sagte Spike, „ich glaube, das tut sie.“

Epilog

Greta schlang die Arme um den Mann, der die Türpfosten auskleidete. Er erwiderte die Geste und drückte ihr einen Kuss auf die Wange.

„Mama! Wie schön, dass du da bist. Hattest du eine angenehme Reise?“ Die Wiedersehensfreude entblößte seine weißen Zähne und webte kleine Fältchen um seine Augen.

„Das war ein Klacks!“ Greta radierte die Beschwerlichkeiten der langen Anreise mit einem Handwisch aus. „Ich habe noch einen Gast aufgelesen. Das ist hoffentlich kein Problem?“

„Natürlich nicht.“ Er lachte. „Du bist immer für eine Überraschung gut.“

„Kommen Sie, kommen Sie“, rief Greta Asklepios zu, die darauf bestanden hatte, auf der Straße zu warten. Sie gestikulierte wild mit den Händen, bis ihre neue Freundin zögerlich die Auffahrt hochschritt.

Sie trug eine cremefarbene Baumwollhose, deren Schnitt an die Hosen von Marlene Dietrich erinnerte, und eine weiße Bluse. Beide Teile hatten sich während der Reise einige Knitter zugelegt.

Zögerlich ging sie auf Greta und ihren Sohn zu. Ein scheues Lächeln flatterte in ihren Mundwinkeln.

„Die Frau Doktor fängt hier in einer Klinik an“, erklärte Greta ihrem Sohn, während sie in den Hausflur trat. „Ich dachte, sie könnte bei uns wohnen, bis sie ein Apartment gefunden hat.“

„Das ist wieder einmal eine deiner grandiosen Ideen.“ Er lachte herzhaft. „Kein Problem. Hier sind jede Menge

Gästezimmer frei. Das Haus ist eigentlich viel zu groß für mich alleine." Er streckte die Hand aus und schenkte ihr ein offenes Lächeln. „Ich heiße Sebastian. Herzlich willkommen!"

„Vielen Dank." Sie erwiderte den festen Händedruck.

Die Hände lösten sich.

Das Lächeln blieb.

Er trat zurück, und sie tat den nächsten Schritt in ihr neues Leben.

„Ich bin Sophie." Ihre Stimme war cremig und süß wie ein Karamellbonbon.

Danksagung

Mein tiefster Dank, eine graziöse Verbeugung und ein lautes CHAPEAU! gelten meiner Freundin Dr. med. Anne Grunert, ohne deren Ermutigung und medizinische Beratung Asklepios nie zum Leben erwacht wäre. Genauso herzlich danke ich Frau Prof. Dr. med. Julia Vent. Falls trotz der Beratung durch diese beiden Koryphäen irgendwelche medizinischen Sachverhalte in diesem Thriller nicht richtig wiedergegeben sein sollten, liegt dies einzig und allein an meinem Unvermögen, medizinische Zusammenhänge komplex zu begreifen und akkurat umzusetzen.

Ein großes DANKESCHÖN gebührt dem Team der litmedia.agency. Besonders danke ich Diana Itterheim, die mich in den Bereichen Lektorat und Exposé unterstützt hat. Die Zusammenarbeit mit Diana hat mich nachhaltig geprägt, da sie mir die Möglichkeit gab, zu lernen und mich weiterzuentwickeln, und dafür kann ich mich gar nicht genug bedanken.

Meinen Korrektorinnen Dorthe Teßarek und Katharina Breu, die dem Text den letzten Schliff gaben, danke ich mit einem herzlichen Händedruck für die hervorragende Zusammenarbeit.

Ein Duchenne-Lächeln geht an Lukas Hautz, der meine Kommissare Ruby und Spike durch seine Hinweise zur Polizeiarbeit bereichert hat. Auch hier weise ich ausdrücklich darauf hin, dass eventuelle Fehler einzig und allein meiner fehlerhaften Interpretation sowie meiner schriftstellerischen Freiheit zuzuschreiben sind.

Eine ganz, ganz feste Umarmung gilt Michaela Steiner für ihre Freundschaft und ihre sensationellen Tipps über die letzten Jahrzehnte, die auch ihren Weg in das Manuskript gefunden haben. Ohne sie wäre Greta nicht Greta.

Schließlich geht mein Dank auch an meinen Mann und meine wundervollen Kinder, die mir die Zeit gegeben haben, in eine andere Welt zu versinken und das Werk von Asklepios zu vollenden.

Hinweis der Autorin:
Von Szenen, die Kindesmissbrauch oder Vergewaltigungen beschreiben, distanziere ich mich ausdrücklich.

Weitere Titel der edition krimi

kartoniertes Buch
344 Seiten
12,0 x 19,0 cm
13,00 EUR
ISBN 978-3-946734-72-7
lieferbar

Ebook epub
8,99 EUR
ISBN 978-3-946734-73-4

Steintór Rasmussen
Hass stirbt nie. Ein Färöer-Krimi

„Die lange Stricknadel hatte sie in ihrem Jackenärmel versteckt. Der Tod lag in ihren Händen. Und in ihrem Kopf verbarg sich die Geschichte über das Leben, das ihr genommen worden war."

Seit Generationen ist das kleine färöische Küstenstädtchen Norðvík eine eingeschworene Gemeinschaft. Doch ein grausam verübter Mord erschüttert die religiösen Bewohner in ihren Grundfesten. Die unzähligen Vergehen des Opfers entfesselten einen tiefsitzenden Hass und zeigen, welche dunklen Verstrickungen sich hinter der Inselgemeinschaft verbergen.